共和国青海记忆丛书

藏地兵书

zangdi bingshu

王宗仁 著

青海人民出版社

图书在版编目（CIP）数据

藏地兵书 / 王宗仁著 . -- 西宁：青海人民出版社，2019.7（2021.4 重印）
（共和国青海记忆丛书）
ISBN 978-7-225-05784-2

Ⅰ . ①藏… Ⅱ . ①王… Ⅲ . ①散文集 — 中国 — 当代
Ⅳ . ① I267

中国版本图书馆 CIP 数据核字 (2019) 第 152069 号

共和国青海记忆丛书

藏地兵书

王宗仁　著

出 版 人　樊原成
出版发行　青海人民出版社有限责任公司
西宁市五四西路 71 号　邮政编码：810023　电话：（0971）6143426（总编室）
发行热线　（0971）6143516 / 6137730
网　　址　http://www.qhrmcbs.com
印　　刷　青海西宁印刷厂
经　　销　新华书店
开　　本　890 mm × 1240mm　1/32
印　　张　9.875
字　　数　250 千
版　　次　2019 年 10 月第 1 版　2021 年 4 月第 3 次印刷
书　　号　ISBN 978-7-225-05784-2
定　　价　48.00 元

目　录

MULU

雪山无雪

海拔 5300 米的高度是生命的风景线。

鹰平视着山脊，将湖色和雪光映照在翅膀上。

1996 年 7 月 25 日 12 时 59 分，当我第一百零四次站在这个高度上的唐古拉山口时，忽然觉得生活中许多可望而不可即的事情，其实是人为变得神秘的。它们原本并不复杂，就像你想离太阳近一些，就站在世界屋脊上来。

山上比山下高，谁还不知道？

当然，唐古拉山巅离太阳近了，也离死亡近了！

山口屹立着一座汉白玉石的军人雕像，魁梧，凝重，深沉。

因为阳光的照射，雪山才有了一片灿烂。所不同的是，此刻阳光转换了投射的角度，从雕像的胳膊与身躯的间隙处流泻下来，雪地上便刻下了一个立体的光影。

阳光在雪山上、雕像上都不会永存。云可以把它遮住，风可以把它卷走。我闭上眼睛白天就变成了黑夜。

事情就这么简单。

这才是实实在在的、九级暴风雪也撼不动的永恒：百余次地翻越唐古拉山。

那是 5300 米的高度！将 100 米高的云梯搭连起来，53 个呢！它伸进了宇宙的深处。

炫耀自己是很愚蠢的。我无非是想说明：我曾多次站在死亡的边缘，因而也就习惯了死亡的威胁。

在高原上走，我也是高原的一部分。

走着走着，我倒怀疑起了自己：我真的在世界屋脊上走过上百次吗？

太阳下闪过一道阴影。一匹野驴踏过荒原，鬃毛竖立着。

这个中午，唐古拉山的野风把人的感觉刮到了比高原还高的高度。我站立不稳，身上特困，很像是刚在棉花堆里挣扎了一番后那种很没有味道的感觉。头晕乎乎的，双脚总是踩不实在。看东西的能见度大大降低，听任何一种声音都像隔了一层玻璃，嘴里仿佛噙着一个吐不出又咽不下的泡沫团。高山反应通过体内各种器官残酷地折磨着人的肉体。

超高的雪山把过山人的躯体撞击成了一片无灵魂的羽毛。

我的同行者都毫不例外地出现了这种反应，致使兵站为我们搜肠刮肚特意做的那顿丰盛的午餐几乎没动一筷子就晾在桌子上。与众不同的是，我吃了两个烤饼，喝了两碗稀饭。如果不是几个同伴用惊诧的目光瞅着我使我怪不好意思的话，我估计再消灭"一干一稀"是十拿九稳的。但是，需要说明的是，高山反应给我带来的不舒服并没有因为这相当不错的饭量而有丝毫的减弱。

大概我比别人更明白：在高原上越是不想吃东西越要把胃囊塞饱。

兵站司务长一直用不可捉摸的目光打量着我，我一撂下碗筷，他就感叹起来："我们唐古拉兵站就犯愁每月都要节约几百斤精米精面，在大家最需要营养的地方搞节约活动，我们实在觉得残忍。

如果每个人都能像你这么痛痛快快地吃，我们看着比把山珍海味补充到自个肚里还幸福！”

我不怀疑他的话是出于真心，可我听着总觉得有点别扭，便不咸不淡地回敬了他一句：“我还真可以在你面前摆点老资格了，有老高原在这里你肯定还嫩了点；不要忘了，本人可是一百多次在唐古拉山潇洒走一回了。”

司务长吐了吐舌头，我看到他一脸的敬佩和服气。“老资格”这个东西在好多场合是可以“压死人”的。还有，他提到了“节约粮食”，我对他说：“兵站贮存点粮食绝对很有必要。就是在这个兵站的旁边，曾经发生了令人心碎的事！”

我脸上的严肃表情，使司务长和其他几位同行人已经猜到我讲的事情肯定不会轻松，他们停止了议论高山反应，跟着我走出了食堂。我指着山脊上的一排电线杆，告诉他们：

20 世纪 60 年代中期。初冬的一天，从格尔木乘便车来到唐古拉山执行护线任务的五个女兵，在山中的沟沟岔岔奔波跋涉一天，查完线路后坐在公路边等车，准备返回驻地。这些离开内地仅仅一年的女兵娃，脸上的白皮嫩肉虽然被高原人特有的紫糖色所代替，但是骨子里还缺少高原兵的气质。此刻，她们背靠背脚蹬脚地歪坐路边，一个个脸色蜡黄，蔫头耷脑，高山反应已经侵袭到她们的神经中去了。也怪，平日车水马龙的青藏公路这天竟变得出奇地寂静，两三个小时过去了也不见一辆车来往。不久，女兵娃们便挤成一团在路边睡着了。冷冷的风夹着从山洼搜来的雪粒，抚摸着她们冻红的脸庞。

身旁放着滴水不剩的水壶，还有腾空了的细细长长的干粮袋……

傍晚。雪花悄悄地飘起来了，空气中的温热渐渐收紧。五个女兵没有醒来；

午夜，风雪狂吼，气温降至零下 30 摄氏度，五个女兵被白雪盖住了，她们还是没有醒来；

次日凌晨，山中的公路旁鼓起了五个洁白的雪堆，五个 18 岁的女兵仍然坐在路边……

青藏高原静悄悄。大雪给唐古拉山留下了弯曲的伤口……

中午。部队的战友乘车追到山里，他们带着干粮、开水、棉衣……但是，晚了，一切都晚了！战友们抱着女兵的尸体哭得天昏地暗。雪山流泪，冰河低吟……

从此，这里留下了一个新的地名：五女峰。

……

我无法知道别人会怎么想，反正我讲完女兵的故事后，浑身软绵绵地一点儿也提不起精神，本想走动几步，可是脚怎么也迈不开。我总觉得此时我的双脚踩在五个女兵的身上了，她们的手、腿、胸部，还有她们的脸，由于我的踩踏而战栗着。唐古拉山用它使人望而生畏的残酷高度，撂倒了多少人，连活人的魂气也被它掠夺得所剩无几。人们谈山色变。

我又一次想起了我那百余次翻越雪山的豪迈经历。我始终踩着山的肩膀站着，没有被山吓倒。这当然是无可非议的事实了。但是，能否就说明山被我征服了？

只可以说我懂得了征服。

那座雕像静静地屹立在风雪中，它的躯体上已经落了一层薄薄的雪。我相信这层雪永远也厚不起来，刀刃似的风总是很不客气地把落下的雪扫掉，一次又一次地扫掉。

很可能是那座迎雪而立的雕像的引发，我的眼前突然浮现出一个兵的形象——那是个汽车兵，一身油渍渍的工作服不规则地套在身上，使他原本精悍的身材莫名其妙地变得臃肿、笨拙。两片毛皮棉帽的帽耳耷拉着，随着走路的脚步一闪一闪地晃着，使人感到他欲飞却累赘得难以启程。也许最数扎在他腰里的那根带子惹眼，它紧紧地扣进了棉衣里，很像刀子围着棉衣切开了一道细缝。你不相信吧，那带子竟然是一根麻绳，只是让油污浸染得已经无法分辨出它本来的颜色了。

你想到没有？这个兵就是我。下面我将要叙述的故事有一大半就长在我腰间的那根麻绳上。

那时候的我，很不习惯仰望天空，总是默默地盯着手中的方向盘，开着载重卡车，在世界屋脊上驰骋，闯祁连，越昆仑，从唐古拉山上飞车而过。所有的企望,所有的等待,都写在奔腾不息的路上。

我曾经用七分自豪三分伤感的口气告诉我的朋友们，唐古拉山的每座山峰和连着山峰的每一条胳膊肘弯路，都盛产故事。风雪中孕育的故事不怕冻，越冻越鲜嫩。

令我心醉又让我心颤的雪山阳光，在下一站等我……

好像是 20 世纪 50 年代末的一个冬夜，我这个新兵已经是第二十几次过唐古拉山了。那阵子不像现在这样出车少、车跑的速度也慢。当时的运输任务吃紧得让汽车兵们连腾出手来利利索索跑趟厕所的时间都少有。至今给我留下刀子也无法刮掉的印象是，我们一年中除了春节在驻地吃顿饺子外，其余的日子都交给了路，风风火火地紧赶着时间执行任务。谁跑得快，谁就是英雄；谁拉得多，谁就是好汉。“多装快跑”这个口号响亮得比汽车的双音喇叭还要动听。形势决定了汽车部队必须没黑没白地连轴转。我们所有的日程都贴在了那飞转的车轮上。战勤运输接着战事保障。我强烈地感到整个地球都仿佛跟着我的车轮旋转，就这样还嫌不够快，恨不得再给汽车安上两个轮子。我所在的汽车团七连有个叫张林旦的驾驶员，六天六夜往返于甘肃峡东（今柳园）至拉萨之间，创造了青藏线上快速行车的最高纪录。他的这一创举登在《解放军报》的头版头条上。你以为容易吗？按正常行驶，这往返四千公里的路程我们要碾碎十五个太阳和十五个月亮。

我们忙忙碌碌地爱着一切。

雅鲁藏布江在西部高原日夜喧响。

那个漫天遍地飘落着雪花的下午，给我的感觉全世界的雪都集中到这里降落了。雪下得少有地大，你会以为不是落雪，而是有一个偌大的制造雪花的搅拌机在不停地旋转着，把天地间搅得混沌一片。遇上这种倒霉的天气，司机在技术上如果没有“两把刷子”是要吃苦头的。不管是当时还是现在，我始终坦率地承认我是属于那种二三流水平的驾驶员。眼下车子又是行驶在陡峭且险峻的唐古拉山上，我提心吊胆的心情以及一有突然情况时手忙脚乱的狼狈相是可想而知的。我挂上低速挡，让车老牛拉破车似的哼哼着。我已经不去考虑以这样慢的速度走下去，何时才能翻过山。只要不出事就行，安全行车第一。

车窗外，一藏家妇人提着一篮雪花进山。

不管时间消失了多久，每当我回忆起那天发生的事，心儿就颤颤索索地疼。那飘满雪花的灰灰的天空就像思念的伤疤，我真不敢相信那一夜我竟然活着走出了唐古拉山。我吃尽了苦头，但是我没有死。后来我多次对别人说过：一个人可以不怕死，但是他未必就能咽得下更多的苦。死，是一瞬间的事。苦，却往往要人承受更多更长时间的折磨和痛楚，是一种慢性的死。从一定意义上讲，死是对人肉体的摧毁，吃苦却是对肉体和精神的同时袭击。

好像是雪山被夜幕完全封住后不久，我的车出了麻烦。变速箱齿轮被我不规则的操作崩掉了好几颗，无法修复，只好停驶。带队的连长简单地给我嘱咐了几句要注意的事项，便“甩”下我，带着车队继续赶路了。同时留在雪山上的还有我的助手昝义成。

现在我俩的唯一任务就是护车。这么说吧，只要我和昝义成还有一个人冻不死、饿不死、被雪崩埋不掉、叫野狼叼不去，哪怕只剩下一口气，也要完整无损地让汽车待在山上，然后等连队的车执行完任务返回时再拖到驻地。汽车就是我们手中的武器，它像步兵的枪、炮兵的炮一样重要，当兵的视手中的武器像眼睛一样金贵是理所当然的。我和昝义成心里都十分明白，我们护车的任务是相当艰巨的。我不是担心有人会把汽车抢去，这个地方人烟稀少到几百里路面上不见一户人家，贼子自然到了几乎绝迹的地步。我担心的是把汽车冻坏。

毫不夸张地说，那一夜气温肯定在零下四十摄氏度左右，冻得我直流鼻涕，流出来的清鼻涕都结结实实地成了冰棍吊在鼻尖下。我准备对车上几个主要部位的螺丝进行一番紧定，这是驾驶员每次停车后必须做的工作。我刚从工具箱里取出一把扳手，谁知手上的皮就粘在了铁器上，只听“吱啦”一声，一块皮便带着鲜红的肉被粘下来，血喷涌而出。昝义成先我“哎呀”惊呼一声，我想，他是心疼，我是肉疼。我已经预感到，今晚我们遭罪的时候还在后头呢！

车虽然坏了，发动机却没有熄火。不能熄火，要靠它产生的热量抵御这奇寒的侵袭，不使机器冻坏。当然，我们也会得到好处：有了热量，就可以少挨冻了。

风雪仍然肆无忌惮地怒吼着。

我静静地坐在驾驶室里，紧紧地抱着方向盘，每隔一会儿就轰一次油门，让发动机的转速加快，以增大热量。

寒风咬着夜幕的声音很刺耳。

昝义成一声不吭地坐在我身边。这时他大概想到我受伤的手很不好受，便不经我允许就轻轻地把那只浸满血的棉手套从我的手上脱下，又将他的手套给我戴上。他说：

“无论如何不能让伤口冻着！”

我说：“抛锚车的驾驶员都成了闲人，我可以一直袖着手坐在这里。”

“闲坐着不干活会更冷的。”

昝义成说着就把拥着他腰、腿的皮大衣抽出来，递给我，说：

“班长，天气太冷，再加件大衣吧！”

助手都习惯把自己的驾驶员称班长，就像地方的助手把司机称师傅一样。其实，我连副班长也不是呢！

真奇怪，我身上加了一件大衣后，反而感到了天气的奇冷。很可能我刚才被冻麻木了，这会儿大衣一上身暖得缓过劲来了，便知道冷暖了。

“你到周围去瞭望瞭望,看看有什么动静没有？”我对昝义成说。

我把挂在驾驶室靠背上的冲锋枪递给了他。虽说是荒凉少人烟的雪山，毕竟路上孤零零只有我们一台车，保持一份警惕性没坏处。

这晚，我俩轮流巡逻。

风雪什么时候停了，我都没有发现。所有的喧闹和暴跳都随着那远去的风雪销匿得无影无踪。一瞬间，雪山静如海底。静得连我的一声咳嗽仿佛全世界都能听见。气温急剧下降，干冷，干冷，好像有人给宇宙间掺进了数以万计的干冰微粒。

我惊喜地发现黑绒布般的夜幕上闪出几点星花，蹦蹦跳跳，越来越稠密。突然，我怜悯起这些遥远的星星来，觉得它们太寂寞，很孤单。把它们请到驾驶室里来吧！我产生了这样一个奇怪的想法。

我擦掉了风挡玻璃上的冻雪，于是，那些星星透过玻璃跳进了驾驶室，和我坐在了一起。我很开心，星星和我在做伴。

昝义成巡逻回来了，老远我就听见了他冻得呼哧呼哧地直喘。他进驾驶室，落座。我说："你瞧，这些星星真好看！"

他一不看星，二不看我，只是抹眼泪。

我忙问："咋啦？"

他这才放下肩上的枪，双手十分笨拙地抱起左脚让我看。他伤心地哭了起来。

我马上明白了，他的脚冻坏了。我赶紧把大衣给他，要他包上脚。他说，脚指头冻得像贼掐似的揪心。他提出能不能想办法把脚搁在汽车的排气管上烤烤。我马上制止他：万万不可！冻脚用火烤或拿热水烫都会坏事的。这是医生说的。还是让它慢慢地暖热吧！

我用大衣把昝义成的双脚包了个里三层外三层，严实得一丝风儿也不透。

昝义成入神地望着玻璃上的那些星星。我想，他难得有这份闲心，很可能是这会儿脚好受些了。我也陪着他看星星。星星很亮，一颗跟着一颗闪烁着，好像是对我和昝义成笑着。我觉得自己整个身子都在星海里游荡。

我看出来了，昝义成一脸的等待。等待什么呢？幸福还是痛苦？我忽然想到，在遥远的故乡，一个山村的路口，一位白发苍苍的母亲焦急地张望着。那是我的母亲还是他的母亲？儿子在雪山等待，母亲在家乡企盼。等待的滋味，也苦也乐。可是，如果人生没有了等待，生活也就没有了希望。

落雪的黄昏，母亲推开窗子，心儿飞到比遥远更遥远的地方……

我没惊动昝义成，悄悄地下了车。

该我巡逻了。

我在汽车附近转了几圈，没有发现什么异常。可是，我回到驾驶室后，出现了令人担心的却是预料中的事：发动机熄火了！

油料已经耗完。

我望着昝义成，他也望着我。

天幕上那些星星依然很亮，好像离我们更远了。

“点堆火烤车吧！”我说。

昝义成没动。

我又催了一次，他才下了车，像笨重的猩猩一样攀上大厢，从篷布下面掏出那捆我们出车时准备的红柳根，扔到地上。

他还是不说话。我下了车。我知道他是要我看：这么点柴火给兔子搭个窝都不够，烤车？

在这种情况下，一切都得我拿主意。这不仅因为我是这个车的驾驶员，而且还因为我是连里的文化教员。你知道吗，当年的文化教员在战士心目中享有与指导员同等的地位。这一点，在连里甚至营里那些扛着金黄色肩章的头头脑脑们规规矩矩地坐在下面听讲时，体现得淋漓尽致。昝义成用企求而信任的目光望着我，我便果断地对他说：

“你先用这些柴火把火生起来，我出去走走。”

他显然明白我要做什么，说：“找柴火？鬼！你想找骆驼刺，这里不是戈壁滩。你想捡牛粪饼，这里没有人家！”

我说：“可是，你别忘了，这一带有当年修青藏公路时民工住的工棚残址，说不定会有木椽、木板什么的。”

我当然不是乱猜胡想了，平日多次从这里经过，看到过那些烟熏火燎过的痕迹，只是没有细看是否有可做燃料的东西。现在逼到了绝路上，不妨碰碰运气。

昝义成没再说什么，我背上枪在公路附近的山里毫无目的地转磨去了。

可想而知，我空手而归。

昝义成好像想到了什么，他让我看着车，说他去找找看。我没有阻拦他，也没有对他抱什么希望。

我问昝义成："脚还疼吗？"

他没有回答我，反问一句："你手上的伤口还流血吗？"

我也没回答他。他走了，我看到他的身影渐渐消失在远处。

山里很静。在星光的映衬下可隐约瞅见雪峰的轮廓，冷风扫过雪层的声音听得真真切切。我忽然有了写作的欲望，难以按捺得住的欲望。就写眼下我们经历的这些事，抛锚、找柴、守车，等等。自然只是想想而已，深更半夜黑灯瞎火的，又是在荒滩山野，怎么写？

那时，我写稿已经在我所在的部队出了名，当地的报纸和军区小报上时不时会看到我的作品。所以，在这种特殊情况下产生写作的念头完全是情理之中的事。

外面"嗵"一声闷响，我料定是昝义成搬来了什么"援兵"。

接着就传来昝义成兴奋的说话声："好家伙，够烧一阵子了！"

我下车一瞧，原来是一根粗粗的东西已被甩在了雪地上。他告诉我是一截圆木，很可能是拴马桩。我笑了，拴马桩？拴野驴去吧！唐古拉山什么时候有过马厩？昝义成并不服气，说你和我没听说过的事多着呢！

它是什么并不重要，反正我们有柴火生火烤车了。

没想，有了"柴火"我们也犯愁。那个被冰雪浸湿了的圆木怎么点燃它？

这时候，给熄火已经一个多小时的汽车送去温暖比在我们身上加件衣服的必要性更迫切。我和昝义成的身体又一次被冻得麻木了，一麻木，反而不知道冷了。

昝义成冷不丁地冒出一句傻话："泼上油，点着烧！"

没等我说话，他就自嘲似的说："我真浑，油？哪里有油呀！如果有油，还用得着我们在这儿瞎折腾吗？"

我没有力气发笑。

不过，我的思想很快就被他所说的"油"点燃了。我想到了一件东西——我腰里的那根麻绳。它里里外外浸满了柴油、汽油、洗油、机油，浑身都是"油水"。我曾经几次想抛弃它，换一根新的麻绳扎上。现在我庆幸我的"远见"，没有喜新厌旧将它处理掉。它就是一根天然的"引火线"，可以给我们解燃眉之急。我解下"腰带"，高兴地说：

"还愣在那儿做啥？快把你那宝贝也拿下来，两根来个合二为一……"

我的两个手指刚往一堆一捏，话还没说完，昝义成就什么都明白了，他忙解下自己的"腰带"，高兴得在屁股上狠劲一抽，原地蹦起一尺高。然后，他又接过我的"腰带"，立马动作起来，他一边干活一边说：

"我们活了！活了！"

我想，这之前，他一定想到了死……

历史长河的每一个时期都有时间老人有意或无意遗留下来的拓片。

这便是被后人视为珍宝的文物。

三十年后。

一次，在日月山下某汽车团的荣誉室里，我看到在一个精致的大玻璃盒里展览着一批实物：铁锹、十字镐、脸盆、水壶、瓷碗、铝锅、军衣……它们为什么那样眼熟且牵人心肠？

讲解员告诉我，三十年前的一个冬天，他们团里一支车队在唐古拉山被一场罕见的暴风雪围困了整整二十五昼夜。当指战员们突围出来时，一个个都变成了黑脸、长发、破衣的“野人”。荣誉室里的实物大都是从唐古拉山现场或从当年与暴风雪搏斗过的官兵手中搜集而来的……

讲解员说：“我们的汽车团是一支有着光荣传统的英雄部队，它组建于解放战争时期的华北战场……”

我打断了他的话，这些我都知道，我还可以给你背诵一首歌颂你们部队的顺口溜，它诞生在唐古拉山——

抗过美，援过朝，

天安门前出过操，

东海岸边拖过炮，

唐古拉山抛过锚。

我说：“这是当年在唐古拉山抛锚的驾驶员编的顺口溜。”

讲解员吃惊地望了我一会儿，问：“同志，你是……”

“我在唐古拉山抛过锚！”

我继续参观荣誉室。我一遍又一遍地看着那些展品，流连忘返，不肯离去。最后，我在一根麻绳前站定。

既陌生又熟悉；既遥远又亲近。

它已经发朽，褪色；缩短，变细。上面的斑斑油渍化作了岁月的硬痂。

我望着它，不知不觉地走进了历史的画廊里……

讲解员走过来，问我：“你一定想起了什么往事吧？”

我没有回答他的话，却问：“你知道这麻绳的用途吗？”

他不假思索地说：“当年汽车兵用它来保暖。”

“不！”我摇了摇头，“不仅仅是为自己保暖！”

讲解员怔怔地望着我，希望我说下去。

这时候，我倒好像成了讲解员……

说不上来是因了何故，我和昝义成表现出来的聪明才智在那天夜里达到了无与伦比的惊人程度。在有了那根“油捻”之后，圆木在我们手里再也不是无法制伏的顽木了。我已经记不得是他的主意还是我的建议，反正我们用千斤顶把圆木死死地挤压在汽车保险杠的下面,加力,再加力,很快它就变软破裂,成为任我们揉捏的“面团”了。之后，昝义成把“油捻”埋进在木头上掏出的几个坑里，点着，汽车的油底壳下便升起了一堆火。

严格地说，不是火，而是一堆烟。圆木太潮，起不了火焰。不管怎么说，雪山上毕竟飘起了一缕暖意。

圆木点燃了，不出火苗，只听见噼噼啪啪的声音。

我从驾驶室里翻腾出来两张揉得皱巴巴的《青海日报》《人民军队报》，和昝义成轮流着扇火，总希望那堆烟里能喷出火苗来。没有，始终没有火焰升起，烟反而越来越浓，呛得我俩又咳嗽又淌眼泪。这时，我想，指望一朵云下雨太傻了，光靠圆木生火看来既难保住汽车，又救不了我和昝义成。必须另想办法。我便对昝义成说，你就待在这里，该干啥还干啥，我再走出去看看。昝义成连头也没抬，只顾闷声闷气地扇着火，瞧那劲，巴不得把自己的身子当成一粒火星扇进去，燃起旺火。

我刚走出去一步，昝义成就追了上来。他像变戏法似的从他的裤兜里掏出我的那根“腰带”，塞到我手里，说：

“山里风头硬，咬肉呢，你把腰里缠紧些！”

“怎么？你没把它烧掉？”我心里好温暖。

“一根麻绳就真能当柴烧？引个火，有我的那根就足够了。”他很平静，“我总觉得我俩的‘腰带’不能全烧了，留下来一根为好。当然是留你的了，你是驾驶员，又是连里的秀才，同样的东西一落到你们这些人身上就金贵了！”

说毕，他又蹲下扇火去了。

我把那根麻绳紧紧地勒在腰里，又朝山中走去了。

到哪儿？我不知道。

我的想法很简单，待在这里，如果真的遇到更大的雪灾只能有车毁人亡这一种结果。走出去，说不定还会碰上救命的“活菩萨”。我沿着一条山沟漫无目的地走着，天气特冷，揭屁股风吹得我往前迈步都很困难，冷冷的风雪填满我心口。索性侧着身走吧！我心里有一种莫名其妙的企盼：藏村，夜行人，水，甚至一束微弱的灯火……它们当中的任何一种出现在我面前，都会成为救命船。

我和这个死亡的夜晚在心灵深处对峙着。

忽然，我意外地看到雪坡上袒露着一个洞，在遍地的白色中显得十分惹眼。只是夜色朦胧中我无法辨认洞的形状和它曾经的用途。管它呢，我急不可待地钻了进去。洞内地盘不大，地上无雪，潮潮的，有几块不知是石头还是冻土的什物裸露着。有一种说不上来是烂草还是臭肉或粪便的气味扑鼻而来。但是，令人满意的是洞里很暖和，湿漉漉地暖和，给人的感觉好像进了洗澡堂。

但是，我心里有疑团：这雪洞是怎么回事？满天飞雪，遍地寒冰，只有此处雪化冰消！

暴风雪拧绳绳似的怪叫着从洞顶掠过，它分明要把雪山抬走方休。我真不敢相信刚才我是怎么从雪海里挣扎出来的，而且居然找到了这么一个温暖的落脚地。我确实有一种脱离虎口的感觉。

洞外，依旧风狂雪疾。我断定，今晚青藏高原上又会有人在跋涉中挣扎，在拼命逃脱死亡！

刚进洞时因为新鲜感到身上升腾的暖意被不断变冷的寒风吹得越来越薄了。但是，那湿湿的、潮乎乎的热气始终伴随着我。苍天把所有的白雪都埋进这漫漫的长夜。

这时，我想起了昝义成……

他还在猫着屁股一把鼻涕一把泪地扇着火。

他无论如何不相信我的话，说，“你是碰上了鬼，还是遇到了仙？”

我向他解释：你可以不相信我的奇遇，那个暖屋却是实实在在地存在，它可以使我们今晚逃离死亡。

他还是坚决不信，说：你最好再遇到一个向你求爱的白蛇精，我们就把那间所谓暖屋给你做洞房，娶媳妇。

我打断他的话，说：我不会骗你的，一切都是真的。现在你就到那儿去暖和暖和身子，那是回一趟家的感觉呀！

昝义成虽然将信将疑，但还是去了。在这个能把人浑身骨头冻裂的寒夜，谁会拒绝“家”的诱惑呢？

我接着扇火。那两张报纸已经烂得掉渣了，我干脆脱下帽子扇起来。

还是不见火苗喷出。偶尔在皮帽的扇动下出现的一星半点火花，对我也是莫大的安慰。它烫着这冷寂的夜空，也热了我的心。我不停地扇着，扇着。扇短了漫漫的长夜，扇疾了高原的寒风。

狂风一鞭一鞭抽痛了大山的脊梁。

昝义成忽然上气不接下气地跑来，惊呼：“班长，我遇上鬼了！”

我忙停止了扇动的帽子，问他：“你把话说清楚点，到底发生了什么事？”

他仍然话不成句地说：“那洞里……里……不断地有……有什

么在……在叫，不，好像……像是在唱……唱，怪……怪吓人的！”

我无法反驳他。刚才我只顾暖身子，根本无心去听去看别的什么。

我只好把“扇子”交给了昝义成，又向那条山沟走去……

雪洞里还是那么湿漉漉地暖和。起初，我还是什么也没听见，只感到里面很静、很潮、很闷。静得有点瘆人，潮得胸部发憋，闷得像要爆炸。我支棱起耳朵倾听，果然有一种声音轻微地、慢悠悠地传来——

叮叮，咚咚，哗哗……

琴声？笛声？水声？似乎都像，又不全像。

沉思在朦胧中的我不由自主地挪了挪地方，往雪洞里面走了走。地面越是潮湿了，那声音越是近了，也清晰了。我用手一摸，水！热乎乎的，还有些烫手呢！

许久的等待，就这样开始在我手指上弥漫。我惊呼，大叫一声：“温泉！”

高原的路好遥远，我走了好久好久，才走到了冬的尽头。

直到此刻，我才明白，我今晚栖身的这个地方是雪山温泉在四季不化的积雪层里用热气烘出来的一个天然雪洞。难怪我来到洞里像进了洗澡堂。我扒掉皮大衣，不顾一切地向温泉扑去。它在冰层的深处，它在雪山的肚子里。弥漫着热流，扩散着幸福。

美丽的雪线温泉，你藏得好深；因为藏得深，你才包容着一个诱人的世界！

我敢肯定地说，当这温热的涛声流进我耳畔的时候，我的情绪达到一种语言及词汇无法抵达的境界。

高原的美丽贮存在冰层的中心！

结着薄冰的缕缕热气，抚摸着唐古拉山的黎明。

清晨，我们来到温泉边。

这是个万里无云的朗朗晴天。雪山披着一身圣洁恢复了风平浪静，皑皑雪峰托着一轮滚烫的红日，满山遍野镀上了赤金。不见藏村，不闻歌声，唯有温泉升起的热气在清冷的雪山上懒洋洋地盘绕着。热气飘着飘着，又被寒风拧成一束……

就在这时候，我们发现了一具尸首，男性，往大处想也就是二十岁出头。他裹着一身的皮货：皮大衣、栽绒帽、翻毛皮鞋，身体僵硬，但依然保持着挣扎的姿势。他的全身冻结着一层厚厚的冰雪、泥浆，根本无法看清原来的颜色。他的两只手里攥着什么东西，我们好不容易才掰开他的手，看到：左手握着半拉窝窝头，右手握着一团纸。我们把那纸团展开，上面用血写着一行歪歪扭扭、血迹时断时续的字：我是一个兵。

我仿佛有所悟，拿起他的右手一看，食指断掉一截，黑乎乎的血痂模糊了截断面。

我能想象得出，这是一个在暴风雪中搏斗求生而败下阵的战士。我推断：三日前，也许更早的时候，当他被风雪围困在山上后，断路、断粮、断水，他四处奔波寻找生路。他不知道在什么地方在什么时候能有人救他一命，但是，他希望自己能得到拯救。

当他最后的企盼成为泡影的时候，他用尽了一生的力气作了最后的一次呐喊。我永久地记着他死后留下的那个挣扎的姿势：身体向前扑去，双手呈刨挖状，一条腿前踩，另一条腿后蹬……

我敬佩他，也为他遗憾。他肯定在雪山上转了很久很久，只差一步就可以走出死亡了，他却没有坚持走完这一步。当时只要鼓起勇气往前蹭几步，扑进温泉的怀抱，他就不会倒下去。曙光向他招手的时候，他长眠在了黑夜中。

一步路，很短，又很长。短到抬脚即过，举手之劳；长到万里之遥，有人一辈子也跨不过去。

一步路啊……

我对昝义成说，他是我们不相识的战友，现在我们是唯一的可以管他的人。

昝义成说，是呀，应该管。可是怎么管呢？我们也没有走出死亡线呀！

我说，挖个坑埋了他吧！

他无可奈何地点了点头。

挖坑？地冻得跟石头差不多，一没锹二没镐。无奈，我们用手刨了些雪给他盖上，然后脱帽，三鞠躬。

同志，慢慢走吧！会有人来看你的。

唐古拉山口。我们的抛锚车依然如落了帆的船，瘫痪着。

太阳很红，阳光刺眼。到过雪山的人都懂得这样一个常识：这里的太阳看上去火热，其实少有暖意，它落到人身上像冰条一样寒心。我曾经这样咒过这发光不发热的冰太阳：早点落到山窝里去吧，你是雪山的严寒之根。

毕竟白天总是好对付的。

这时候，因了远山一缕白丝绸般的山岚的出现，我的创作欲望突然空前地强烈起来。当然，我不可能预测到正是这缕山岚后来引发了那么一串奇特而真切的动人故事。

那会儿我正烦躁地坐在驾驶室里干什么都觉得不是的时候，眼前始料不及地飘来了那缕云雾，自然是通过驾驶室风挡玻璃映进来的。雪后的高原格外空旷，静远。山体清晰，空气纯洁，世间所有的杂质、污秽都被昨晚那场雪滤去了。这时我最亲切而深刻的感觉是，我把世界看得很清楚。那云雾是从雪山的右侧一个什么地方猛乍乍地飘甩而出，其色先是惨白惨白，后来像有人滴进了一瓶蓝墨水，又渐渐地变得淡蓝淡蓝。起初它只是一条柔柔细细的带子，转瞬，随一阵风摇身一变，就飘成了一道又宽且长的带子，它缠绕了山腰，臃肿了宇宙。山岚和雪山的颜色都是白色，但是两者的白色各有所异，所以雪山把山岚映衬得很显眼，山岚又把雪山照耀得更洁白。

山根下，有一只雪狐拼命地追逐自己的尾巴。

遥望那缕山岚，我陷入了对美好生活无限向往的泥沼：

帐圈里飘来的炊烟？

喇嘛庙的香火绕上了雪后的晴空？

真有仙女将哈达抛至人间？

……

有意思的是，那山岚对我表现了少有的亲近——起码我的感觉如此。我始终觉得它一直在朝我走来，逐渐地把我渺茫的希望变为现实。我真的不相信那是一种自然现象或梦幻。那里会有人，会有为我们这辆孤零零的抛锚车做伴的人。

我从雪山凹陷的地方望到了更远处，阳光云雾所致使远山呈现出虚幻的抛物线。我又看到了那只雪狐，它背着刚刚出山的日头从雪峰中间匆匆跑过，霞光在它身体的轮廓上幻出一圈如红绒线般的光晕，美丽极了！

我兴致勃勃地对昝义成说，快来，欣赏雪山的风光，耐看着呢！

他正坐在一旁打盹，像冬眠未醒的懒虫。

“既然耐看你就往够看吧！”他扔过来一块坚冰似的话。

我实在不愿叫他把我好不容易酝酿起来的情绪泡汤，便说：

“你给咱看着车底下的火，别让它灭了。”

我脱下皮大衣，扔给他。

他问：你要干什么？

“那圆木已经快‘革命’到头了，到时你把这大衣续上火。总之，不能断火。”

他说：“十件大衣也经不住烧。”

他下了车。

这回该我问他了：“你要干什么？”

“走走看，也许还会遇到救命菩萨。”

我在心里为他祈祷，希望他像昨晚扛回圆木那样给我一个惊喜。

山岚仍然挂在远山的腰间，这种奇景妙色给我的创作必然送来新鲜的活力。

我翻阅了驾驶室的角角落落，也未见到一张可以写下一行字的纸。最后只得打开油料卡夹子，从中抽出一张没用过的表格，开始了我的一生中这次独特的创作。那时候我憋破脑袋也不会想到我在山岚的应召下写的这篇后来发表在1959年第12期《解放军战士》上题为《风雪中的火光》的散文，会引起那么一场不算小的反响。

我写下了第一行字：

唐古拉山的这个夜晚比我经过的所有的夜晚都要漫长，都要难熬。我觉得我的骨头都冻得嘎巴作响……

那浸骨咬肉的冷，可以说是我这大半生都没有遇到过的。当时我真的是这么想的：用一个什么东西把夜幕砸碎，捣掉，让太阳照在雪山上。这当然是傻想了。但是我相信任何一个走投无路的人都会像我这么傻想。

我继续写下去。笔尖蘸着忧患，写我们在雪山的困境：

我在山里转了一圈，两手空空而归；助手也出去了一趟，自然不会有比我更好的结局。他深扎着脑袋，不说一句话，好像我欠了他五百大洋……

我不会忘记那一刻我和昝义成的颓丧。我无处发泄，便把他批评了一通。有什么办法呢？我只能拿他当出气筒。我说你是助手，你想想你助了我什么？现在我最需要的是怎样才能熬过这一夜的办法，我真有点讨厌你那吊得两尺长的驴脸。

他一直没有吭声。我知道他的心里一定很冤，因为我的那些批评实在没有任何道理。

……

我正写着，忽然听到驾驶室外有什么响动。原来昝义成又扛了一根圆木回来。今日神了，圆木这么钟情他！只见他按照我们昨晚的程序，将圆木挤压，变软变酥。之后，他望着我。

我知道，他需要“油捻”。

我没有丝毫的犹豫，将坐垫上我的皮大衣扔给他，他接着了，用感激的目光看着我，便把大衣上的布面、毛绒撕成了碎条……

我不知道为什么我没有把我的“腰带”贡献出来。

汽车下的火又点燃了起来。

我写得正酣。大半页纸爬满了密密麻麻如蚁的字迹。我写到了冰天雪地里那一池温泉水。她是暴风雪微笑成的一滴热泪。

我和昝义成能活到今天，从严格意义上讲是那池水给了我当时和后来在青藏线上可以驰骋不息的生命因子。我多次说过，雪山环抱的那泓温泉是母亲的怀抱。

这时，一股暖暖的气流在我的周围荡漾。毫无疑问，车下的火在扑着我的身子，但是，我感到又不全是这样。停笔，我抬头又看见了那缕山岚，它和我的距离似乎比刚才近了，也更清晰了。我伸出手去，只觉一股暖烘烘的气息从指间涌至心间。

神奇的山岚？

我自然而然地把给我温暖的功劳归功于它了。尽管我并不相信山岚真的会有这种神功，还仍然要这么认为。人的心理作用就是这么偏执。

接下来发生的事情就更是无奇不有了。

我已经弄不清楚是在什么时候、在什么情况下，我又听到了在雪洞里听到的那个声音。与上回不同的是，这次我不但听到了声音，而且还看见了，它是卷着那缕山岚从我的笔端流出来的。我眼睁睁地看着它流出来就变成了一个个端端正正的铅字。

地平线并不是天空的边缘。

渐渐地，那声音变成了歌声，越来越清亮——

儿当兵当到多高多高的地方
儿的手能摸到娘看见的月亮
娘知道这里不是杀敌的战场
儿却说这里是献身报国的地方
儿当兵当到多远多远的地方
儿的眼望不到娘炕头的灯光
儿知道娘在三月花中把儿望
娘可知儿在六月雪里把娘想

我必须郑重其事地声明，这支题为《西部好儿郎》的歌曲，是我在唐古拉山的这次遭遇后二十多年才在青藏高原军营里传唱开来的，那才叫真正的流传，几乎人人都能唱，而且唱得十分动情。可是，在这支歌还没有诞生的时候，我的耳朵竟有如此惊人的超前功能，提前二十多年听到了它？

但是，这不是错位。而是今天我在回忆那段往事时不由自主地把它融进了这支歌里。因为当时确确实实有“娘在三月花中把儿望”的真情与细节。

我指的是我的娘，还有一位藏族阿妈。

母亲穿了大半辈子的襟袄像草原一样深沉、宽广……

1959 年，我刚满 20 岁。娘说，你长到 50 岁也是娘的娃娃。

我和昝义成，还有我们的汽车，十天后伤痕累累地回到了驻地格尔木。

不久，我们连队又一次从西藏边防执勤回到格尔木。我把铺盖卷刚一撂在宿舍的通铺上，战友们就围上来七嘴八舌地说着同一件事：“你小子真有能耐，中央人民广播电台播你的稿子了，大喇叭亮着嗓门拼命地吼叫，全团谁没听到！听说昨天下午王团长在干部会上还打听你王宗仁是哪个连队的。团长说我们汽车团了不起呀，藏龙卧虎！”

我却没有听到那次广播，至今想起来都遗憾万分。

送走祝贺的战友，我转身回到床前，看到班里的公用桌上放着一封信，我的家信。我拆开一看，天啦，家乡的父老乡亲们也听到了广播，信是母亲托六哥写的，满纸的担心和忧愁。信上问我，听说那个地方天冷得把石头都冻裂了口子，你把身上的衣服点着火烤了车，还不冻坏了！你的手冻了吗？脚冻了吗？还有脸冻了吗？最后母亲在信上说，她已经给我寄来了一件棉袄……

我看着信，眼眶里涌满了泪水。

实话说，在冰天雪地里挨冻受饿两天两夜，最冷的时候我身上的肉像刀割般难受。但是，我始终没掉一滴泪。当然，我一再告诉自己，冻死也不能哭，战士的眼泪不能轻易地流出来。然而，此刻捧着这封远方来信，听着母亲儿女情长的絮叨，我哭了，泪水涌泉般溢出。

星儿密语，月儿含蓄。世界上最好闻的气味是母亲的呼吸，母亲是白雪覆盖的种子，是冰层里燃起的炭火。母亲的手掌是一片最阔大最温暖的天地，孩子走到哪里都属于母亲的生命。

我还有另外一位娘，藏族阿妈。

我永生永世不会忘记那山岚。

当时、现在和将来，我都会毫不含糊地说，我的那篇散文《风雪中的火光》是蘸着山岚写成的。散文本身也许在我的文学生涯中不会有多么了不起的位置，但是创作它时遇到的那琢磨不透的山岚使我迷茫了几十年。

那天下山前，昝义成对我说：把它留在山上吧！

他是说我的“腰带”。我俩想到了一起，但是我不知道山中哪儿该是留它的地方。

这时，我发现路边嘛呢堆上撑着几杆随风飘曳的红、黄、白、绿、蓝经幡，在蓝天雪山下显得神圣而肃穆。我轻手轻脚地走到了嘛呢堆前，看到几架牛头羊头的骨骸穿插在乱石堆里，不少石面上刻着六字真言和各种佛像，几串冰凌从骨隙眼凹中伸出。我踩着骨架攀上，将我的“腰带”系在经幡杆上。

山风轻吹，经幡猎猎，超然于尘世的诵经声随风飘拂。我能辨出，那合唱中有属于我的祝愿。

昝义成笑着对我说：你也成幡了！

我说：我可不会给朝山者带来什么吉祥。我只是想让更多的过山人知道，汽车兵曾经有过一种企望。

“什么企望？”昝义成追问。

我不知道如何作答……

要下山了。

汽车启动的一瞬间，我回头留恋地看了看那“腰带”。我突然发现山岚出现在嘛呢堆之上，与那经幡缠绕在一起。经幡下盘腿端坐着一位脸庞如根雕般的转经老阿妈。

奇怪，刚才我为什么没看到她？

我心里挽了个疙瘩。

汽车行至山腰，我再回头看时，转经阿妈不见了。唯山岚仍飘在嘛呢堆上。

我不知道岁月何时才能毁掉我与山岚之间那玄妙的距离……

90 年代初。我来到唐古拉山深入生活，肯定地说，这是我超过百次地登上这座闻名于世的大山了。上山的次数多了，自然对山对自己的认识也就达到了一个深的高度。

上了一百次山，山才说了话。

那天，闲暇无事，我进山行至当年那个温泉处，遇一藏家老猎人，正赤膊精腿地撩泼泉水洗澡。我来，他竟也没有任何羞诧之意。我便站一旁，细观。

泉，自然还是二十多年前那泉，清澈而温热，暖人心脾。所不同的是雪洞没了，给人的感觉泉仿佛移了位。泉边明显地残留着半圈帐房的遗址，锈着灰烬的地灶，结着酥油硬疤的土墩，还有帐篷的碎片……我只知道这里曾经发生过的一些事情，却并不知道这里曾经发生过的全部事情。疑惑挂满我的眉宇。

老猎人出水，穿衣。他主动跟我搭话：

“这里是一个藏家老嫂的家。”

他的目光久久地射在那遗址上。

我问："你叫她老嫂，我当然要叫她老阿妈了。老人现在住哪里？"

"已经走了十多年了，99 岁走的。你看，那不是她吗？"

我顺着老猎人手指的方向望去，山包上有两座墓堆。还没容我说话，老猎人就说：

"右边那坟里埋的就是老嫂，左边睡着一个军人。"

军人？我惊讶地问了一声。

他久久不言语，却不沉思，只是望着我，一双鹰样的目光。

我等着他。

果然，他笑口开言："我讲一个故事给你听。"

于是，我便有了今天创作这篇散文的立意和题目：雪山无雪。

那个午后（老猎人实在记不得是哪年哪月的午后。不过，我根据他讲的事情分析，很可能是我和昝义成那一年在唐古拉山抛锚的前两三天的事），德吉达娃阿妈从寺庙里朝拜回来走过公路时，确实遇到过一个兵，那个兵没有带枪却背着沉甸甸的什么东西。直觉使她知道那个兵不是正常情况下在雪山上赶路。当时雪花漫天飞扬，眼前仿佛罩上了一层麻纱，几米外的事物就模糊一片了。那兵走得十分吃力，动一步都像拖着一座山。他走着走着突然趴下了，似乎还惨叫了一声……德吉达娃阿妈吃惊地站住，看着。那个兵趴下后并没有躺着不动，而是一点一点地朝前移动。阿妈明白了，兵的体力已经消耗得差不多了，才不得不爬行。她远远地看了一会儿，又走她的路了。

老人弯成了一把老镰刀，收割着仅仅剩下的那点白昼。天很快就黑了。她回到了山脚下自己那顶被牛粪火熏得像铁皮一样用牦牛绳编织的帐篷。

大雪掩埋了山中的喇嘛庙，掩埋了山下德吉达娃的帐篷。一切声色都消失了，这个世界在这一刻死一样空寂。

我们没有理由责怪阿妈的粗心或者狠心。一个藏家在佛的独身老人，近八十岁了，祖祖辈辈守着半栏羊窝在山沟里，从来不知道外面的世界是什么色彩。但是，德吉达娃老人一辈子都忠诚于佛祖，是个虔诚的信徒，善良是她的本分。这诸种因素便是德吉达娃离开那个兵回到帐篷后产生悔恨心绪又无可奈何的原因。

雪花悄声悄气地咬薄了夜幕。

那个兵爬行的姿势一直在阿妈眼前浮动，使她的心无法平静下来。

这个夜晚他会怎么过去呢？从进帐篷那刻起，她想的就是这一件事。冰天雪地，一个看来身力已经耗得所剩无几的人，如何熬得过这个连壮汉子也难以对付的长夜！

她从静坐中站起来，却不知道该干些什么。晚饭她无心去做，肚子压根儿就不觉饥，瞌睡也远离她而去，睡觉仿佛成了一种负担。帐篷里那点儿小小的空间，平时多放一碗酥油茶她都嫌碍手碍脚的，此刻她却觉得整个唐古拉山都装进来了。她分明看见那个兵正在艰难地一步一挪地跋涉在雪海里，一阵狂风卷来，积雪扬起，他被埋了进去。又旋来一股雪浪，把他从地上掀到空中……

“天啦！”德吉达娃立即紧闭双眼，双手合十，为兵祈祷。“唵嘛呢叭咪吽！”

她熟背六字真言的声音压倒了风雪的怒吼。

老阿妈自然没有胆量和胸怀迈出帐篷到雪野去追找那个兵，但是她确实有过这样一个想法：我不能眼看着他的生命今晚就这样从雪山上消失。那是一个有灵魂的生命啊！

打开帐篷门，让雪山向我靠近。夜里十点来钟，老阿妈在帐篷前的石板上点燃一堆牛粪火。那个冬天她的取暖牛粪饼贮存得并不多，但她仍然把牛粪火烧得旺旺的。佛祖告诉每一个信徒，你如果把满腔的热能都掏出来给予饥寒交迫的善良人，这样你的心里也会暖和起来。

德吉达娃确信不移地认定，这堆远山的牛粪火会把热量传送到那兵的身上去。在佛祖的信条里，所有的距离都是虚幻的现象，只要心与心沟通，山不隔身，水不断音。

那夜，老人几次起来添火。

牛粪火整整燃了三天三夜……

老猎人不再说下去了。

他望着我。他一定觉得我的脸上写满了另一个故事。

我无论如何不会不想起那个多雪的冬天发生的故事，便对老猎人说：

“那个兵是否感觉到了阿妈点燃牛粪火的真情，我无法知道。但是，却有另外一个兵从身体到内心都接受了阿妈传来的温暖。你想知道这个兵是谁吗？”

老猎人对我的话并没有表现出十分的惊奇，甚至可以说很漠然，他说：

“我一点也不认为你捡了个便宜，善良的德吉达娃老人点牛粪火是为了每个在寒夜里挨冻的人得到温暖。”

我不厌其烦地给老猎人讲了当年我抛锚山中时看到的那缕山岚，以及山岚孕育出来的那篇散文。

他一声长叹染苦了两颗心，说：那个兵最后还是倒在了雪山上……

雪峰上，一座墓茔：

一个兵的永远的归宿地。

墓包是几个过山人用冰块雪团堆砌起来的“水晶坟”——不必担心它会融化，四季落雪的唐古拉山根本没有解冻的日子。

墓茔白得使人忧伤，这里是青藏高原最寂寞的中心。

没有人记得有一个兵在此走完了他一生的路程。

德吉达娃阿妈的额头又添了几道树纹似的褶皱。不能说她的苍老与那座兵坟有关，她不会对任何人讲起那个午后自己在山道上遇到过一个兵的事，更何况她已经用她的良心呼唤过那个迷路人了。老阿妈整整 85 岁了！

平静的心也会有浪翻云滚的时候，老阿妈的良心受到极度自责是五年后一队头上戴着闪闪红星的军人做了她的邻居以后。那些年轻的兵们是一伙能把小房子似的载重卡车开上满世界跑的人，他们去班戈湖运硼砂，执勤之余把德吉达娃阿妈家里的活儿包括挑水、贴牛粪饼、赶羊归圈等全包了。最使人开心而幸福的是这些娃娃兵们特地从兰州给阿妈买了一身深蓝色织贡呢棉袄棉裤，那天阿妈穿上这崭新且时髦的衣裳后，整座雪山都明亮了许多。

一日，阿妈在和兵们闲聊时，得知好多年前他们的一位战友因跑单车在雪山迷了路而走失。她双目直愣愣地望着兵们，腿一软，瘫倒在地……

她把兵们领到雪峰上，在那座坟茔前站住，把一条雪白的哈达献给长眠的兵。之后，她痛心万分地说：

“把你们当中四个人的年龄摞起来，也许还不及我的岁数大。但是，阿妈是个糊涂人。现在我才明白了，头上戴着红五星的金珠玛米是藏家的菩萨兵。睡在这里的那个兵也是和你们站在一起的人，当年，如果阿妈我有走出帐篷几步路的勇气，也许能救了他……”

年迈人感情太脆弱，说着竟失声痛哭起来……

不久，解放军小分队调离雪山。

德吉达娃阿妈把家搬到了温泉边，用牦牛绳编织的那顶像铁皮一样的帐篷撑在温泉边的一个塄坎上。

很可能就是当年那个兵穿过青藏公路的地方，竖起了一块木牌，上面写着藏、汉两种文字："温泉茶水站"。木牌上的箭头直指山中。

阿妈整天忙碌着，地灶上的铜壶里日夜沸着酥油茶。她年纪确实很老了，走路的步子很慢，动作也迟缓，她极少说话，总是默默地干着活，路人都以为她是个哑巴，唯邻居们知道，她要说的话全在路口那木牌上写着了。

很快，"温泉小站"的美名就在青藏公路上传开了。人们都说，唐古拉山中有一个心肠最善最善的老阿妈，喝一口老人的酥油茶翻越雪山像长了翅膀一样轻捷，不过，到茶水站歇脚的人并不很多，大家都不忍心麻烦年迈的老人。倒是那些汽车兵们隔三差五地总要去阿妈家一趟，自然他们会喝上烫心的酥油茶。当然，喝茶不是主要目的，每次去后他们都要把所有的活儿搜腾着干完，就连山脚下那个厕所也要给老人收拾得干干净净。他们的勤快、热情感动得"哑巴阿妈"不得不说了话：我真拿你们没办法！

时间就这么过着，一年，又一年……

德吉达娃 99 岁那年，她突然提出，要外出赎罪。别人问她：赎什么罪？她答，每个人有什么罪，佛祖都知道，佛祖会惩罚一切有罪孽的人；别人又问：去哪儿赎罪？她说：拉萨大昭寺。

她一把火烧了那顶帐篷，把铜壶擦拭得锃亮闪光，灌满泉水，放在泉边：旁边插着路口那块木牌……

一个晨曦染红雪山的清晨，阿妈踏上了去日光城的漫漫征途。她特地穿着兵们给她买的那身衣裳，外面罩一件藏袍。她三步一叩长头，两步一个朝拜，非常虔诚。

日出月落，雨停雪飘，日子被浓浓的香火一截截烧掉。阿妈的脸膛瘦了，双手磨出了死茧；她更苍老了！

泉边铜壶里的水始终无人舍得喝一口，那些风尘仆仆的过山人在壶旁一站，顿觉身轻心爽，饥渴劳累全无。奇怪的是，铜壶里的水总也不见少，冬来春去，都是满溢溢清澈澈。尤其是在晴天的晚上，整个夜空的星星仿佛都落到了壶里，美丽极了！

于是，青藏高原有了个新的传说：唐古拉山有了一眼神泉。

德吉达娃阿妈没有走到拉萨，她永远地倒在了冈底斯山的怀抱里……

温泉边的铜壶也不翼而飞……

雪峰上的那座兵坟旁，新添了一个坟包。

乡亲们根据德吉达娃老阿妈的遗嘱，把她安葬在这里，连那块木牌一起埋了进去。

99 岁老人的坟堆没有那兵坟大。这也是阿妈在世时再三嘱咐过的事。

一个死者对另一个死者永远的忏悔和思念。没有墓志铭。那泓不竭的温泉是她一生最圆满的句号。

老猎人沉思着。

我蓦地想到往事一件，问他：

“你可知道，三十多年前这山口曾有个嘛呢堆？”

“风吹日晒，雪打雨泡，日子早把它荡平了！”

我怀念那根“腰带”，不知它化作了哪朵云，哪缕风？

我的思绪仍沉在回忆中。

“你说的那位德吉达娃阿妈，我想起来了，我见过她！”我说。

“见过？在哪里见过？”他问。

我给他讲了那年我看到坐在嘛呢堆上的那位老妇人。

老猎人笑了：“那是牧人们在嘛呢堆上砌起的一个佛龛。”

“石像？好逼真呀！”我感叹。

稍停，老猎人又说：“你看，在同一个地方，佛龛走了，雕像站起来了！”

他手指处，西部军人雕像冷峻地屹立着。

唐古拉山口。

一百余次翻过世界屋脊的我深情地凝视着雕像的各个部位。

一块庄严的巨石。

石头上的每个字是严肃的。

石头上隆起的每道接缝是严肃的。

石头上兵的脸庞是严肃的。

中国西部高原永远保持了冰冷的沉默。

我想起了诗人李瑛站在这里写下的诗句：

他高昂的头
使大西北的高度和重量
增加了三倍
世界，因他才变得
威严和崇高
简洁和深刻

历史把一切都放在应有的位置上。

我指着唐古拉山深处的五女峰对同行者说：“长江就发源在那

里的各拉丹冬。”

同行的一位朋友说：“长江是中国最大的江，她像黄河一样也是母亲河。”

我仿佛又看见了那缕山岚。

可是，那顶牦牛绳帐篷和它的主人——99岁的德吉达娃阿妈已经化作了历史的回音壁。

世界屋脊跳动着永恒的、新的脉搏。

一队野驴在湍急的源头浪涡上踏下不凋的蹄瓣。

这时候，我最想说的一句话是：

我在唐古拉山抛过锚！

太阳有泪

五道梁的地理环境以及山坡上的夫妻合葬墓

这个季节被白雪覆盖。

山很肥，河却流瘦了。

红红的如同火球一样初升的太阳萌动在草地边缘，欲分娩将分娩似的，这是她最生动、最美丽的时刻。天地间没有声音，连风儿也是静悄悄的。刚刚睡醒的草地上充满动感的藏羚羊闪电般一掠而过。

公路上来往的一半是汽车，一半是牦牛……

几乎数十年不变的五道梁的清晨又一次展现于我的眼前。

如果你以为我对这种印象的感觉十分惬意的话，那就大错特错了。算起来，五道梁让我不寒而栗的恐惧感在四十一年前就开始困扰我了。

说不上来是什么原因，我每次看五道梁的太阳，总觉得它是一颗伤心的泪珠……

海拔 4818 米的五道梁所处的地理位置很特殊，在中国恐怕唯有它是最自豪、最气派了：左手拎着昆仑山，右手拉着唐古拉。但是，你站在它的胸部向四处瞅去，却看不到山。天和地在这里吻合在一起了。风大且猛是出了名的，人们戏称：它一年只刮一次风，从大年初一刮到大年三十。我从一份历史资料上得到这样两个数字：1954 年青藏公路刚通车时，兰州大气研究所测定，五道梁的风是 14 级飓风，一年中的最低气温达零下 40 摄氏度。

五道梁是青藏高原八百里永冻层的一部分，一年四季不管哪个季节，它似乎都没有生命的意识。

太阳结着冰，月亮锈蚀了。

结冰了，才有乡愁；锈蚀了，好长的故事。

它不是村，也不是乡，更够不上镇。二十几个兵的兵站和七八个养路工的道班，蜷胳膊缩腿地窝在一个不算很深的小盆地里，兵屋和民房根本无法分辨，皆为清一色的半地下半地上的干打垒建筑。青藏公路从房舍中间穿过，房主们紧紧地关闭着门，窗洞用双层报纸或茅草扎的巴巴糊挡着，防止烟尘钻进屋里。茫茫荒原孤零零地住着这么一军一民两家人，日听风吼，夜闻狼嚎，能不凄惶吗？

我很熟悉五道梁的兵，不管是军官还是士兵，从他们身上我都能强烈地感受到无情的大自然对人类残酷不懈的蹂躏和摧残。他们一律赤黑脸膛，青紫嘴唇。手指关节肿大，指甲陷凹。这里的兵还有一个羞于启齿的缺陷——头发稀少，有的甚至成了秃顶。这是五道梁的水带来的恶果之一：脱发。喝了这里的水引来的另一个恶果是：肚子发胀，剧疼。闹肚子闹腾得你立卧不宁，仿佛肚里存不住东西，吃了就拉。

五道梁屋顶的积雪，是在特殊气候下形成的结痂。

就我而言，并不在乎这里的自然环境有多恶劣，而是难以忘怀由此引发的我在后面要叙述的故事。我十分关注兵站对面山坡上的那座坟茔，它无论何时都牵连着我的思念，撞击着我的情感。这是一对夫妻合葬墓，丈夫像我一样是一位军旅作家，爱妻为他陪葬。几十年来，只要重返高原，我每次都要去墓前祭奠我所敬重的亡人。站在这合葬墓前，我觉得我必须抛弃年轻时一度坚信人可以战胜一切的定论。是的，也许人能战胜一切艰难困苦乃至打败一切对手，但是，有时人往往自己把自己打败。

1998 年盛夏，我又一次踏进可可西里草原，走进了五道梁。

草因季节的流逝而变白。一群牦牛在楚玛尔河畔吃着变白的草。当我拐下公路，向那座墓地走去时，老远就瞅见有个人影静静地蹲在坟前，低垂着头。虽然风很大，我仍然能听见抽抽泣泣的哭声。

谁？警惕之余我似乎还有一种期待。

我脚步很轻，但又不可能不惊动哭坟人。那人果然抬起头望了我一眼，噢，是个藏族中年女人。之后，她又低下头一把鼻涕一把泪地哭得好伤心。我已经站在了她身边，她根本不理会。我弄不明白藏家女人与这两个亡人是什么关系，便问：

“大姐，你在这儿长跪不起，哭的何人？”

她抹去脸颊的泪水，抬头望望我，反问一句：“你是谁？”

我如实告诉她：这里埋葬着我敬重的战友。

“你们认识？”中年藏女眉头舒展出一缕惊喜。

“当然认识！当年他们夫妻在青藏公路沿线是众人皆知的人物。”

“那你一定知道一个人！”她的话语非常自信。

“谁？”

“德吉梅朵。”

我马上明白过来，上前一把攥住她的手，说：“你就是德吉梅朵？！”

她点头，泪水夺眶而出……

在德吉梅朵不厌其烦地唱着语录歌时，她就是太阳下的一棵小树

那个年代，你到了青藏高原，如果不知道德吉梅朵的存在，那不仅仅是件遗憾的事，而且有人会作为一种过错而不饶恕你。因为从某种意义上讲，德吉梅朵是精神支柱的象征。

她是属于那种聪明绝顶的女孩子。仅仅八岁，就会唱语录歌。但是只会唱一支歌 :《我们共产党人好比种子》。藏族女孩特有的那种粗犷的甜声，再加上曲调本身的魅力，这歌儿从她嘴里流出别有一番滋味，使许多歌唱家都望尘莫及。总之，很棒!

进出西藏的人在五道梁兵站歇脚时，都会无一例外地看到在兵站营门旁足有半人高的水晶石矿上，有一个穿着小军装的藏族女孩不厌其烦地对着每一个人唱歌,就是那支《我们共产党人好比种子》。在她唱歌时许多人都有一个感觉，就是那块水晶石矿在歌声的颤动中闪闪发光，好像印证一种无形的生命存在于人世间。

水晶石矿是汽车兵从唐古拉山开采来的，原先准备用它做材料砌在兵站的营门之上。后来不知何故，这事被搁置了。水晶石矿暴晒荒野半年之久，蒙上了一层沙土。最后，不知哪位高参的谋划，水晶石矿被德吉梅朵踩在脚下，成为兵站的放歌台。

一直到今天，我还认为，在所有的语录歌里，数《我们共产党人好比种子》最富有人情味。那段语录本身很精彩自然是一个方面了，最主要的是曲子谱得十分有韵味，其中几处弯儿拐得格外生动，有一种把人拐进云山雾罩的世界里突然又跃入阳光灿烂天地里的感觉。也许这就是艺术作品的独特魅力吧！在五道梁这个让人们望而生畏，因而被称为“青藏高原鬼门关”的地方，唱这支歌显然是经过了精心挑选的。谁选的？我想大概不会是德吉梅朵。她只有八岁，

还缺乏这种识别能力，但是她能把这支歌唱出不同寻常的感情：

我们共产党人好比种子
人民好比土地
我们到了一个地方
就要同那里的人民结合起来
在人民中间生根、开花……

小梅朵在唱歌时，小河里一半流着水，另一半冻着冰。

她是异于众多的唱语录歌的歌者。一是她目不识丁，藏文汉字均不会；二是她不用本民族的语言唱，而是用汉语唱。人们无法理解，她怎么能把那么冗长而又政治性很强的语录及滑音、拐弯频繁的曲调如此流畅地唱下来，又是用她并不熟悉的汉语！

要知道德吉梅朵唱的歌有多大的作用，这只用过往汽车兵的一句话就看得明明白白了：她的歌声把高山反应唱得远离我们了！

在没有树阴的荒原上，德吉梅朵用歌唱表示着她就是太阳下的一棵小树。

小梅朵戴着红色小宣传员的桂冠在青藏线上出名了。先是省报热热闹闹地报道了她的事迹，接着首都的电台、报纸也把她当个人物宣传了一番。

小梅朵仍然还不会写字，甚至不会认自己的名字。有人把“我们共产党人好比种子”几个字写出来送到她面前叫她认，她红着脸说：“那些字不认识我，我也不认识它。”

时光老人的背上驮着一个戴着金丝边眼镜的年轻军官，来到了五道梁。他是个大学生，也是五道梁有史以来第一个有这样学历的人。三十年后的今天，我仍然坚持我的这个看法：他的到来，使五道梁的历史掀开了新的一页。

别的暂且不说，就他用半是抱怨半是关爱的口吻对德吉梅朵说的那句话便够让人琢磨的了。那是他到这里的第一天，听了德吉梅朵唱的语录歌以后，他把她从水晶矿上领下来，拍拍她的后脑勺，说：

“孩子，唱累了吧？”

小梅朵先是点了点头，马上又摇了摇头。

“上学了吗？”

小梅朵又摇了摇头。

他又说：“孩子，咱不忙着唱歌，先学认字，有了文化还愁唱不好歌儿吗！”

德吉梅朵这回既不摇头也不点头了。

他不再言声了，沉思了片刻，便迈开大步朝兵站前面的旷野走去。寒风搅动着他投在天地间的身影，把五道梁的冬天拦腰剪断。

走远了，他回头看时，小梅朵又站在了水晶矿上，唱起了歌。

荒野上没有太阳只有歌声在苍茫辽远的高原上飘荡。

他站在老远的地方，背朝兵站沉思着……

他就是新上任的兵站站长柳毅。

大尉站长的名字在《解放军文艺》上频频亮相，谁也没有想到他是被逼上文学这条道的

雪山没有因为多了个柳毅而增高几寸，季节河的水也没有因为来了个新站长而减退几分。那时，他在五道梁当他的官，我在格尔木开我的车。我们都在青藏高原，又似乎都不在青藏高原。

我做梦也没有想到，没过多久我竟然情不自禁地对柳毅产生了

敬佩之情。事情的起因是我读了《解放军文艺》上刊登的他写的那篇散文以后。当年的我，把能在全国全军一流刊物上发表作品的作家，看成是非常了不起的人物。

记得好像是 1963 年秋冬交替的日子，飘着大雪的格尔木所有的路都消失了。午休时我踏着深雪专程到邮局买来了一本带着浓浓墨味的新出版的《解放军文艺》。翻开目录我本能地把目光射在一个标题上：《飞雪催春》，我有一种本能的感觉，这篇散文肯定是反映青藏军营生活的。我不顾飞雪打湿刊物，一边走路一边读了一遍。散文写的是在一个多雪的冬季，通天河兵站徐站长离开长江源头去北京疗养的路上，发生在青藏公路沿线几个兵站像春潮一样足以能把人的心帆鼓胀的故事。作品角度新颖，语言富有生活气息。能看出来，它绝对出自一个有相当文学功底的作家之手。可是，这篇散文的作者柳毅，我根本不认识，也从未听说过。那时，我已经是一个在青藏线上小有名气的战士作者了，对活跃于青海西藏两地的主要作家，大都比较熟悉，有的虽未谋面，却神交已久。唯有这个突然冒出来的柳毅，使我一下子觉得自己跟青藏高原有了距离。

大雪悄然落地，声音很响。

后来，当有人告诉我柳毅是一个大尉军官，在五道梁兵站当站长时，着实让我大吃一惊。

我又把《飞雪催春》研读一遍。

我仍然为那个年代能出现这样出色地反映青藏高原军营生活的好作品而高兴，又为作者是一个大尉军官而百思不得其解。

对文学痴迷如醉的我，自然而然地产生了一个想法：当面去求教柳毅。

那个时候，官兵之间、上下级之间的界限格外森严，像我这样一个连队的汽车司机（后来提升为准尉副排长），实在少有见到大尉军官的机会，即使有了机会，有没有足够的勇气去见，仍然要画一个问号。

荒原深处的山被黛色的云块罩着。

紧接着,我又从《解放军文艺》上读到了他写的另一篇散文《莽昆仑》和小说《雷站长》。柳毅在我脑海里的形象随着他发表的作品篇数的增多而不断变得高大而神秘。

对于柳毅发表的散文作品，开始我并没有别的想法，只感到他给了我一种学习创作的满足。大概只是一瞬间的事，我突然变得很悲观了。青藏线上出了一个大手笔，还会有我们这些小人物的天地吗？我并不承认自己的自信心受到了挫折,但我确实有一种威胁感。

见到柳毅则是两年以后总后青藏办事处在格尔木召开的一次创作会议上，他被指定在会上发言。按我的想法，不说长篇大论吧，起码他可以敞开胸怀把自己的创作体会，给包括我在内的他的崇拜者好好谈一谈。但是，我失望了，他的发言完全出乎我的意料。他根本不提创作的事，却给与会者汇报了一个兵站站长一天的作息流程。从起床号一响到熄灯号消失，他把角角落落的事都掏出来亮在大家面前,唯独没提到文学。他讲了清晨到车场为出发的车队送行，讲了中午和炊事员为吃晚餐的过往人员包饺子，讲了后半晌带着四个兵到公路上拦车去看望山中抛锚的汽车兵，讲了半夜里他怎样点燃了客房一个熄了火的取暖炉……末了他说，要当兵站的站长离不开大家的监督，我真诚地希望得到同志们的帮助。当时乃至后来较长一段时间，我都纳闷：他怎么能这样介绍创作体会？难道这样一个埋头于站长业务工作的人能写出在《解放军文艺》上发表的作品？真正理解了他这个发言是在我离开青藏高原若干年后，那时我渐渐读懂了生活与创作的关系，也就读懂了柳毅。今天我多次对我的同志说，柳毅是个称职的站长，他没有欺骗自己的使命，他才是个真正的作家。

正是在那次会上，我从别人嘴里知道了有关柳毅的一些背景材料。

他本来在首都北京工作，是一位首长的秘书。因当时某种特殊原因犯了所谓的大错，说了几句在当时认为不该说的公道话。他背上了一个沉重的处分，被安排到了五道梁。

他是被逼上文学这条道的！我这样想，别人也这么说。

这时，原先我对他的那股敬慕之情陡然间为深深的同情所代替。

柳毅是个悲剧人物。柳毅又是一个强者，一个站在缺氧的 4818 米处绝不示弱的顽强奋进者！

就是这样一个多重性格的柳毅，后来，在他身上发生了那么凄惨的事情，这是善良的我无论如何没有想到的。当然，这与他的妻子有关……

一朵亮丽的云彩出现在五道梁上空，
大学讲师在小木屋里教小梅朵认字

柳毅的妻子李琴也随他一起到五道梁落户，谁也不能说她是被贬到这里的，因为关于处分柳毅的任何一个文件上都没有提及她。她原来在首都一所大学当讲师，丈夫要走了，她辞掉了工作，心甘情愿地当了随军家属，与丈夫一起到了这片苍凉的高原来守望清贫。

李琴是常驻五道梁的第一个汉族女人，她的出现，给这片蛮荒的土地带来了一朵亮丽的云彩。这绝不是夸张：任何一个女人来到五道梁，都会使这里生动起来，就像外星人降落到地球上一样新鲜。

兵站大院东北角柳毅夫妻的那顶帐篷，不管多会儿看都给人一种像在地球之外某个地方出现了一间小木屋的感觉。

这是一个周日的中午，高悬头顶的太阳虽然放射着晃眼的光芒，但是所有的热量都被寒风卷走吃掉了，天气依旧很冷。柳毅推开一扇窗子，对妻子说：

“你看。”

李琴从床上站起来，朝外望去，很有几分陶醉地说：“蓝天，白云，雪山，要不是刮着阵阵寒风，那真是好馋人的风景！”

“不，我是要你朝近处看。”柳毅显然没有欣赏自然风光的心境。

李琴收回了视线。她看到营门旁边的水晶石矿上站着德吉梅朵，正给来往的军人唱着歌。

夫妻俩久久地望着德吉梅朵。风儿把她的头发吹得七零八落。

“李琴，你有何感想？”

“我真不相信她会是个文盲呢！”

沉默。冷风从洞开的窗口吹进来，屋里马上有了结冰的感觉。

柳毅望着妻子，突然想到他这间“小木屋”除了包容个人的不幸外，还可以给别人送去一丝温暖。

他若有所思地说：“李琴，我给你一个任务，教小梅朵学习文化。”

李琴面有难色，不语。

柳毅：“我真不愿意看着这样一个好苗苗耽误下去！我们不能让五道梁漫山遍野都是枯草。”

一个月后，一本经过好多人手传递的《农民识字课本》送到了五道梁兵站。第一个接到它的自然是柳毅，然后到了李琴手上。最后当德吉梅朵拿起它时，她才发现这是一本别人用过的破旧的书。但她仍然像获得了珍宝似的贴在了胸口。

这是小梅朵开始学习文化的第三天晚上，李琴在帐篷里等着她来上课。突然，小梅朵撞开帐篷门跑了进来，抱住李琴的腿痛哭起来……

阿妈已经死了，小梅朵仍然蜷缩在阿妈结冰的怀里；她今天唱歌绝对不是为了挣那三毛钱

任何欢乐总是人们预料中的事，而所有灾祸却无一例外都是弦外之音。

小梅朵已经长到八岁了，怎么会相信自己是个无爹无娘的孩子？因为人们说过，石头缝里是蹦不出娃娃的。

她从来不知道阿爸是谁，当然就谈不上见过他了。对于阿妈，她从别人嘴里听到过些许的传说，似乎还有淡淡的印象。那是一个矮墩墩的胖女人，背上成天撂一个长长的水桶，从不冻泉里给头人的羊栏背水，从早到晚，脚下的路总是湿漉漉的。自然一到冬天水路就变成了冰道。阿妈的怀里很暖和，她背水时总是要把女儿放在胸前的藏袍里。真的，一点也不累，女儿像一台小马达，给她枯萎的身躯里注入了鲜活的力气。后来，据说是个冬天，阿妈永远倒在了那条湿漉漉的路上……这一切，都是把小梅朵捡来的金珠玛米叔叔告诉她的。那个叔叔说，当时阿妈的尸体已经僵硬，她仍然蜷缩在阿妈那冻了冰的怀里，哭天喊地，声音像一只快断气的小羊在声嘶力竭地叫着……

那个叔叔给她换上了一件肥大肥大的军装后，立即到拉萨去执行任务，只得把她留给了另外一个叔叔来照管；不久，第二个叔叔又要调到亚东去当连长了，她便被传递给了第三个叔叔，这时她已经快三岁了，开始懵懵懂懂地知道一些事，记住了这位叔叔的相貌：大胡子，身上多会儿都会挎着一个军用水壶，里面装着喂养她的酥油茶。再后来，她经过了两个金珠玛米叔叔的身边，便到了五道梁兵站。

德吉梅朵讲完了自己的故事。

她没有流泪，眼泪早就随着阿妈桶里的水洒在了那条湿漉漉的

小路上了。此刻，她只是伏在李琴的双膝上，静静地伏着。李琴紧紧地攥着她的手，好像怕她突然又被传递到另外一个人那里去似的。柳毅的脑海里早已变成一片沙漠，小梅朵就是这沙漠中的迷途者，他真不相信这个小小的姑娘会经过如此曲折的磨难。这时，他不停地用袖口抹着滴在眼镜片上的泪痕。

帐篷里，三人无语，很静。八年的岁月仿佛都在此时此刻凝固了。柳毅手中的那副镜片像从三人心中升起的一弯月亮，托起了一个女孩脆弱的人生。

过了好一会儿，李琴说："孩子，人活着不容易，可你比谁都不容易！"

柳毅显然不想在这个沉重的话题上再继续下去，他便问小梅朵：

"你很喜欢唱歌吗？"

"我是兵站宣传队的队员，就应该唱歌。每天唱歌还有三毛钱的收入，它是我的工资呀！"小梅朵说得十分坦率。

"三毛钱的工资？"

"是站上给我的伙食费呀！"

"伙食费？你不唱歌，难道兵站就不给你饭吃啦？"

"这我不知道，反正宣传队是我自己要求参加的，三毛钱也是站上主动给我的。"

柳毅的脸上罩着一层忧郁。

李琴扶着让小梅朵从自己的双膝间站起来，对她说："孩子，阿姨不是已经开始教你学文化了嘛。今后还要教你识谱。有了文化你能学会许多歌曲，说不定将来会成为一名出色的歌唱家。"

小梅朵抬头望着李琴，李琴也望着小梅朵。

他们都盼着下雨，又怕落下来的是冰雹。

……

我把哭坟的德吉梅朵扶起来，她抹去泪水，打量着我，她突然眼睛一亮，惊喜地说：

“你是作家王宗仁！”

我真佩服她惊人的记忆力，竟然如此准确地说出了我的名字。已经三十多年了呀！

我自愧弗如，说：“刚才要不是你自报家门，我是不会认出你的。”

她一笑：“老了！”

我忙解释：“那倒不全是，几十年的变化了！”

岁月老去，思念被制成了标本。

德吉梅朵告诉我，她现在在内地某民族学院任教，这次去拉萨开会，路过五道梁，特地停留两天，为两位老人祭坟；我对她说，我仍然在无怨无悔地写东西，所不同的是，过去是业余创作，现在已经成为专业作家了。我这个人，这一辈子离开什么都不会心疼，唯有丢了文学就不能活命。

德吉梅朵说：“今天见到你，我又回到了青年时代，但是那是刻骨的日子啊。”

她这句话一下子拉近了我们之间的距离。我和她一起站在坟前，深深三鞠躬。

我们向兵站走去。

路上，她突然想起什么，问我：

“还记得你写的那篇《梅花欢喜漫天雪》吗？”

“那怎么会忘呢？正是那篇作品把柳毅推入了不幸。”

秋风扫来，遍地都是荒凉。

一棵树和另外一棵树

严格意义上讲，那篇《梅花欢喜漫天雪》应该算作人物特写，它绝对攀不上文艺作品的格。只是由于一些人的借题发挥，才使这篇本该过眼烟云的文章名不副实地辉煌了一阵子。

这篇发表在《解放军报》头版重要位置上的人物特写，着力颂扬了柳毅的业绩。这时候，德吉梅朵已经 11 岁了，经过李琴近三年的心血浇灌，她摘掉了文盲帽子，会认会写常用的汉字了。

当时，五道梁兵站的官兵们在柳毅的带领下，把兵站已经建成了青藏公路沿线的“雪线之家”。新闻干事的职业敏感和始终把讴歌高原官兵作为职责的使命感，促使我从西宁来到五道梁深入生活。激发我写这篇稿件的直接动因则是柳毅到无名湖捕野鸭的行动——

这天，柳毅从警卫班、炊事班挑了十来个棒小伙子，召集到他的办公室，说：“我准备带着你们去执行一个特殊任务。”同志们忙问：“是上前线打仗吗？”“不，到湖里去捕野鸭。”“要驯服这些野性动物？”“不，‘八一’快到了，有几个汽车连队要在咱们站上过节，我们总不能让人家清汤寡水吃一顿。就地取材改善改善伙食。”“那有什么难的，伸手逮几只就行了！”“没那么容易，不信？到时你们就明白了！”

步行跋涉十多里地，他们来到无名湖畔。湖面上浮游着密密麻麻的野鸭，见人来了，呼啦一声飞得满天是黑点。只留下一些脱毛的野鸭飞不起来，在水面上慌慌地乱扑腾，嘎嘎地叫着。几十个人一字排开，在湖里围攻那些野鸭子。别看脱了毛的野鸭肉乎乎的，好像挺笨拙，其实它们在水里却很灵巧，眼看你就要逮住它，它冷不丁地一个猛子扎入水下，转瞬又从你的身后露出脑壳……这里的 7 月依然寒风呼啸，水下更是敲骨吸髓的冷。柳毅已经是近 40 岁的年纪了，双腿一直浸泡在满是冰碴儿的冷水里，慢慢地变得麻木，几乎没有了知觉。他还得坚持着，丝毫没有退缩的意思。在这些逮野鸭的军人中，始终有一个穿着红毛衣的藏族小女孩很活跃，她一会儿逮住了一只鸭子送给这个叔叔，一会儿又把逮住的另一只野鸭送给那个叔叔。德吉梅朵才 11 岁，可咯咯咯的朗笑声蛮像一个大姑娘了！

柳毅和同志们在湖里泡了大半个下午，逮了二十多只野鸭，满载而归。

我在这里如此慷慨泼墨地描写柳毅们捕野鸭的艰辛和酣畅时，一定会有读者谴责他们的原始和愚昧。因而，我必须郑重说明，那个年代,在中国人的观念和意识里,根本没有“保护环境”“生态平衡”这类词汇。相反，这样的人倒被视为英雄好汉：当你用双拳打死了老虎；当你拿土铳崩死了藏羚羊；当你在宴席上摆上熊掌时……我们有许多闲置的犁，但是大片大片的土地荒芜着。不必责怪，中国人走过了漫长的老墙中间的小巷。学得聪明一点儿那是后来的事。

所以，我在那篇《梅花欢喜漫天雪》的特写里，肆无忌惮地满腔热情地歌颂了柳毅和他的战友们捕捉野鸭的行为。是的，“八一”那天会餐时，当你看到过往官兵们吃着“红烧野鸭”后脸上浮现出那种抑制不住的舒心笑容时，能不对柳毅们产生感激和敬佩之情吗？

然而，我也必须从另外一个方面提醒我的读者。那个年代具备保护野生动物意识的人不多，善于用政治眼光来衡量一切的却大有人在。

那是刊载着那篇特写的《解放军报》到了五道梁的当天。兵站中的一位领导在“无名湖里捕捉野鸭”一段文字旁，用红笔重重地批下了这样一句话：“野鸭飞来了，歌声溜走了！”

虽然蛮有诗意，但阴阳怪气。这“飞”与“溜”两个动词，对仗得极妙。但是谁都明白他这批语的意思：德吉梅朵中断唱语录歌是罪该万死的事，而引来这种必然恶果的起因是柳毅组织大家去捕捉野鸭。

应该说，这个批语是导致柳毅命运逆转的最初之源。

柳毅怎么也想不到，他记得清清楚楚，去捕野鸭前，那位与他共事的领导一脸笑意地对他说：“咱五道梁兵站的餐桌上是该给大家添点荤味了，要不会像商店一样，不到晚上就该‘打烊’了！”

五道梁兵站的客房。

我和德吉梅朵面对面坐着。

她的思绪好不容易从往事的回忆中拔出来，沉默了一会儿后，说：“那张《解放军报》很快就从兵站不翼而飞。”好多天后，才有人传出话是被柳毅收走了。不久，他就把我叫到他的办公室，有点魂不守舍地说：“小梅朵，我现在给你宣布两条。第一，你还是我们站上的宣传员，还是大家喜爱的歌手，从今天起你要像过去一样，每天给大家唱歌；第二，以后你不要学文化了，也不要到我家去找我和阿姨了。就这些。”他给我讲这番话时神情很紧张，门和窗子都大开着。我确实觉得事情有点异样，但是我绝对没有想到后来会发生那么凄惨的事。

她不再往下讲了，望着窗外，眼里含着泪花。

山巅上一只大鹰一动不动地飞翔着。

大地仿佛也在升高。

我知道，德吉梅朵、柳毅和那位拿着红笔批字的领导之间所以有距离，是因为他们是一棵树和另一棵树。

柳毅在不该死去的时候死了；
德吉梅朵莫名其妙地从五道梁消失……

一夜寒雪悄悄飘白了可可西里的草原和山冈。

五道梁还是五道梁，只是这个冬天似乎来得很早。那块水晶石矿悄悄不见了。站上有人说，不知被哪个连队的汽车装上拉跑了；来来往往的汽车兵们则发誓说，我们不会干这样的事，那是兵站神圣的歌坛呀！

德吉梅朵好像并不在乎有没有水晶石矿，她照样唱她的歌。让她忧虑的是，听歌的人一日比一日少了。并不是人们冷落了这位热情的小歌手，而是入冬以后进藏的人稀了，出藏的人也不多。她的信条不变：哪怕面对一个人，也要坚持唱歌。

听众一少，空旷的山野变得无边无际，歌声也显得很脆弱。孤零零的小梅朵站在兵站门前的空地上，很像长途汽车站上一台抛锚的车。

小梅朵常常有一种错觉：太阳还没出来，她就仿佛看见了落日。

这个冬天后来发生在五道梁的故事，使所有善良的人们都始料不及。在人的身上，美好和丑陋总是交织在一起，而且在多数情况下都是美好掩遮着丑陋。培植美的嫩芽实在是个漫长而艰辛的过程，但是显示丑的现象往往是一瞬间的事情。特别是孩子们更是如此，一阵风吹来就会使他们像根基不牢的草一样随风倒去。

那一年，随着冬的深沉，站上的一切供应都陷入了困境。断水、缺菜，粮食也紧张了。柳毅很着急，不要说接待过往部队了，就连站上这一摊子人的生命也面临着危机，他感到束手无策。唯一的办法是一次又一次向上级捎话反映情况，得到的回答是：汽车团队正忙着执行“三支两军”运输任务。只能稍后安排解决兵站的供应问题。稍后，应该理解为三天五日的事。可是，等了半个月了，还是没有动静。柳毅心里毛得起火了，看着战士们每天掐斤抠两地吃饭、喝水，他一天几次跑到兵站门口的山坡上眺望上级派来的汽车，脖根都伸得发疼了，也没有见到汽车的影子。他心如火焚，坐卧不宁。可以打一个也许不十分妥帖的比方：如果当时五道梁的地下能挖出地鼠的话，哪怕掘地三尺他也要把地鼠挖出来给大家充饥。说起来也是一件怪事，就在五道梁兵站几乎处于粮尽弹绝的日子里，来站上食宿的车队、行人突然莫名其妙地多了起来，这使柳毅十分难堪，接待吧，缺粮少菜又没水；推出去吧，天理人情都不容。怎么办呢？无奈之际，他脑子里一转，想出了个馊主意，写了一张布告贴在了兵站的大门上。布告上写着："由于供应困难，本站谢绝来往人员就餐。望各位海涵。"

那个年代，就凭这一张布告，足以把他批个焦头烂额也不冤枉他。

就在兵站门上出现了那张布告的第三天，五道梁兵站发生了两件足可以写进历史的事情：一是兵站接到了上级让柳毅复员的决定。这绝对是一个超乎寻常的决定，大尉军官复员？不要说在五道梁，就是在整个青藏高原的军营里也恐怕是第一例。更绝的是，必须让柳毅就地复员，就是说让他在五道梁脱军装。接到决定的第二天，柳毅就到五道梁养路道班当了养路工人，李琴一同前往。第二件事是兵站出现了一张揭发批判柳毅罪行的大字报。这是整个"文革"期间这个属于正面教育的单位贴出的第一张大字报，也是最后一张大字报。

柳毅的复员，也许可以说是不少人预料中的事。他既有"老账"，又有"新账"，人家一起给他算清；然而，那张大字报却使所有善良人的最纯最美的感情，受到了侮辱和伤害。大字报的题目是《我的控诉》，署名为"一个受害的少女"。它揭露了柳毅如何扼杀德吉梅朵的歌声的详细经过。

柳毅复员到了道班的当天，这张大字报也随他移到了道班的门口。另外，还有柳毅的一份“历史问题”的档案材料也同时交给了道班的“全无敌”造反战斗队。

柳毅夫妻在道班被那些养路的汉子们没完没了、没黑没白地批斗着，他俩被关在一间四面透风的草房里，里面有一张小床，床上落满沙土，结着终年不化的坚冰。只有在批斗他们时才可以走出草房到道班的食堂去低头弯腰接受批判。食堂里比小草房暖和多了，所以他们巴不得整天去那里挨斗……

我是在得知柳毅夫妻双双在五道梁养路道班那间草房里触电自杀的噩耗以后，才知道出现过那么一张《我的控诉》的大字报的。

等我赶到五道梁后，柳毅和李琴的尸首已经掩埋了。道班一个戴红袖箍的小伙子十分得意地对我说：“卷了两张苇席，挖了个坑，就埋在那山坡上了。”

我又到了兵站，站上的那位领导有点焦虑而胆怯地告诉我：“德吉梅朵莫名其妙地从五道梁消失了……”

两个少女的西部朝拜之路；一个流浪喇嘛在唐古拉山发现了一具女尸

半夜里，当德吉梅朵被一阵疾雨敲窗般的叩门声惊醒时，她怎么也不敢开门。后来，她听出是个女孩儿微弱的求救声，这才怀着怯怯的心情把女孩儿让进了屋。

这个女孩儿就是柳毅的独生女儿柳倩，北京市某女中的学生，红卫兵。父母离世的噩耗把她召到了五道梁。

穿着一身绿军装，佩戴着红袖章的柳倩，到了五道梁以后，一没有到山坡去看父母的坟地，二没有到道班房去清理父母的遗物和处理有关后事，而是直接来找德吉梅朵。德吉梅朵的出身以及她跟着妈妈学文化和她写的那张大字报，柳倩全了解得一清二楚。不过，她来找德吉梅朵绝对不是来讨还血债的。她对德吉梅朵说：

“德吉梅朵阿姐——你就答应我叫你阿姐吧！这个世界上我再没有第二个亲人了，我来找你是有事求你的。”

“求我？我是有罪的，你真的不记恨我吗？”

“不会的。我不愿提父母的事了，其实，我们都是罪人。”

“你？也是罪人？”

柳倩不语。德吉梅朵追问：

“难道你也背着人命的罪债？”

“在北京我们的女中，我和红卫兵兵团的战友们也把一位老师批斗得跳进了护城河。”

好久的沉默之后，柳倩又对德吉梅朵说：“我求你答应我一件事。”

“什么事？”

“我们结伴去拉萨朝圣。”

“你再说一遍！”

“咱俩结伴去拉萨朝圣。”

德吉梅朵抬起目光望着柳倩，她真的不认识她了。柳倩承受不了这逼人的目光，低下了头。

德吉梅朵问：“你为什么想到了朝圣？”

柳倩反问道：“你为什么不该想到自己也应该去朝圣？”

德吉梅朵不知该如何回答，这回轮到她低下头了。柳倩继续说：“我们都是罪人，从父母生下我们的那天起，这个世界上就多了一个罪人。也许我们的长辈当初可以选择自己的路，但是我们已经没有选择的权利了。只有赎罪。”

“一切责任都应该我们去承担，可是，我们实在担负不起！”

“我不能把责任推到父母身上，我的父母已经被你们害死了。”

德吉梅朵再次问柳倩：“你真的不记恨我吗？”

“我会用你问我的这句话去问我老师的女儿。”

继续沉默。

德吉梅朵：“朝圣的路太长，太艰难了！”

柳倩：“我已经习惯步行了，从北京走到井冈山，又走到了遵义。”

“可是，那是走路，朝圣却是要磕长头啊！三步磕一个头。”

“用整个身子走路也许比用两条腿走路更稳当些呢！”

……

这天黎明，在五道梁风雪弥漫的荒郊，两个少女，沿着青藏公路，三步磕一个长头，朝拉萨方向而去。在她们身后，冻着一层冰的地面上，用身子摩擦出来的痕印无声地慢慢延长着……

日日夜夜，她俩双手作揖，弯腰磕头，磕落了太阳，捧出了月亮。天黑了，路边的任何一个凹地就是她俩夜宿的地方。口渴了，荒野的山泉就是滋润她俩心田的甘露。没有充饥的食品，她们沿路行乞。遇上足可以把汽车吹翻的暴风雪，她俩就在好心的牧人帐篷里住一宿。

多少艰辛！多少惆怅！多少企盼！

应该经历的，她们都经历了；不应该经历的，她们也经历了。这就是赎罪者的人生！

可是，拉萨的金顶在哪里？

一个月后，一个流浪喇嘛在唐古拉山的冰雪道上，发现了一具女尸……

柳倩死在了朝圣的路上。

德吉梅朵不知去向……

五道梁兵站的客房里。德吉梅朵哭得泪人一般，说话的声调也变了。她嘴里反复用泪水嚼着这么几句话：

“我为什么那么蠢，在人生的道路上还没有出发，就走到了终点！”

我说：“人总是在付出代价甚至惨痛的代价后才逐渐明白人生是怎么回事的。记得我刚奔十岁那年，我们那个山村里几乎每晚都有狼闯进村里伤人。一到晚上家家户户把门关得死死的，连灯也不敢点。奶奶却指着我对我爸爸说：‘把门敞开，让娃儿站在门外，看着狼进村。不让他见一回狼，就一辈子也分不清狼与狗。’我爸倒没有洞开大门让我站在夜蒙蒙的天色下去看狼如何伤人，他却放行让我每周进山打柴。一次，我在山中真的遇到了狼，实实在在地与那野兽较量了一番。我手上负了伤，狼腿却被我打断了，它一瘸一瘸地跑掉了。我回到家，奶奶说，这就行了，你这一辈子再也不会怕狼了。狼终究是怕人的。我这些年经常回味奶奶的话，她老人家真的够得上一个朴实的哲学家了！”

德吉梅朵说：“我倒是能分得清狼和狗，却分不清好人与坏人。我害了自己，又害了别人。”

她的话使我想起了柳倩，她死在朝圣的路上。据说，她死时额头和双手、双膝已经被路石磨得血肉模糊，根本辨不清是她了。

我对德吉梅朵说：“冷静后的思索，会使人把所有的愚昧变成财富。我相信从那以后会少犯许多错误。”

“可是这一次错误我是终生都不会原谅自己的，真正的罪人是我，我既害了柳毅，又害了他的妻子和女儿。”

我问她：“柳倩是怎样把命丢在了路上，你又是怎么坚持到了拉萨？”

“柳倩是在藏北的两道河得病的。她先是拉肚子，接着发高烧，不吃不喝，昏昏迷迷。我叫她的名字她不答应也不睁眼，我害怕极了，便背着她走回头路，想返回五道梁。没想走到唐古拉山下，她就咽下了最后一口气，我病倒在地。多亏了一位牧民阿妈，她掩埋了柳倩，又把病得奄奄一息的我背到她的帐篷里，请来藏医给我治病。一个月后，我的身体恢复了健康，上路继续朝圣。到拉萨已经是半年以后的事了。”

德吉梅朵的睫毛上挂着泪珠。为了转移话题，我又给她提了个问题：

“事情虽然已经过去三十多年了，我仍然很想知道你写那张大字报的动因和一些细节。”

德吉梅朵显然不大愿意提起往事，她尽量用简练的语言，浓缩了当时的情景：“那些天，我从站内站外人们的议论中，第一次知道了柳毅是犯了错误才到五道梁的。这时，我突然想到了他对我唱语录歌那种不冷不热的态度，不由得出了一身冷汗！”

“于是你就写了那张大字报？”

“不，是有人启发了我……”她不往下讲了，稍停，又说，“我记得很清楚，那是在决定柳毅去道班后我才写的大字报。”

我仍然觉得有话要问。

“那一年你多大啦？”

“14岁。”

“柳倩呢？”

“跟我同岁。”

“应该说你们都是懂事的年龄了，但是毕竟很单纯。”

“单纯就是善良吗？”

"也可以这么理解吧！"

德吉梅朵似乎不大同意我的话，她说：

"正是单纯，别人给你涂上什么颜色就是什么颜色。如果说我开始懂事的话，从此我懂得了一个单纯的人是多么危险！"

我们都不说话。我知道，我的心、她的心都在剧烈地跳荡。

孩子的单纯是一种罪过吗？德吉梅朵错了吗？生活中真的不该有单纯吗？我不知道。

我对她说："德吉梅朵，抬起头来，每天迎接一个新太阳这是我们应该享受的一种权利。"

德吉梅朵听了我的话，擦干眼泪，旋即，泪水又涌满了眼眶……

当德吉梅朵把那本识字课本埋在柳毅和他妻子的坟前时，我才发现这儿是一片墓堆

这是我和德吉梅朵来到五道梁的第三天，也是最后一天，天刚蒙蒙亮，我俩就来到柳毅夫妻的墓地，与这对亡人告别。同来的还有五道梁道班的青年养路工索朗央金。

选在这个时候来祭灵，完全是索朗央金的主意。她告诉我们，每天太阳出来之前，她总能听到从坟地里传来一阵一阵的脚步声，开始她并没在意。无论是什么人的脚步声都似乎与她无关。这件事引起她特别的关注，是一天清晨，她上班时无意间闯进墓地以后，明明空无一人，可是脚步声依然清晰、洪亮。她原地站着，看了又看，分明没有一个人，可是脚步声一直没有间断。她回到道班后把这件怪事给大家一讲，同志们都说那是柳毅和妻子起得早，用脚步呼唤太阳出山呢！从此，就有了这样一个传说：柳毅夫妻每天起在太阳之前，沉睡的青藏高原是他们唤醒的。

这毕竟是个传说。我们三人到墓地的这天，就没有听见任何脚步声响，因为风特大，所有的声响都被风卷走了。

德吉梅朵跪倒在墓前，三叩首。我和索朗央金默默地跟着她依次叩首。

来时她带了一把铁锹，这时在距离坟前一尺处挖了一个坑。我俩帮她干活，很快一个像脸盆样的坑就出现于眼前的地上。

德吉梅朵把一个用红布包着的长方形的东西放进坑里，埋上土。

合葬墓前突起了一个小土堆。

“埋的是一本书吗？”我这样猜想，问道。她并不回答我的话，只是说：

“那年，柳站长和李琴阿姨费了好大劲才弄到这本书，他们对我抱着多大的希望啊！我也坚信自己有了文化后一定会汲取丰富的营养，做一个真正的人。没有想到我学了一点文化，倒变成了一个傻子。”

我明白了，她埋葬的是那本《农民识字课本》。

她又给小土堆添了一锹土，说：“我不配拥有它。让它物归原主吧！”

之后，她又跪在坟前，痛哭起来。

……

太阳还没出来。

我们三人在墓地久久地徘徊着。因为越来越靠近日出，大地那弯弯曲曲的轮廓线渐渐地明晰起来。当我们走到一个山坡前时，索朗央金突然提了个建议：咱们就在这里看日出吧，你们会看到一幅非常壮丽的日出景色。

于是我们坐在了山坡上。

随着曙光的降临，五道梁那一片房舍越来越清楚地跳入我的眼帘。当然，我首先看到的还是那座合葬墓。随之，我又看到在合葬墓的后面及左右两边，都有一个一个的土堆。我马上想到了那很可能也是坟包。一问索朗央金，果然是。

我又问："这里埋的都是些什么人？"

索朗央金答："死在死期之前的人。"

"什么意思？"

"柳毅和他妻子难道不是这样的人吗？他们离开这个世界时才30多岁，柳倩难道不也是这样的人吗？一个14岁的姑娘！"

"柳倩？她不是死在去拉萨朝圣的路上，埋在唐古拉山了呀！"

"后来有一个人把她搬迁到这里来了。"

"谁？"

"就是在兵站和柳毅搭班子，后来在《解放军报》那篇文章旁边批下一句话的那个人。"

"他的良心发现了？"德吉梅朵似乎不大相信会有这样的事发生。

我们都沉思着。

我继续和索朗央金对话："你说得很对，确实他们都是死在死期之前的人。还有些什么人？"

索朗央金一一诉说着："有一个步行准备穿越西藏的独行者，走到这里患上高山肺水肿，永远倒下去了；还有一个从珠江边来的孤儿，到西藏去寻父。他说他父亲是50年代进藏的老西藏，可是他找遍了西藏也没有找到。在返回老家的路上，他在五道梁咽下了最后一口气。另外，有个来自北京的支援西藏建设的大学生，不幸遭遇车祸，命丧黄泉……"

索朗央金把这些死者的身份、死因说得这么清楚，使我十分惊讶，当然更多的是钦佩。在这个"生命禁区"，死人的事太常见了，有多少人默默无闻地埋名埋姓地长眠在这里。没有亲人在身边，一个土坑，几锹黄土，就是他们永久的归宿地。他们都是父母的骨肉，他们都曾经有过温暖的家，甚至是一家之主，他们在明亮的教室里听过老师讲课，有的还是从中国名牌大学走出来的……他们完全可以在明媚的阳光下选择自己的未来；但是，他们肩负着使命来到了西藏，离世时却来不及完成使命了。也许他们在离开家乡、学校、单位的那一刻，想到过会有苦难和不幸来找自己，但是当厄运真的降临时，他们肯定感到突然甚至有过怨恨。是的，他们也是支撑共和国的一部分基石，包括埋葬在这里的那些冤魂……

索朗央金突然大喊一声：看，太阳出来了！

她的喊声还没落地，一轮喷薄而潇洒的红日跃上山脊，积雪的山巅立时像喷上了一层艳丽的红粉，十分诱人。几乎只是一眨眼工夫，阳光便呈扇形扩散开来，洒满了眼前的坟。最先接受这阳光的自然是那座合葬墓了，它变得金红闪亮。接着，它周围的坟堆全都披上了艳红的彩衣。

这时候，我最直接最动情的感觉是，这片被人遗弃了的墓地孕育了在中国任何地方都看不到的日出风景。

我觉得那本刚埋进坟地的书翻动起了书页，记载着五道梁瘫痪在永冻层的历史从此被翻过去了。这里的亡灵在瞬间都变成了一粒粒发绿的种子。我触摸到了可可西里草原萌动起来的生命的血脉。

我的心头涌上一股难以遏制的情感：这片也许不能算古老但充满未知的坟地，一下子变得生气勃勃了。我和我的同事们多少年来担惊受怕的那个世界，在这个美丽的清晨，随着这徐徐上升的火球消失了！

就在我们返回兵站的路上，听到可可西里草原深处传来几声分不清是藏羚羊还是野驴倒地的撕心裂肺的惨叫！

我无法不为一只野生动物的命运悲哀，但是我更多的还是关注人的生存。在这日照很短，终年冰雪不化的五道梁，我毕竟有了一次令我永生难忘的看日出！

情断无人区

风像鹰一样在藏北的上空旋转。

一轮仿佛没有任何光热的白太阳有气无力地低垂在缓缓行走的牦牛背上。

与世隔绝的羌塘无人区就这样经年累月地在寂寞中沉睡。

如果谁偶尔把这死沉沉的寂寞打破，你必然会感到更加寂寞、空寥。

突然有一天，在不知什么时候被汽车轮子轧出来的、又踏下了片片动物蹄印的坑坑洼洼的简易马路旁，悄无声息地撑起了一顶帐篷。

无人区的帐篷里也没有人。

离帐篷不远处的野滩上，遗弃着几只饿死或冻死的黄羊、藏羚羊。暴尸荒野。

整个空荡荡的世界像一张白纸。

这是一顶可以说很旧但是绝对不能说破的帐篷。起码它那说黑不黑说灰不灰说绿不绿的颜色给人的感觉是经久耐用的。那肯定是风吹雪扑、雷打电击、烟熏火燎留下的岁月痕迹。脏污、简陋到极致后事物反而变得不动声色地威严了。帐篷的门很奇特，是用一块看似木板实则是结了厚厚一层污秽的帆布堵在外面做门扇，之后牵一根牦牛绳拦着的。你也许难以想象的是在帐篷门一侧的木杆上吊挂着一只藏靴——女靴，靴筒和靴帮均有绣花。不是旧靴，但也不新，上面有斑斑锈迹。

为什么只有一只藏靴？避邪，还是别有说道？

当然，最叫人难以置信的是这顶帐篷的主人不知去向。从它出现在草滩的那天起，压根就没有人见过它的主人。

帐篷从早到晚飘散着一股重重的兽皮味和狗臭味。

人呢？

这是科学考察组提供的数据：在羌塘草原无人区，平均每一平方公里地面上不到一个人。

所以，完全可以这样想象：更多的时候是几十公里，甚至上百公里没有人。

无人区指的是羌塘草原（即藏北草原）的西北部。说无人区，其实并非绝对没有人烟，只是人烟极其稀少而已。它的地域包括那曲以北、阿里以东的部分地区，甚至囊括了长江、黄河源头大片的土地。由于那里极为特殊的地理位置和自然条件，许多地方没有地名。

在这样一个地方，出现那顶奇特的帐篷似乎一点也不奇怪。奇怪的倒是有一个喇嘛瞄上了它……

喇嘛叫次丹堆古。

我与他的相识非常偶然。相识后的交谈随意、自然，没有任何的准备和提防，一切都是顺其自然，他高兴谈，我乐意听。

直到二十年后的今天，我仍然觉得我们的第一次见面仿佛是在小说里。

那是那年夏天的一天，我从无人区回到靠近青藏公路的谷露村，客居一户牧人家中，休息几天，准备再到无人区去生活。当时我正在帐篷里看书，突然闯进来一个身披袈裟的人，我十分惊愕，喇嘛会有什么事？我的心霎时提到了嗓子眼。

“你到过那顶帐篷里？”他并不顺畅的汉语马上使我明白我闯祸了，我那天真不该掀开帐篷门。其实，里面什么也没有，空空荡荡。我不该多事。

喇嘛摇摇头，说，你不必介意，我不会责怪你的；我也是随便问问。

我悬空的心落到了地上。这才细细打量了一下这个不速之客——

他那件绛红色绒毯似的袈裟肯定穿了很久的年代，上面的绒毛已经所剩无几，卷成了一个个小绒球。分不清是尘埃还是油腻皱皱巴巴地绣着绒布面。他紫糖色的脸上涂着一层酥油闪着光亮，脸蛋上的两块紫痂高高地凸现着。我相信他曾经是一个身躯高大的汉子，但是眼下由于驼背，使他变得又矮又瘦。他的背驼得很厉害，腰弓得头都快挨着地面了。从他进屋站到我的对面起，身子一直就这么弓着。

我的心好酸楚。

不知为什么，我对他有了一种莫名其妙的同情。尽管我不晓得他的身份，也不了解他来找我的目的，甚至连他的名字也不知道。

那张弓冲着我点了一下，也许是一种虔诚吧。然后，他有点吞吞吐吐地说：“其实，我来没有什么事，只是想认识认识你。”

我不相信这是他的心里话。但是，我也没介意。我是个作家，在藏区常常碰到一些想跟我聊天的闲人。喇嘛找上门来却是头一次。

“你肯定有话对我说。没关系，什么时候想说了再张口，到了火候再揭锅嘛！”我很平静。

他又是一个鞠躬，我很受不了他这种虔诚，忙扶他站好。

他无语地望着我，忧郁的眼睛固执地闪耀着一种光芒，眉毛颤动着。给我的感觉他的脸上好像有一种找到了救星似的那种表情。

我把头扭向一旁。他的目光有点刺我。

终于，他说话了：“我跟他是很要好的朋友，他的事我都知道，我的事他也晓得。”

我知道他是指那顶帐篷的主人，便问：“你能不能告诉我他的姓名，我确实很想知道。”

没想，他给我通报了他自己的名字：“我叫次丹堆古。”

我觉得这个名字很古怪，也拗口，就问：“你的名字藏语是什么意思？”

他只是尴尬地笑了笑，摇摇头，用恳求的口气说：“请你记着我，次丹堆古。咱们认识了就是朋友，跟他也是朋友了，三个朋友。”

我又看到了他鞠躬的那个情形……

忘掉一个人或一件事的最有效的办法是另外有一个人或一件事出其不意地占据你的心。

那顶帐篷和自称了解帐篷主人的那个喇嘛，很快就被我看到的一则报道从我的脑海里挤掉了。

在我看来那是一则非常重要但是写得很笼统、因而令我深感遗憾的报道。

报道的内容梗概是：

在解放军平息西藏叛乱中(1959年)，有一个农奴主的女儿，背离自己的家庭，只身走进羌塘无人区，过起了普通牧民的生活。

摧毁西藏农奴制的枪炮声已经使这位贵族小姐醒悟到自己过去那种吮吸农奴血汗的生活是难以饶恕的罪过，到无人区后她变得异常善良、勤劳，平静地生活着，放牧、背水、打酥油茶。一个十分偶然的日子，小姐遇到了闯进无人区的一个遇困的汉族青年。她竭尽全力救了他，俩人产生了感情。由相识到相爱，最后结婚。

茫茫草原上多了一对年轻夫妻，就像夜空里添了或少了颗星星，谁也不会注意到这种变化的。没有人知道姑娘曾经是个贵族小姐，也不曾有谁知道她的丈夫是个汉族青年。

这两个特殊身份的人组成的家庭，就这样默默无声地在无人区生活着。日出日落，日落日出。一年又一年。

不知不觉，二十年过去了。

他俩曾经有过三个孩子，一男二女，但是都没养活……

这则报道刊登在全国很有影响的一本刊物上。我读了三遍，仍不解渴。文中许多该交代的关键地方没有交代，明明该详细展开的情节却一笔带过。例如，姑娘叫什么名字、她离开贵族之家的最初动因没有写；她初到无人区的日子是怎么度过的，也省略了；她和汉族青年是在什么情况下相识的，汉族青年为什么闯进了无人区，也写得十分简单；他们的三个孩子是怎么夭折的，一个字也没有提；甚至连她丈夫的名字都没有给读者留下……

为什么要制造这么多的未知数？我当时最真实也是最直接的感觉是：这么好的一个题材，硬让作者给糟践了！

话又说回来，正因为留下的未知数多，才能使人产生丰富的联想。后来，当我躺在谷露村的帐篷里顺着我列举的那些问号去寻找答案的时候，我的思绪伸得很长，很长……

于是，我“寻找”到了一个人——

1959 年春天，我所在的汽车团参加了平息西藏叛乱的战勤运输。那是一段让人回忆起来心里发烫的日子，我们的轮胎咬着青藏公路上的石子，昼夜不息地奔驰，路面上从早到晚迸着火星。

那天，我刚把一车战备物资卸在拉萨西郊兵站，排长李黑子就通知我："待命。准备马上出车。"

一小时后，我的车运载着一车俘虏碾过了拉萨河上的木桥。出了拉萨80公里，便是羊八井兵站。按原计划我们要在此地检查车辆，因为有散匪骚扰，我没停车，继续挂上高速挡飞速赶路。就在这时，突然蹦出一个人，站在公路当中拦车。

我点了一脚刹车，停驶。拦车者是个藏族姑娘。我心里涌上几分火气，摇下了车窗玻璃，谁知还没等我开口，她就说了话："对不起！我要看看我的阿爸。"

她的汉话讲得如此顺畅、准确，令我吃惊。只是，她的阿爸是谁我并不知道呀！

她指了指车上面。我马上明白了，她的阿爸是个俘虏！我的心不由得一抽搐，真不知该如何处理这件敏感而棘手的事情。

坐在我车上的副连长显得很沉着地下了车，一脸遇事不慌、胸有成竹的稳重。他和拦车人搭上了话：

"大姐，我是车队的负责人，你有什么事请给我讲。"

藏族姑娘彬彬有礼地一手提了提藏袍，一手放在胸口，嘴里念了几句祈祷的话，然后对副连长说：

"我希望能看到你答应我提出的这么一点要求。"说罢，她再次指了指车厢里的俘虏。

副连长明显地为难了，但是他收起了准备摊开表示无可奈何的双手，只是望着对方。

姑娘又说："难道做女儿的看阿爸一眼也算苛刻的要求吗？"

副连长只能这样安慰她："请你放心，我们会按政策对待他们的。

等一切有了妥善安置以后，你的阿爸会和家里通信的……”

她打断了副连长的话：“不，你说的这些我都不怀疑，可是我不想那么远了。我现在只求你一件事，让我和他说最后一句话。我的阿爸犯下了佛祖不可饶恕的罪，我要和他讲我这一生说给他的最后一句话。”

“为什么要这样悲观呢？他如果改造好了，仍然可以回到你和家人身边的。”

“不，不是这个意思。你就让我和阿爸讲一句话吧！”

这时，车厢的俘虏群里突然有个人挣脱着绳索的羁绊，叫了一声：“拉姆！”站在车厢后角处的哨兵立即制止了他，他又不敢动了。我看了那俘虏一眼，他穿着十分讲究的藏袍，狐皮大帽遮着方而大的脸庞，一双眉毛像炭素描出来似的特黑特粗。不用说他就是姑娘的阿爸了。

姑娘再次提出，她要和阿爸讲话。

事情已经到了这个份儿上，副连长便果断地对她说：

“我可以答应你的要求。可是，我必须知道你对你阿爸说的那句话是什么。”

姑娘稍稍沉思一下，答复道：“不但你可以知道我要说的话，大家都可以知道。”

说着，她朝前迈一步，冲着车上刚才那个挣扎的俘虏说：“阿爸，你再也见不到你的女儿了！”

说罢。她就离开公路，拼命地向路边跑去。那儿是一片覆盖着积雪的无际草原。

藏北无人区。

这时，早春的一阵风雪突然飞卷而来，遮没了她的身影，也遮没了我的汽车。

我的心里压上了一块重石。汽车重新开动后，我对副连长说：“看来，那姑娘要寻短见了。也是，阿爸当了叛匪又成了俘虏，她哪有脸见人？”

副连长摇摇头：“我看不像。”

“不像？那么你说她要干什么去？”

“不知道。反正，她不像寻短见。”

我没有再问。车轮碾在公路上沙沙的声音有节奏地反弹着。我的眼前又浮现出了那个拦车的藏族姑娘。当时和现在，我始终认为她是一位长得相当漂亮的藏家女孩。我曾多次对别人这样说过：天啦，我万万没有想到在拉萨河谷竟然还有这么一位相貌出众的美女……

当她冷不丁地出现在我车前时，我只急于刹车，手忙脚乱，心不在焉，根本顾不上留意她。车停后，在副连长和她搭话的当儿，我这才细读了她。

她穿一件镶着黑边的深红色平绒夹藏袍，袍边上的提花字是藏文“扎西德勒”，意思是吉祥如意。披一块绿缎披肩，一条二指宽的黑带紧束腰间，这使她本来就修长的身段愈发苗条。她的脸色白洁细腻，散放着淡淡的玉质光泽。丰满湿润的嘴唇缝隙间露着非常洁净的牙齿。那一对眼睛黑白两色格外分明。我永远记着的是她的那双合脚、美观的藏靴，给她平添了更多的美丽，使人觉得这双藏靴只能穿在她的脚上，才最能在男性面前显示出魅力。

像我遇到的其他藏胞一样，她的一只臂膀露在长袍外，那只臂膀轻柔如水……

我心里暗想：西藏的水土竟能滋养出这么一个活脱脱的美人！

世间有些事情的结局常常是出乎人们意料地离奇。你明明被严寒冻得浑身筛糠，但是最后你被送进医院的理由是中了暑；原本渺茫陌生的一个站在地平线上的人，一夜间成了与你朝夕相处的亲人。

这次相遇使我后来写出了散文《一只藏靴》，散文的主人公就是拉姆姑娘。

雪峰上盛开着一朵等待春天的雪莲花。

那天，我开起车甩下贵族小姐拉姆后，好长一段时间心里总也忘不掉她。同情？担心？钦佩？都有。不过，日子一长，心里皱起的那点涟漪也就被岁月的风吹干了。生活中，每个人有每个人的活法，也许拉姆认为她走的是一条阳关道。别人无法理解那是因为你有你的人生轨迹。

不久的一天傍晚，当我的车在藏北的桃儿九山抛锚以后，我真的一下子没有认出站在我面前的会是拉姆。当然，她也没有预料到她是在向一个“熟人”求援——她压根就没有印象我曾经与她有过一次交往。我想，每一个人都会是这样的。当时她只想着与阿爸说最后一句话，至于有谁站在身边她不会留心。

是我先认出了她。我直呼其名。

“拉姆，是你呀？”

她的惊愕或者说惧怕是可想而知的。她问我：“你是谁，怎么会知道我的名字？”

我给她讲了事情的原委。她听了，似乎连想也没想，就很平淡地说：

“不提它了。我今天来是向你打听个人，也是想请你帮忙找到这个人。”

“只要我知道这个人，就一定帮你的忙。”

她说：“他像你一样，也是个金珠玛米……”

拉姆在给我讲述这个人时，给我的感觉她的脚坠着身子往下陷，她和我之间有了一段距离，由于我总是跟着她移动，我们的距离总也拉不开。于是，我和她一起走过了一段不堪回首的岁月……

拉姆在草滩的这个“小岛”上已经安家一个多月了。不言而喻，生活是异常艰难的。但是，对她来说，最难熬的不是生活这一关——她有自己的一群羊，吃的穿的都有了，牧民们祖祖辈辈不就是这么过的么——最难熬的是寂寞。每天从早到晚就她孤孤零零一人守着十多只羊，日子越嚼越寡淡。她常常觉得周围有许多无形的陌生眼睛在探究地盯着她。可是，等她睁大眼睛去搜寻时，什么也没有。“会习惯的！”她总是这样安慰自己。

一日，大约是吃罢早饭的时辰，冬草和她的帐篷像霜打了一样在寒风里呻吟着。她蜷缩在帐篷的一个角里大气也不敢出。半小时前，有一个人闯进了帐篷，那是在她没有任何提防的情况下闯进来的。身单力弱的她实在无法阻拦。就在那人临走抢掠拉姆那少得可怜的家当时，拉姆突然看见了他的脸，呀，好面熟！噢，想起来了，是她家府上的一个管家……

往日可以做她的上马镫的家奴，转过脸去变成了恶狼。

一场残酷的躁动之后，帐篷内外鸦雀无声。

她把身躯和心都紧紧地收缩起来，不敢动，害怕又有狼来。她已经没有防御的能力了，浑身酸痛。

不知过了多久，她完全没有时间概念了。忽然，她听见帐篷外有响动，好像是脚步声。她屏住了呼吸。

一切又复于寂静。

许久，才传来轻轻的叩门声。接着是一个慢声细语的男声：“有人吗？”

她不敢应声。

世界变得出奇地宁静。

似乎过了很久很久，她又听见叩门声。她仍然不敢答应。

很长时间没了动静。她想，那人很可能走了。她很奇怪，他为什么不进来呢？这已经歪歪斜斜的帐篷，一脚就能踹倒。还有那敲门的动作、那说话的声音，为什么那么小心翼翼？对！他不是坏人。不会有这么规矩的坏人。她决定看个究竟。

就在她撩开挂在帐篷门上的那块氆氇布时，她惊呆了，一个浑身疲乏、满脸挂着汗水的兵站在外面，他好像在期待什么。

噢！她明白了，他是等着她来开门。

她开了门，是一个兵，他的第一句话便是："大姐，让你受惊了，实在不好意思。"

"你……"

"大姐，给我一口水喝吧，我要去追一个叛匪！"

"叛匪？……"

这一瞬间，兵军帽上的红五星把一切都告诉了她。她马上想起了刚才那个畜牲，是应该把那东西追上，抓住。

拉姆忙转身拿起铜壶，摇了摇，里面还有一点水，便送给那个兵。没想，兵端起铜壶只抿了一口就不喝了，说：

"你也过得很艰难，留下自己喝吧！"

兵说着低头看了看脚，对姑娘说："谢谢大姐了，我还要去赶路。"

拉姆这才发现兵的一双赤脚站在自己面前，十个脚趾血肉模糊，脚上沾满了沙土、草屑。她的心像被刀尖碰了一下，轻轻地问道：

"你的鞋呢？"

兵尴尬地笑笑，回答："荒山野岭，走的地方没有路，鞋帮被折腾得飞了。只好光着脚丫追。"

拉姆什么也没说，再次转身进了帐篷，拿出了一只藏靴，递给兵："很不好意思，就剩下这一只靴子了。有一只脚不受苦总是好的。”停停，她又说，“另一只靴子被刚才从这儿逃走的一个叛匪抢走了……”

兵打断了姑娘的话：“叛匪？扎西巴朵？”

“正是他！”姑娘的口气十分肯定。因为他是她家的管家。

“大姐，你的心意我领了，但是藏靴我不能收。”

“你不要说了，眼下最急人的事是抓住叛匪！”

说着，她就把藏靴塞到兵的怀里，自己进了帐篷，撂下了那块氆氇布……

少许，只听见从里面传出一句话：“我叫拉姆，记下我的名字吧！”

兵说：“捉住了叛匪，我会来看你，还你藏靴。”

他走了，大步流星地向前跑着。

拉姆从窗口望着，兵没有穿靴子，一直背着靴子走向远方……

我很高兴有机会重见拉姆。但是，对她提出找到那个兵的要求，我却无法满足她。兵的去向及他后来是不是抓住了叛匪，我一概不知，也没法知道。我便如实地对她说：“拉姆，请你原谅，我像你一样不能找到那个兵。”

她的眉宇间闪出一缕失望的表情，说：“照你这么说我再也见不着他了？”

我没有点头，只在心里叹了口气。

本来我还想问问她现在的生活情况，可是，她走了，连头也没有回就走了。不知何故我很想大哭一场。没有时间的空间就是这么脆弱。

后来，那篇名为《一只藏靴》的散文发表在 1982 年第 2 期《白唇鹿》上。《白唇鹿》是青海省果洛藏族自治州文联办的文学季刊。

……回忆的片段，支离破碎，像流星闪过似的，曲曲折折地穿过我杂乱无章的思路。

我从回忆中走出来，回到谷露村的小帐篷里时，手里仍然拿的是那本刊登着那则报道的刊物。这则报道与我在《一只藏靴》中写的那件事太相似了。

真的，太相似了！

往事很短，现实很长……

次丹堆古喇嘛又一次出现在我面前。还像上次一样，他是突然破门而入的。我真不明白，他为什么总要用这种方式见我。给我的感觉他像要急不可待地给我讲述什么事，可是，进门后他又是吞吞吐吐地不那么利索。

与上次不同的是，他这回没穿袈裟，换了一件洗得干干净净的藏袍，手里拿着一本书。

我一看，《白唇鹿》，啊！

我必然要问他一句："你，怎么会有这本期刊？"

他的回答简直像天方夜谭：是你送给我的呀！你忘了，十五年前？

"我送的？我什么时候送的？你是说上次咱们见面的事吗？"

"你真是贵人多忘事，咱们是老朋友了！那一年，《白唇鹿》刚印出来，你亲手把这本书送给我，让我转给你指名要送的那个人。很遗憾，我没有完成任务。现在只有把它退还给你。"他说得十分认真。

我越听越糊涂了。可是，他说得那么有板有眼，我有口也难辩呀！他肯定是记错了人。不对呀！他既然认定我们是老朋友，为什么上次他来找我只字不提《白唇鹿》的事？

我把我的这个疑点提出来，他置之一笑：

“要不怎么说我糊涂呢！上回我眼看着你是我的朋友，可就是不敢认。再说，我把你的名字忘了，这样就更张不开口了。我回去看了看刊物，知道了你的名字，今天把证物拿来，你能不认我这个老朋友吗？”

我还是不敢认他。我确实没有给他送过这本刊物，在我几十年的人生经历里真的没有他这样一个朋友。他肯定是认错了人，记差了事。可是，这证物，《白唇鹿》……

好，索性不提这事了。我另找话题，免得走进死胡同，越走越出不来。我问他：“你两次来找我，我看出来了，你心里有话，但始终没说出来。”

“你是说我的那位朋友吧，也就是那顶帐篷的主人。是的，我是要给你讲讲她了。她就是你这篇文章里写的那个藏族姑娘，贵族小姐……”

“你是说她是拉姆？”我脱口而问。

“没错！就是她，拉姆！”

好像漆黑沉重的夜里又下起了大暴雨，我的身躯和灵魂都被憋得难以喘息。世界在有时候为什么变得如此狭小……

这时，次丹堆古已经像上次见到我一样，双膝跪地，弓腰给我鞠躬。我看着眼前这个圆形的躯体，心酸得快要滴血了。我知道他将要给我讲的肯定是一个十分沉重的故事。我扶他在卡垫上坐好，他身体上的缺陷使他的任何行动都十分不便。

他把《白唇鹿》用拇指一页一页地捻着飞散开来，让我看着。然后他又小心翼翼地把它放在手兜里——一个羊皮做的褡裢。他向我要开水，说润润嗓子。他喝水喝得好响声，满帐篷里都是嘴唇挨在碗边吮吸的声音。

生命如一缕春草的根须，随风吹到山北山南的任何一隅都会在春天的阳光里繁衍生息。然而，它又随时会被风吹折，枯萎。

飘游呀，人也像小草的根须……

“你应该接着你的《一只藏靴》往下写了……”次丹堆古这样说。

半年后，班长李湘终于找到了拉姆姑娘。或者说拉姆找到了李湘；半年中，他们俩毫无目的地互相寻找着。不容易呀！数千里的藏北无人区，走近一个人还不是像大海里撂了根针！

感情总是储存在时间里。他们终于走到了一起。

对啦，应该交代一句，李湘就是追寻叛匪的那个兵。拉姆把自己被叛匪抢劫后剩下的一只藏靴送给他，他舍不得穿，也无法穿，直到他再次见到拉姆时，靴子还背在肩上。

这时的他已经让高原的寒风苦雪把脸镀成了赤红色。

李湘没有追上那个叛匪，尤其可怕的是他也找不到部队了。当时他身处无人区中心地带，分不清东西南北，只能是胡走乱撞，希望靠侥幸走出去。结果越走越没有方向感，越走双腿越软。他数着日落月出的轮回，计算着天数，过一天在手中的拐杖杆上刻一道印痕。一百多天过去了，他还在精疲力竭地转悠着。那些日子，他常常三天五日、有时是十天半月，才能碰上一户牧民，他向他们打听部队的方向，他们谁也不知道哪里有军营。他们给李湘说话时总是站得远远的，满脸的惊恐。

李湘无法归队，只能孤苦地流浪着。草根、野果、小动物就是他的食物，任何一个沟坎、山洞就是他的家。

在无人区里遇到任何一个陌生人，你都会像见了亲爹亲娘一样亲切。尽管人家躲着你，你也会把撕不断的目光久久地贴在那远去了的人影上。直到人影在蓝天与草原相衔的地方消失，你才收回目光，说一句：他们还会回来吗？

这天，他意外地遇到了拉姆。

“是你呀？！”他惊喜。

“是你呀？！”她也惊喜。

俩人紧紧地相抱在一起。他用粗奘的手指摸着她那落满沙尘的头发。她告诉他：“我一个人再走下去非得疯了、垮了不行。碰见一只雪狐我都想抱起它亲一口。你来了就好！”

……

从此，他俩结伴流浪在茫茫草原上。拉姆会说汉语，这样他们的交流就十分方便。

流浪的日子里男女之间最容易建立感情、爱情。他俩很快就结婚了。

新婚的日子苦也甜。

结婚的那天傍晚，他俩双双骑在一峰骆驼上，随心所欲地、漫无边际地在草滩上散步，他们说这是他俩的“结婚典礼”。

“喂！记得吗？咱俩认识有多长时间了。”

拉姆每叫李湘时都喊一声“喂”。喂——不是汉族人们习惯中的所谓非礼称呼，在拉姆心中这声“喂”有一种特殊的亲切感。她觉得，叫他名字显得生分，唤他阿哥也有些见外。就这个“喂”好，既含蓄又害羞，还带几分调皮。

李湘说：“这要看你指的是哪一次认识，不要忘了，我们的相识有两次。”

“你够傻了，当然要从第一次认识算起。就是你穿去我的藏靴那一次。”

“谁穿你的藏靴来着？一个大活男人穿着女人的靴子，怎么走路？嘻嘻，开个玩笑，实话说，我那次背着你那只靴子赶路，好有精神，身上好像安了一架马达。”

“嗨，回答我的问题，咱俩认识有多久了？”

“这，我得一点点算。半年，又一个半年，再加一个三个月……”

“你真笨，有那么算的么，来，把手伸过来，数数我这里的宝贝疙瘩，就什么都知道了。”

“什么宝贝？在哪儿？”

李湘扭过头看了一眼身后的拉姆，拉姆乘机把李湘的手抓住放在自己的藏袍里面。那里有一串疙疙瘩瘩的东西。他正要问个究竟，拉姆吆喝一声让骆驼收慢步子，她撩开藏袍让李湘看，那是一堆丝绒，上面挽了许多小蚂蚁似的小球球。

“结绳记事？”李湘好惊奇。

“太阳出来一次我就挽一个球，挽够三十个球时，便结一个大的，它代表一个月。你数数这球，一共有多少，一个大球就是一个月……”

李湘笑了，说：“我开初也在拐杖杆上划道道记天数，后来道道划得多了，数不清了，只好作罢。”

“有了这些球球，你那道道废了也就废了。来，数数看有多少日子！”

李湘根本不用数，只凭眼睛一望而知……“啊，五十个了！一年十二个月，四年就是四十八个月，噢，一共四年零两个月！”

“四年了，时间没拴缰绳，跑得溜快！”拉姆感叹。

“我自从放弃了画道道以后，确实就不知道过了多少年，我只能从自己穿衣服的薄厚上推知到了什么季节。多亏你有心，让我知道了我们在无人区已经流浪了四年多，这四年时间赛过外面的二十年，我都老了，你看，我头上的白发！”

拉姆顺从地把手指叉开，插进了丈夫的头发里。霎时，她觉得全身好温暖，丈夫头发里散发出来的男子汉那种汗腥混合着体温的味道，渗入了她的心里，她感到身子都快化了。

正是这种意味无穷的温暖伴随着她度过一个又一个寒冷的日子。冬天过去了，春天来了；又一个冬天过去了，又一个春天来了……

路边塄坎上的冻土浸出了一道道湿纹。

又一个春天来到无人区。又是一天傍晚。拉姆和李湘照例骑着骆驼走在草原上，不同的是他们已经是三口之家了。儿子小多吉的出生给这个清冷而寂寞的家庭增添了无限的欢乐。

每天，只有落日在天边燃烧的时候，他们才收牧，才外出骑着骆驼散步。不知为什么他们爱草原的晚霞，但是在落日的燃烧中，他们迎来的是一个又一个黎明。

三人骑着骆驼走着，拉姆抱着儿子，李湘抱着妻子。拉姆紧紧地依偎在他的怀里。

天完全黑了。骆驼仍在不知疲倦地颠簸着。

突然，李湘惊叫一声："看！那是什么？"

拉姆抬头一看，啊，一片闪闪烁烁的亮光。蓝莹莹，绿森森，不像空中流下来，也不像从地面平射出来，给人的感觉是从地层下钻出来的。噢，看久了，你会觉得那光其实不是蓝色，也不是绿色，总之，你很难确切地说出它是什么颜色。反正，有一点是肯定的，不可能是灯光。按说在这无人的旷野，看见任何一点亮光，哪怕是极微弱的一豆之光，都会使人十分亲切。可是，这一片荧光让李湘和拉姆有一种透骨刺心的恐惧之感。

他们让骆驼停下，静观前方。谁也不说话。

原来，前面是一片凹地。

忽然，骆驼大声吼叫着向前奔去。那蓝、绿难辨的光一动，像流星似的散窜而去。

啊！狼！狼眼！……

那次，他们意外地得到了一只狼崽。

如今狼崽已经三岁半了！

这朋友意义上的狼崽，亲人意义上的狼崽，卫士意义上的狼崽，三年中，活跃了这个孤独的三口之家，给了他们局外人难以想象的安全感。可以肯定地说，如果没有狼崽，他们是很难熬过这三年的。

那夜，多亏了心爱的骆驼一声怒吼，把聚集在凹地过夜的狼群吓跑了。但是，拉姆也被吓瘫了。她从骆驼上摔下来，坐在地上，一步也不敢挪了。李湘陪她坐了一会儿，她突然像遭咬了一样，大叫起来："妈呀，有狼！"她像弹簧一样，从地上弹射而起。

李湘不知道发生了什么事，上前一看，朦胧月色下，地上蜷缩着一团毛茸茸的东西。

这就是那狼崽。它的父母受惊逃走时顾不得拖着它，它只好当了俘虏。

然而，事情没有那么便宜。就在拉姆和李湘带着狼崽走出没有半里地时，那群狼掉转头追回来了。很明显，它们要夺走狼崽。又是骆驼大声吼叫着吓跑了狼群。

从此，狼就成了他们三口之家的编外成员。家里添了一张吃饭的嘴，日子自然就过得紧巴了。本来就不富裕，肚里少一点油水并不觉得什么，完全是一种心甘情愿的、乐于为之的艰辛。一句话，有他们一家人吃的一口饭，就绝不会让狼崽饿着。

最初，狼崽夜里睡在他们脚下的一个专门为它做的小木板暖房里。后来，他们索性就让狼崽紧挨着他们的睡铺睡觉了。这样，他们夜里睡下后身上总有毛茸茸的透心暖。

从这时候起，狼崽就有了名字：甲巴。藏话是胖子的意思。狼崽确实很胖，名副其实。

甲巴极为聪明，或者说很通人性。

这几乎成了一个“定格”的图像：每天，夫妻俩赶着羊出牧后，在一面向阳坡上，要么李湘和拉姆并排坐着，懒洋洋地晒着阳光，甲巴蹲在面前，亲昵地看主人；要么李湘怀抱甲巴，呆望着在草滩上赶羊追羊或者一边看羊群一边捻毛线的拉姆。拉姆见他看自己看久了，就会很不好意思地喊一声：

“湘了，你倒来啊！”

说罢，她咯咯咯笑得好亮。

于是他们钻进出牧时临时搭的帐篷里亲热一番后，又出来照看羊群。

这时，太阳好红！

日子就这么酸酸苦苦、甜甜蜜蜜地过着。甲巴是一粒盐，给他们的日子增添着滋味。“可是，它太小，什么时候能长大呢？”拉姆呆望着天边的落山日头这么想。其实，她是嫌自己的生活太寂寞，盼着儿子和甲巴一起长大。

甲巴的变化很有意思，出乎人们的意料。它越长越不像狼了，尤其是尾巴的变化，很耐人寻味。开初，狼崽的尾巴像一般狼尾一样，长长地拖在地上，毛紧裹着尾骨。不久，那尾上的毛就渐渐地松散开来，一松再松，一散再散，呈出扇面状。小多吉特喜欢这“扇子”，便拽着狼崽的尾巴，那毛便立即收缩起来，他赖在地上，让狼崽拖着滑行。狼崽一点也不怒，任凭小主人戏耍它。

小多吉就这样拖着狼崽的尾巴玩着，玩着，狼崽被他拖长了，拖大了。狼崽变成了大狼，小多吉却……

小多吉死得真惨！

拉姆和李湘认定那是狼们的恶性报复。

当时，刚刚吃罢早饭，李湘到远地打冬草去了，拉姆上草滩时第一次没带小多吉同行。夜里他跟着阿妈打酥油茶熬过了夜，眼下睡得正酣，阿妈不忍心捅醒他。

后来，大约没过一个小时，甲巴就满身血迹地跑到草场，撕拽着拉姆的裙摆，让她回家。拉姆感觉到情况不妙，便跟着甲巴回到了帐篷。一看，小多吉不见了。帐篷里外都不见人影，她疯了一般哭喊着："我的多吉呢，他哪里去了？"

甲巴引着她到了离帐篷约五百米的一个沟坎下，她看到一堆血淋淋的白骨……

她和李湘，还有甲巴，整整守了这堆白骨三天三夜。

藏家女人和汉家男人混在一起的二重哭声，震得坡地上的帐篷都在发颤。

后来，据他们分析判断，事情的经过很可能是这样：狼群趁主人外出放牧的空当儿，来到帐篷里抢夺狼崽。没想，狼崽不仅不认它的同类（包括它的父母），还与它们厮拼了一番。狼崽毕竟力小身弱，斗不过狼们，只好跑来"报案"。

小多吉死了，甲巴成了拉姆唯一的"儿子"。

她紧紧地搂抱着甲巴，甲巴舔着她的手。她觉得那是多吉在爱抚着她……

终于有一天，甲巴可以独当一面地在这个家庭里显示它谁也不可替代的地位。那是在它的狼性完全消失而又绝对不像狗的情况下，一只羊被它赶着从险路回来，然后，拉姆跪倒在它面前不住地说"你真的长大了"那句话之后。

说起来，活该那只羊倒霉，谁让它在主人拉姆回帐篷喝水的空儿，一转眼就溜得无影无踪了呢？

其实，不是那只羊贪玩，而是它看见了一只狼才悄悄躲开的。这样，狼便追了上去。那狼已经在旁边踅谋好久了。离群的羊被狼紧追不放。羊走得慢，狼也走得慢。羊快走，狼也加速走着。一直走了大约一公里地的时候，羊才在一片开着格桑花的草地上站住，狼也在十步开外站住了。

直到后来这只羊安全地摆脱了狼的纠缠以后，拉姆才明白过来，那只羊实在聪明过人，它很可能是为了把狼引开，才有意离开了羊群。

还有一个情况必须交代：当时甲巴看到了草场上发生的一切。从一开始它就一直监视着那只闯进来的狼。当狼尾随羊而去时，它便跟了上去。

羊在前面；狼随其后；甲巴在最后压阵。

将要发生什么事情，可以说它们三者都是心中有数的。羊是引火烧身。狼是寻找美餐。甲巴显然是为保卫羊而出动的。

当羊与狼对峙起来后，甲巴悄悄地隐身于一个草坎后面，竖起耳朵，瞪着双眼，等待着事态的发展。

狼终于按捺不住肉欲的诱惑了。它先是倒退了几步，然后一个凌空飞跃，冷不丁地向羊扑去。

大概狼做梦也没有想到，就在它快接近羊时，甲巴突然出现在羊身边。甲巴怒目瞪视着狼，两只前爪还不时地跃起来，完全是一副决斗、且如不获胜决不罢休的架势。一切都是始料不及的。狼还没弄清这只活物是什么，不像猎犬，也不像它的同类，只感到它高大，壮实，于是，它倒退几步，夹着长长的尾巴溜之乎了……

也就在这时候，寻找羊的拉姆气喘吁吁地赶了来。一切化险为夷！

次丹堆古喇嘛微闭双眼，不讲了。

我问，狼崽的故事讲完了吗？我这样问的意思非常明显，故事我还要听下去。谁知，他既不说完也不说没完。只是微闭着双眼。

我没有打搅他。他一定很累，因为我也听得很累。狼吃掉了人，狼又帮人救了羊，谁听了心里都会沉重。

这时，次丹堆古很可能为了改变沉闷的气氛，有意转了话题。他给我讲了一个听起来绝对与狼无关的故事。野兔、岩鸽、地鼠和雪鸡的故事。

他怎么知道那么多无人区的事情？

他是以亲身经历者的口吻给我绘声绘色地描绘这个奇特的故事的——

一个雪后天气朗晴的中午，次丹堆古在草滩上闲走着，他眼睁睁地看到一只岩鸽从空中落到一个洞穴前，伸着脑袋张望了一下，便钻进了洞里。那洞很小，刚刚能容纳岩鸽的身子。

鸟儿进洞？太稀罕了！

他在那个洞穴前站了好久，希望岩鸽能出来。可是洞口静悄悄的，很像一个遗弃了多年的死洞，没有丝毫的动感。他是眼瞅着飞进去了一只鸟呀！

他不由自主地伸手在洞上面拍了拍，他万万没有想到，这一拍，从洞里出来了一只野兔。那兔显然受了惊，一出洞就撒腿跑了。

他不甘心只见到这只兔子，也是担心那岩鸽的命运，便又拍了拍洞，扑棱一下飞出来了，不是岩鸽，而是一只雪鸡。接着又一只地鼠蹿了出来……

他完全惊呆了。鸟进洞穴，奇事！鸟与兔、地鼠同住一起，更是奇事中的奇事。

……

听到这里，我问次丹堆古："你也是第一次见到鸟儿在洞穴？难道在你过去几十年的生涯中一次也没见过这种现象？"

这时候，我倒好像成了一个比次丹堆古还经得多见得广的高原通了，在这个喇嘛面前也摆起了老资格。他根本不理我这种盛气凌人的架势，只是说："是的，我确实是第一次见到。"

我告诉他，这叫鸟兽同穴。他惊疑地望着我，显然对"鸟兽同穴"这四个字感到很新鲜，希望我继续讲下去。我便对他解释说："由于高原上无树少崖，鸟儿无法筑巢，只好借兽们的洞穴为家了。说是借，其实是强占。强者为王嘛，鸟兽也如此。最初，鸟兽住在一起当然会发生争斗，这种争斗非常强烈、残酷，或一方败阵，或两败俱伤。时间长了，同居的生活习惯了，洞内无形中形成了各自的天地，谁也就不管谁了。直到和睦相处。"

次丹堆古点点头，表示他懂得我讲的道理。

这时，他反问了我一句："拉姆、李湘与狼共处，这回你也该明白了吧？"

我恍然大悟，原来他给我张开了一个网，套我进网了。

他真会讲故事!

我马上想到了拉姆的"三口之家"……

如果他们早知道这里是如此美丽而富饶的"野生动物王国"，当初的第一个定居点就会毫不犹豫地选在这里。

这夫妻俩不知不觉来到这儿"定居"已经两年有余了。

这里叫什么地名，属于哪州哪县管辖，他们一概不知。只有偶尔遇到零零落落的几个赶着牛羊在荒凉草原上跋涉的游牧人，会使他们意识到自己仍然还生活在人类生息繁衍的地球上。

结痂着岁月烟尘的帐篷撑在一个向阳的山坡上，一根木杆直直地竖立在地上，系于杆上的两条绳子分别牵着帐篷的两个角，一条绳上晾晒着准备贮存的已经风干了的牦牛肉，另一条绳上缀满了各种颜色的经幡。

帐篷前面一箭地之外，就是两个湖泊，一大一小，水面清澈，明镜一般。很像一副眼镜片。

这就是他们的家以及家附近的环境。

夏天，他们总是把帐篷搬到山顶上去，在山上放牧，把山下的草留给羊过冬天。在山上住的日子里，山下的帐篷地依然竖着木杆，依然有经幡和晾晒的衣物什么的，以示这里是有主的草场，免得别人占去。

两个无名湖里自生自灭着西藏特有的无鳞鱼。这些鱼耐寒冷，抗盐碱，生长期慢，寿命却很长。祖辈千年不吃鱼的藏家人是从来不捕鱼的，因为鱼在藏家人的意识里是很神圣的，就连许多高原上的食肉动物看到鱼也是一副视而不见的漠然神态。这样，湖里的鱼就可以不受干扰地自由自在地长着，有的长到几十斤，上百斤，等到老死了那一天，不少鱼像一条小船滞留水底直至腐烂。

那是来到这儿安家后的第一个蚊虫、瞎虻乱飞的夏日的一个中午，正在草滩上看管羊羔的拉姆突然惊诧万分地对丈夫说：

“快来看，有人！”

李湘赶忙从帐篷里跑出来，一看，对面靠湖边的水面上露出了一大片西瓜似的好像人脑壳样的东西。他睁大眼睛盯了半天，也没有辨清是何物，便对拉姆说：

“不像是人。”

“那又会是什么呢？”

当然，他们最终还是弄清楚了，确实不是人，而是一群藏羚羊在“避热”哩！

这么多藏羚羊集中在一堆，还真是少见，拉姆和李湘贪婪地看着，心里好痒痒。

藏羚羊是珍稀动物，濒临灭绝。它十分善跑，每小时可以跑80公里，汽车加足油门也不一定能追上它。它跑快的奥秘全在胯下的那个“风袋”里，牧人称之为风翅膀。它跑起来时“风袋”便鼓胀，产生张力、风力。藏羚羊最痛苦最难熬的日子是夏季。原来它身上的皮下寄生着一种虫，叫背虫。这种虫在隆冬寒天化为油脂，融入羊体内，营养着藏羚羊。春天就变成了虫子，在藏羚羊的皮层下频繁地活动。它很像冬虫夏草。背虫在毛皮下日夜不停地活动，使藏羚羊奇痒难耐。于是，藏羚羊在虫子活动的夏季便不由自主地寻找凉爽清冷的地方“避热”，好使虫子处于“冬眠”状态，以减轻挠痒。

拉姆领着李湘来到了羊们“避热”的水边。这里的水中伏卧着上百只藏羚羊，它们很坦然，一点也不怯生，只是抬起头望望岸上的两个牧羊人，望望跟随主人身后的甲巴，又埋下头。

甲巴跑出去几步远，冲着天空嗥叫了几声。它为什么这般嗥叫，主人不得而知，藏羚羊却抬头望着甲巴，显然它们觉得这叫声很熟悉，先是表现得有几分惊恐，随后很快又泰然处之地卧于水中了。

拉姆夫妻俩就这样和这些“避热”的藏羚羊们做了邻居。生活平添了几分热闹，几分向往！

在这些藏羚羊面前，善良的拉姆变得更加善良。她把自己为羊儿准备的食物匀出一部分，撒到水面上，喂藏羚羊。藏羚羊开始总是用疑惑的目光打量这个藏家女人的殷勤，有些胆怯，不敢张嘴。可是，拉姆来湖边的次数多了，它们便打消了疑虑，很香甜地吃起了她送来的食物。

从此，拉姆就多了一项额外的任务：负责喂藏羚羊吃草，有时还从不算太远的清水泉里打来干净的水给它们喝。

当然，藏羚羊也会设法回报它的主人。

那是在藏羚羊发情交配的季节：春天。

这个季节，拉姆帐篷周围的草滩成了藏羚羊的决斗场所。公藏羚羊与母藏羚羊在拼斗，决胜负。那些公羊们使出积蓄了大半年的所有锐气和精力，去占有母藏羚羊。这种占有是自私的，也是野蛮的。母藏羚羊则奋起反抗，决不轻易把自己的青春“彩球”抛出去。但是，不管怎么说，频频防守的母藏羚羊是弱者，争强好斗的公藏羚羊是强者。然而，争斗的最终结局却出人意料，弱者坐山观虎斗，战胜了强者。

决斗是在雄藏羚羊之间进行的。你只要看看那些雄藏羚羊的某一方机智灵活的表现，就足以证明它们取胜是理所当然的了。每只雄藏羚羊都毫不例外地长着一双长长刀刃般的角。双方先是用长角抵着谁也不让谁。这时一方眼看就抵挡不过了，要输了，它突然松开长角，逃跑。猛逃。待逃者与追者拉开好长一段的距离时，逃者突然就势往地上一趴，这时它的那两只长刀般的角自然是伸向后方。乘胜而追的公藏羚羊则猝不及防，仍在猛扑向前，正好那两把利刀刺进了公藏羚羊的胸膛，公藏羚羊只有一命呜呼！

在这个藏羚羊交配的季节，草滩下满是公藏羚羊血淋淋的尸体。

这是藏羚羊家族的悲剧！

这么美味的鲜肉，拉姆从来不去捡拾。

这个季节她总是很少说话，差不多每天眼睛都红肿着。她夜里睡不好觉。

这天，当她看到又有几只公藏羚羊被戳死在草滩后，终于控制不住自己的情绪，惊叫一声，双手掩面地跑回了帐篷。

甲巴也凄惨地叫着跟上拉姆回到家。

李湘不知道发生了什么事，追回去问道：“拉姆，你为什么这样？”

拉姆双眼紧闭，一句话也不说。

甲巴仍在狂嗥着。

这时，一只人头盖骨做的碗，像飞碟一样在她眼前旋转……

那是拉姆终生都烙于心、刀子也刮不去的伤痕。

她的部落她的家族，都会以发生这样的事而耻辱，它败坏了这个高楼深院的门风。她就是这么腐烂的，是她的良心和至高无上的佛祖教会她懂得了惨无人道是人世间最不能容忍的罪孽。

那天，她本来是无心也无兴趣跟着管家去催租的。在拉姆的意识里，谁家有牛有羊还会不给主人交租？可是她家族的贵人们几乎众口归一地说那个叫玛钦次旦的穷牧民就是有意与主人抗租，死催活催也不交租。“种主人的田，放主人的羊，有什么理由不交租？”拉姆当时确实就是这么想的。她觉得这个玛钦次旦好有胆量。可是，有胆量不交租算不得好汉。等她到了玛钦次旦的帐篷里一看，便马上改变了看法。她眼看着玛钦次旦一家人无遮无盖地畏缩在帐篷的一个角落，寒风里冻得瑟瑟缩缩，像一窝脱了毛的雪鸡。还不等她说句公正的话，管家就七手八脚地把玛钦次旦押到了庄园的刑场上。

据说，后来阿爸用来盛宝器的那个小碗就是玛钦次旦的头盖骨……

拉姆昏倒在刑场上，当她醒过来时是在第二天深夜。阿爸和阿妈站在她床头，他们整整守了她一天一夜。

她没有说一句话，她突然觉得她不认识阿爸了，也不认识阿妈了。她又闭上了疲劳的双眼。

等她再次醒来，已经没有了阿爸、阿妈的影子，她只听见外面接连不断地响着枪声。枪声就在庄园的四周响着。

这时，黎明的曙色刚刚爬上拉萨市布达拉宫的金顶……

已经三天了，拉姆基本上没吃一口饭，只是频繁地喝水。第三日，当李湘把一碗做熟的鲜嫩的藏羚羊肉端给拉姆时，她突然怒目瞪视着丈夫，几乎是吼着说：“湘子，你还让我活不活？快把这藏羚羊肉给我端走！”

之后，她很平静地说出了下面一席话。

“我，一个贵族小姐，放着幸福不享受，为了什么呀？在我从那个吃人肉喝人血的世界逃出来以后，我就想着找到一块净土，过清闲平静的日子。我总算满足了，遇到了你，我们住的地方水草丰盛，又是动物的天然王国。可是，我万没想到，没有好日子伴我到永远，无人区的草原上仍然是血溅牧草，哭叫连天……”

次日，拉姆便出门了。她第一次没有让李湘陪她，而是一个人沿着一条小溪去散心。这一去她就再没回来……

在无人区的几乎每个路口，都贴着一则寻人启事。它要寻找的正是那只藏靴的主人：拉姆。

拉姆出走时，只带走了那只藏靴。

很有意思，寻人启事是用汉文写的。在藏区，识汉字的有几人？李湘不会藏文，在这个关键的时刻，他不得不露出外来户的破绽。

所以，这则寻人启事等于一张白纸。

他孤孤单单地走在空寂少人烟的草原上，有目的却无目标地走着。他希望能在突然之间看见那张熟悉的面孔，那是他心爱的妻子！他真的离不开她。

闯进无人区这些年来，他在人生征途上遇到的困境、痛苦以至灾难，无一不是她伴着他走过来的。十五年了。很快，又很慢；慢得常常使他觉得过一日就像一年那么长，快得使他觉得和拉姆的生活刚开了个头她就消失了！

十五年间，他没有见过一个汉人，没有见过一辆汽车，没有使用一块香皂没有刷过一次牙，没有洗过一次澡……唯一可以慰藉他的是，几乎每天他都能看见飞机无声地从头顶掠过，这是联结他和外界的唯一寄托。那蓝天上的飞机把他的心提得高高的，直到飞机已经远去了，他的心还在空中旋转……

他忘了回家的路，也不曾记得家里还有什么人在等待他。他只知道有拉姆，有无人区。他不能离开这个地方，他的生活里不能没有拉姆！

还不到四十岁的人，脸上被岁月犁出的深沟和风雪镀成的赤黑色，使他看上去比实际年龄要苍老得多，说他六十岁，也有人信。失去拉姆后，他就没有家了。他需要拉姆！需要孩子！他们的第一个孩子被恶狼糟践以后，拉姆又生过两个女儿，都没有活。拉姆！你现在在哪里？快回来吧！李湘需要你，他需要孩子，需要家！……

这一天，一件喜出望外的事使他那希望一直没泯灭的心里又燃起一把炽热的火。在一个路口，他意外地看到栽在地上的一根木棍挑着拉姆的那只藏靴。他立刻上前连棍子一起抱住了藏靴，嘴里连连地说着：

"没错，是拉姆的靴子。她一定是用这只我熟悉的靴子告诉我，她还活在世上，她也在寻我。拉姆，我的好拉姆，我一定要等到你！"

他蹲在那根木棍下，怀里抱着藏靴，整整等了一天，也没有拉姆的身影。

又等了一天，仍然没有见到拉姆。

第三天，他索性把家搬到了这个路口。

于是，这里便撑起了那顶只挂着藏靴、却没有人住的帐篷。

人呢?

李湘踏遍草原，找着拉姆……

他终于见到了一个牧人，一个脸上布满沧桑的老阿爸。

他问："老人家，你见过一个女人吗？"

老人打量他，像打量一个拦路抢劫者一样不换眼地看着他。

他再问一句："阿爸，你见过一个放牧的女人吗？"

老人总算把目光从李湘身上拔出来，回答说："我除了看到你，再连一只狼也没见到！"

他不敢再问了，他相信老人说这话时的脸像凶煞一样可怕。

他告别老阿爸，走出好远了，听到老人大声对他说：

"你说的就是那位除了高贵的血统和贵族封号之外，就一无所有的小姐吗？到尼姑庙里去找吧！"

李湘的脑袋轰一下像被重炮击了一下。他回头去看时，老阿爸已经一颠一颠地走远了。

小河里，无鳞鱼逆流而上……

她那心爱的头发剪掉了，反而显得越发美丽。一套棕红的裙袍穿在她身上非常合身，仿佛这套衣服早就该她穿了，只是她穿得晚了。

拉姆在日斤寺里做了一名尼姑。

这是一座再小不过的小寺庙。一座两层楼的经堂是寺里的主要建筑，红瓦白墙，依山而立。整个寺庙很简陋，只有庙后面山坡上的大片废墟可以看出昔日的辉煌。经堂上的那些椽、木板都有些变形倒斜了，可是不知为什么总也不倒塌。小楼是棕、白、黑三色涂染的，肃穆庄严。那座佛塔白得雪亮，远看很像一朵蘑菇。寺庙的门上雕刻着各种表示吉祥如意的花纹。拉姆是这里的第十三个尼姑。她们都很坦然，每个人都是佛祖的仆人。

自从到尼姑庙后，拉姆很想把往事全部忘掉，包括在阿爸阿妈膝下她还不懂事的那些温暖的日子，和后来长大所见所悟对她心灵重创的日子，还有和李湘在一起十多年那些虽苦涩却很开心的日子，她一律都想忘得干干净净。所有的痛苦和失落，在无与伦比的佛祖面前都是微不足道的。她跪在经堂里，不是赎罪，而是要将自己的肉体，还有她的信仰和灵魂，奉献给佛祖。

尼姑庙里的生活并不像外面的人想象的那么轻闲。但是，一个从坎坷中爬出来的人，是会咽下一切苦味的。

她是新来的尼姑，庙里几乎所有的苦差都理所当然地落于她肩上：到穿庙而过的河里打水，去庙后的山墙上晒牛粪，到草滩捡拾冬虫夏草……她不抱怨生活，相反，一切重压在她眼里都习惯了。人嘛，现世的幸福与痛苦都不过是生死轮回的一个短暂瞬间。当然，她的主要时间是用来诵经超度。诵经是一件不仅寂寞而且很劳累的事情。但是，她总是百诵不厌地重复诵读着这些经文。晨经、午经、晚经，她很忙碌、很紧张。当然，她已把这些看成是一种享受。

尽管她的身体还是那么修长，尽管她那张少有笑容的脸还是十分美丽，尽管她一双眼睛总是无邪地瞅着前方，但是入尼姑庙以来，她已经苍老了一圈。不是那身棕红色僧衣使她变老，而是她确实苍老了。

她的美貌渐渐地变成了两鬓的银丝。

李湘也苍老了！

他一下变得憔悴不堪，脸色像生铁一样黑，头发一圈一圈地白了。背也驼了。

他寻找拉姆的决心仍像冰山上的雪莲一样，今年谢了，明年又开；再谢，再开……他总是这么想：只要世界上还有这个叫拉姆的人活着，我就不会也不应该泯灭找到她的愿望。

他眼看一只大鹰在雾幔中被山头撞折了翅膀，虽有心寒，但他告诉自己：不必灰心，更别回头。云之中，鹰之上，是我驰骋的天地。拉姆会在我的追求中回到我身边的。

自从听那老阿爸说拉姆进了尼姑庙以后，李湘要跑断腿似的找遍无人区的寺庙。就是这个日斤寺，他也不知到过多少次了。每次他像个乞丐一样站在庙外，倾听着从庙里传来的诵经声。他仔细地辨了又辨，洪波一般的诵经声里就是没有他熟悉的拉姆的声音，确实没有。

他走了。又返回到寺庙前。他听人说过，出家的女人不仅相貌变了样，声音也变了。说不定拉姆的声音就融进了那些诵经的声浪里。他又听了一次，再听一次，还是没有听出拉姆的声音。

苍老只是一夜间的事。无奈的李湘的确老了！

他向一僧人求到一件袈裟，披在身上，这样出入寺庙就方便多了。为了找到拉姆，他走尽了人世间所有的路。

他拄着拐杖，走向一扇太阳的大门。那里会有他善良的拉姆；他披着袈裟，走向一扇月亮的窗口，那里会有他心爱的妻子。

太阳落了又升，月亮缺了又圆；阳光挟住了春风，月光切断了大雪。河上的桥，通不到远方。

手杖发了芽。

思念和重荷压得喘不过气的老人仍一个碎步一个碎步地行进在无人区……

他已经有好些日子没回自己的帐篷里了。他的家就在寻找拉姆的路上。

寺庙的一道并不算高的墙，为什么就把李湘和拉姆的感情隔在了两个世界？他想拉姆可能就住在这座庙里，怎么总是见不到她的面？他站在庙外他自己踩出来的一条小路上这么想着。

爱情也有废墟！

他每天都来到庙外瞭望那道隔墙，他希望能把这墙望倒，希望拉姆能突然从墙上出现，希望目光能穿过高墙……他就这么睁大眼睛望着，望着，他觉得眼前的墙不是高墙了，而是一片亮晶晶的黑星星，正闪闪烁烁地对着他泛着笑脸，每颗星星上结了一个很大很大的果子。

拉姆站在旁边对他说：喂——这是我送给你最后的礼物……

难道是安置在阳光下雪地上的梦？

他在一片积着厚雪的草滩上，又遇到了那个牧羊的老阿爸。没等他开口老者就说话了："你不是找那个贵族小姐？"

"是呀！你见到她啦？"

"见到了。前些日子我在后山沟里看到了她的尸体。"

"你瞎说。"李湘急了。

老牧人剜了他一眼："我没有非得要让你相信的意思。"

李湘又急了，忙说："前些日子，你不是还说她出家进了尼姑庙吗？"

"前些日子？你算错了日子的轮回，那是我两年前说的话。"

李湘失声痛哭。他手里牵着捡到的一只小藏羚羊。

老牧人并不着意理他，继续说："那尸体置落荒野一个多月竟然不烂不臭。贵族小姐睡着了！"

"现在呢，她在哪儿？"

"很奇怪，有一天早晨，我眼看着一只狼把她驮进了深山。"

"啊……"他双腿一屈，跪在地上。

他这才想起，甲巴已经丢失了快三个月了……

阳光里流动着黄金。太阳不冷不热地催人苍老，苍老！

次丹堆古终于讲完了这个无人区的故事。他讲得珠泪涟涟，令人伤感。我没有仅仅把它当成爱情故事去听，而是感受到了一种人生，清洗了一次灵魂。

我久久不语地沉思着。那本《白唇鹿》已经拿在了我的手里。它是那样的沉重，那样的虚渺和深不可测！

十五年前，我写这篇散文的时候，怎么会预料到它的续篇是如此的曲折，悲伤；十五年后，当我得知在它发表之后接着发生的这个故事，仍然难以相信生活中竟会有这样扭曲而离奇的人生。

无人区的太阳是另一种太阳。阳光下，我的心灵受到了一次难耐的撞击和洗礼；无人区的爱情也是另一种爱情，它已经被生活漂白，没有诗意和浪漫，变成了等待！

我仰望无人区的天空，阴云密布，却迟迟不肯下雪。

我等待着。因为我与这块雪域之间唯一的语言，便是洁白的雪了。

……

我抬起头，不见了次丹堆古。

眼前空荡荡的。唯见谷露村唯一的白杨树孤独地在我眼前摇晃。

我反复用舌尖模拟着两个名字：

拉姆——李湘；李湘——拉姆。……

突然，这两个章节一乱，跳入了另外两个节拍：

李湘——次丹堆古；次丹堆古——李湘。……

一对驼背老人。……

啊，我霎时有所悟。似乎明白了什么，便拿着《白唇鹿》追出了门。

无影无踪。只见满天雪片抛洒，久盼的一场雪，终于落下。

这时，那雪花把次丹堆古的话送入我耳畔："无人区就是我的家，那儿有我的拉姆，有我的藏靴，我哪儿也不去！"

生活曾经沧海，又曾经桑田；生命曾经有过辉煌，又曾经有过创伤。古往今来，概莫能外。

这场雪比水温柔比铁坚硬！

李湘没有变，拉姆也不会变。当初走进无人区，也许是一盏模仿的灯被岁月锈蚀以后，他们的灯依然放着光芒。

光芒是不能模仿的！

西藏驼路

如果你一定要问我，在西藏什么样的苦最使你难以忘怀？

我就回答：夏夜的月亮。贫瘠的土地上吃不饱氧气，星星也一样的苦。

你什么都不问了，那好，我就介绍你认识一个人。你冷的时候看这个人，苦时你也看这个人。

我永远都不会忘记这个人，就像父亲坟头上的青草，就像你无法征服的雪山让你留下终生的伤疤。

这个人在我脑海里盘绕了几十年，我一直不知道如何把他说破。此人叫慕生忠，一位开国将军。好些年前，总该有十二年了吧，他在一杯浓烈的酣酒后已经老去，只是把他最早在世界屋脊上点燃的篝火留在西藏上空。如今，记得他名字的人很少，但是知道他故事的人很多。

此刻，在我回首他的时候，才感到我已经老了，但我还活在他的光阴里。我怀念他时的感情很复杂，不仅仅是难忘，应该说这是个痛楚的时刻。我真真切切地觉得我像将军一样在和死亡拥抱。他走了一生，还没走出青藏的山。他几乎忘掉了回头是岸，死后也要儿女把骨灰撒在昆仑山上。骨灰落地在昆仑山，重重的一个坑，多么深的一个坑呀，就像父亲离去，在我心中突然空出来的那个位置。我无法抗拒，随他之后，提着他点燃的那堆篝火，寒夜里继续在雪山上奔走。在世界屋脊上，西藏离云那么近，我随手抓了一把云，都能嗅到他汗味的芳香。因为这云慕生忠曾经攥在手心里。哦，我的三月的京城，又一次被驼铃摇响……

共和国诞生的第三年，那个北风紧吹、天空布满灰沉沉乌云的隆冬，慕生忠用一身单薄的军装裹紧显得有点精瘦的身体，迈着憧憬西藏明天的步伐，从青海湖边那个只有几户土著人家的小镇香日德，踏上了给拉萨运粮的漫长征途。我能想象得出，那个时刻他的心头肯定怀着壮志凌云。同时我也敢说他是做好了另一种思想准备，自己的生命也许会结束在这次长途西征中，他的脚印将在一片泥沼中闪烁着最后的光彩后而沉没。如果不是这样，他为什么在北京领受了任务返回兰州之前，特地进了一回大北照相馆，照了一张照片。这个举动看似临时动意实则是军人的职业意识。他加洗了一摞照片，颤颤地拿在手里，分送给几位要好的战友。亲人免送。

每个得到照片的人，听到的都是他同一句话：“我如果死在了那个地方，这就是永久的留念！”

不能说这是忧伤，更多的是悲壮。他是个军人，马上要去一个很陌生而又是险情四伏的地方开辟新的战场，前景未卜。他当然渴望叫醒黎明，可是当黑暗压来时他绝不会低头。战场变换了，他脚下的路会照样活跃。军人的高贵就在于身上凝聚着摧枯拉朽的锐气。

接到照片的人全都不说话，在心里默默地为他祈祷。

如果慕生忠死了，纯属正常；可是他活下来了，这是奇迹。不是那个陌生的世界对他格外仁慈，而是他坚决不与那个世界妥协，即使倒了下去也不妥协。

慕生忠执行的任务史无前例，是应该记载在共和国历史上的一段重要里程：给西藏运粮。刚刚成立的西藏运输部队，他担任总队政治委员。

拉萨断粮了，粮荒。

西藏向北京告急！

当时，和平解放西藏的部队三万人有余。不说别的，光每天吃粮就需要四万五千斤左右。西藏本土就是挤破地皮也长不出这么多粮食。还有中央驻拉萨党政机关的吃粮全靠从内地运来。中国不产汽车，西藏也不通汽车。空中更是禁区。名副其实的一座孤岛！只能靠骆驼、牦牛，还有骡马运输。主要是骆驼，渴不死的饿不死的“戈壁之舟”骆驼！

脚跟还没有完全在西藏站稳的军队和机关人员，勒紧裤腰带咽饭。每人每天只供四两粮。四两，壮汉子塞牙缝也许够了。

做梦都揣摩着赶走汉人的西藏上层一些反动分子，此刻得意得连鼻子都翘起来了。他们张扬起了不可抑制的气焰，你买我粮？可以。一斤面一斤银子，一斤咸盐八个银圆，八斤牛粪一个银圆。爱买不买，要活命你还得求着我买！牛粪是西藏的主要燃料。

中央驻西藏代表张经武在几次大会上，忧心忡忡地说：“我们现在吃的一斤面是一斤银子的价，烧一壶开水就得花四个银圆。要命呀，我们是吃银咽金打发日子的！”

就在他讲这话时，八廓街头的那些管家，肆无忌惮地大声吆喝着破嗓子：“一个银圆买八斤牛粪！”他们的身后是堆积如山的干牛粪。

过于辉煌灿烂的人其下场是烧毁自己。他们以为会困死的人却要挣脱困境。

慕生忠带领运粮的驼队踏上了进藏之路。

准备献身于进藏运粮路上的慕生忠是活下来了，九死一生地活下来了。可是骆驼死了，运粮的骆驼死了不少。据说，当时全国大约有二十万峰骆驼，他慕生忠的胃口大得吓人，一口气就从陕、甘、宁、青及内蒙古征购了两万六千多峰。还有部分马、骡子、牦牛。那是从内地第一次如此大规模地给西藏运粮，征购人怀里揣的又是盖着中央政府大印的介绍信，谁还能不把骆驼贡献出来！粮食倒是运到了拉萨，长途跋涉了百余天。粮食耗去近一半，骆驼死了三分之二。赶骆驼的人也有三十多人献身。这是代价！值不值？后来慕生忠一直回避这个问题，说到运粮时他从不提人员的伤亡，嘴唇咬得紧紧的，只字不吐。他只讲骆驼，那也是伤感万分地说呀：

"我就是从那次进藏喜欢上甚至可以说爱上了骆驼。它们是有功之臣，倒下去的也是有功之臣！我一想起那些在半路上死去的骆驼，心里就酸楚得要命。它们死得太不甘心了，它们是多么的想和我们一起走进西藏到达拉萨。可是它们没有等到胜利的那一天就离开了我们！"

说着他举起手背擦着眼泪。我终于明白了，他为什么不讲那些永远倒在进藏路上的同志。那样的回忆会把他的心肋戳得淌血，会让他很苦很苦的。那不是用歌声铺成的路，是用尸体铺的路呀！他说，不堪回首！

在痛楚的阴影里，他热爱光明；在光明的日子里，他珍惜痛楚。我想，如果是我，我也会像慕生忠一样，只讲骆驼不提人。

那些骆驼，那些让慕生忠一生都觉得愧疚的死去的骆驼……

走出香日德不久就遇上了挠心事。从香日德到昆仑山下的格尔木，原先有一条驼道。那是早些年骆驼客留下来的。真佩服那些痴心不改的骆驼客，他们是最早走进昆仑山的人。也许那些开路人为这条路已经把命搭进去了，但是他们毕竟在没有路的地方留下了脚印。如果把这条驼道也可以叫路的话，那么这路太没规则了，隐隐约约，时断时续，如同蚯蚓爬过后又被风吹雪掩了几次。你说它睡着了吧，又仿佛醒着；醒了吧，又似乎眯瞪着眼。运粮队沿着它前行，常常走着走着驼道就莫名其妙地消失了。哪儿去了？谁也弄不清楚。只见眼前出现的要么是沙砾、荆丛，要么是沟坎、山包。每在这时慕生忠就跑到最前面和驮工们一起找路，辨认方向。他说，驼道没有了，咱们就找骆驼粪，那些风干了的驼粪就是路标，跟着它走没错。当然，如果遇到了骆驼的死尸，那也是路标。后来有人就编起了这样的顺口溜："进藏不用愁，骆驼骨头当路标。""远看老鸹，近找骆驼。"

茫茫戈壁，空旷辽远。离开了这条救命的驼道，运粮队绝对会盲目地、悲伤地、徒劳无功地走难以计数的冤枉路，以致迷失在戈壁滩。慕生忠把裤腿挽得高高的，俨然是个普通劳动者，他总是不厌其烦地提醒着出现于他视线内的每一个驮工：同志，记住，一定记住。骆驼蹄印是路，驼粪是路，驼骨也是路。有了路我们就会走到格尔木，再一直走到拉萨。

他在世道沧桑的经历中，明白了一个道理：为什么有些人耗尽一生的光阴，还是走不出波涛汹涌的黑暗。就是因为他们倚着黑暗抛下了远征的帆。眼下，最早开进昆仑山的这些驼印、驼粪、驼骨，就是帆！

他们绕了一个大圈，很大很大的一个圈，谁都以为一直在朝着前方走，扫兴的是他们又回到了原地。人都累了，也有些灰心了。慕生忠找了个有河水的地方让驼队停下来，他们要吃些干粮，歇口气，再赶路。骆驼们也累了，乏困地冲着天空打了几个响鼻，然后一个接一个地卧下来。它们也需要松松筋骨了。

年轻人任何时候都不会忘记乐，苦中也要找乐。几个驮工撩着河水，互相用清亮亮的水花扑打着脸，痛痛快快地笑着，朗笑，全然不像困扰在进藏路上的迷途者。慕生忠也不甘寂寞，没事找事地加入了他们。他掬起一捧水照着回族青年马珍的脸上扔去，说："马珍，你看你脸上的垢痂都快结疤疤了，还不趁着这水彻底洗洗！"马珍的脸原本就黑，这些天沙里筛风里吹，黑上加黑。几个伙伴见慕生忠给他撩水，也就一起乐呵呵地用水花激他。马珍不躲开，任凭别人撩水为他洗脸爽心。巴不得呢！困难什么时候能没有？人还怕它吗？

其实比石头硬的还是石头。

夜的戈壁滩是口大锅底，冷却，空寂。月亮像一只破旧的奄奄一息的灯泡，蒙着一层灰尘发着死光。连地上的一片片陈年积雪也变得像灰烬。几十顶行军帐篷很不规则地撑在河湾，孤独得像失去家的弃儿。唯有堆堆篝火烈烈燃烧着，告诉人们戈壁滩是醒着的。火苗煮着沙粒，煮着随风飘浮在夜空的雪片。骆驼们静站一排，咀嚼着干草，发出有节奏的声响，使人觉得它们是在吃着火苗长膘。寂静的夜，就这样被骆驼一点一点咬破。

不管戈壁有多冷，劳累至极的人们头一挨上作为枕头的大头皮鞋，就抽起了鼾声：每人的脚都伸得长长的，让疲劳还有寒冷尽多尽快地从指头流走。站岗的人是享受不到这种酣睡的。这是慕生忠既定不移的规定，军事化管理，轮流站岗，荷枪实弹。每人一班，每班一小时。站岗的名单上自然不会有慕生忠的名字，但他夜里总要醒来三两次：太操心，睡不着。有天晚上，他起夜巡查时发现有一顶帐篷被风揭得快倒塌了，同志们还在香香地睡着。他赶紧悄声叫醒几个班长，和他们一起轻手轻脚地整好了帐篷，那些睡得熟透了的驮工们还在睡着，他们根本不晓得深夜里在他们身边发生了什么温暖的故事。今夜不知道，明天也不知道。慕生忠回头望着整好的帐篷时，听见有人在睡梦里唱歌："妹嫁远方／妹嫁远方／哥走异乡／哥走异乡……"河西走廊乡谣，马珍唱的。这小子，做梦想媳妇，净是好事！

下一岗本该马珍站了，换岗人欲摇醒他，被慕生忠制止了。他说，让过他吧，别打破他的好梦。我批准的，叫这小子好好睡下去！

夜色悄悄地从山脊一条白线似的曙色上滑下去，悄悄地，像脱裤子。天慢慢亮了。

一阵躁动后，长长的驼队又蜿蜒在广袤的戈壁滩上。驼铃带着慕生忠的队伍走向遥远的地方。昼夜不停的高原大风吹折了鸟儿苦难的翅膀，却吹不动不肯死去的运粮驼队。

骆驼蹄印、骆驼粪，还有骆驼的尸骨把运粮队领到了格尔木。格尔木，那时候的格尔木是什么样儿呢？一条河，河里结着冰，冰上覆盖着沙土，根本不像河。没有一棵树，就连那些偶尔长在戈壁滩的荆丛仿佛随时都会消失在黄沙滚滚的暴风中。地面上只有不时蹿跳着的灰鼠什么的，正是这些放肆的小动物把格尔木的春天推翻了。不管怎么说，运粮队到格尔木了。应该说还算顺利，四百多公里路，折腾了一个星期多点时间。是吃了不少苦，但是当他们在格尔木河边安寨扎营后，那些苦也随之消失了。他们要在这儿休息两天。

运粮队是自带粮草上路的。那时候只能这样，沿途没有人，即使有人也不会为他们做后勤保障。这一个星期他们几乎吃掉了半个月的口粮。大家体力消耗太大，饭量急骤增加。后面的路程会更艰难，照这样的吃法，弄不好给西藏的粮食还没有运到，运粮的人却因为断粮而困死在半路上。慕生忠来到格尔木的第一夜，苦愁挠心，如猫爪揪着，根本无法入睡。这一大摊子人的性命都无法推卸地系在他身上，怎么睡得着呀！格尔木的冬夜，冰雪覆盖了所有的路，空空荡荡的风声，远远近近刀子般闪亮的点点鬼火，是昆仑山千年不变的平静。慕生忠加大了篝火的燃量，也驱不散这个夜晚的寒冷。他忘不掉下午刚到格尔木时看到的一个情景：一只受惊的藏羚羊，从河湾一闪而过，丢下了满目苍凉的河床。这位驼队的领导人此刻始终在考虑今后的路程，考虑在这条路上殊死拼搏的他和他率领的运粮驼队该怎么活下去。

冷月高悬，寒星点点。慕生忠望着熟睡的帐篷，望着夜色中那些凝冻了一般的三高两低的驼峰，深感保护这支队伍顽强活下去的重任就压在自己肩上。他虽然不忍心，但还是推醒了熟睡的机要员，立即给北京发出电报，要求上级给他们供粮。电文中有这样的话：只有我们吃饱，才能圆满完成运粮任务。

后半夜，当昆仑山的宁静进入一天二十四小时最深远的时刻，有一峰骆驼走完了它一生的历程，永远地倒在了格尔木寒冷的荒原上，正是在下午藏羚羊闪过的地方。这是运粮队出发后死亡的第一峰骆驼。慕生忠是亲眼看着那骆驼断气的，当时他正在巡夜，那骆驼在仰天长嘶一声后，完成了它在这个世界的最后的呐喊，与坠落昆仑山岔的月亮一起倒下。它跑累了吧，饿极了吧，像耗尽了油的灯盏，缓缓地睡去。它死了，睁着一只眼闭着一只眼，静静地躺在冰冷的地上。那失去水分的躯体使它蜷缩得瘦小瘦小。慕生忠跪下身子，轻轻地将它那只半睁的眼睛合上。平常，总有一些生命被我们忽视，死一头猪或一只鸟，我们可以视而不见，甚至无故地踩它一脚。可是在这里就不一样了，茫茫荒野里，你会不由自主地感觉到生命的脆弱，一只蚂蚁在结束生命时若被你看见，你都会觉得疼痛。可是你无能为力。正因为生命脆弱才显得宝贵，倍加珍惜。这不，慕生忠为这峰死去的骆驼抹起了眼泪。

格尔木，不是运粮队久待的地方，在这个冬夜诞生了慕生忠最不情愿看到的孤独和悲伤。他呼天唤地吼一声：苍天呀，保佑我的驼队顺利到拉萨！

失眠之后把天熬白。同时也把苦愁给了白天。

黎明，高原还沉在梦境之中，驼铃就敲醒了昆仑山。运粮队虽然寂寞却又不甘心地一步一步地踏上了征途。

他们驻扎过的那个拆掉帐篷的地方，留下了一堆土丘，新土。那里安葬着那峰死去的骆驼。它的尸体完完整整地掩埋在里面。这是慕生忠的主意，他说，战友死了，我们要给它找个安身处。他总是称骆驼为战友，无言的战友。下葬前，他才发现骆驼的前腿上有处伤口，结着血痂。他对卫生员说，拿来纱布给它包扎好。不能让它带伤走远路。卫生员用纱布包着战友的伤口，一层又一层……

寂寞的骆驼，昆仑山会挑出明月的心做一盏灯，夜夜陪伴你。

寒风漫征途。沿路响着卷在风雪中的驼铃声。薄金属的铃，声音明媚。叮当，叮当……像千年的陈酿，却不知为谁而酿。醉着路旁的每一片荒滩和冰川，醉着天空中的每一片云彩和飞鸟。铃声响过，没留下一丝痕迹，只有出远门的人对故乡远远的思念。

天空，戈壁，草原，像干净的灵魂。越来越大的风把遍地的尘土吹起，夹杂着沙粒、雪团，抽打天空、戈壁。天空不再晴朗，戈壁混沌一片。只有那结队而行的骆驼，是青藏高原眼下最美的花朵，它用灿烂的力量和光温暖着卧在路中央的每一块石头。沉睡的就让它们继续沉睡，飞舞的就让它们继续飞舞。驼队一次次过河，河浪上留下铃声；一次次爬山，山坡上留下的还是铃声。

这天中午，驼队刚刚翻过一道山岭，前面突然豁亮起来，呈现出一大片望不到边的草地。疏朗、明远、洁净。山巅远雪，明晃晃地把原野推向前台，天上的白云仿佛成了羊群。山是油画，水是油画。一幅幅近似海市蜃楼的画带来了宁静中的活力。

活力？那是考验运粮队的陷阱。油画是草滩中的泥沼地！

进到草地还没一个小时，一场暴雨就劈头盖脸地砸了下来，满世界密密匝匝的雨丝，人连眼睛都睁不开，整个脸仿佛在雨水里泡着。人根本无法迈步，只能原地站着不动，任凭暴雨冲打。骆驼，还有骡子、马，赤条条地站在风雨中，它们的背上流淌着一条又一条小溪。小溪犹如一条条毒蛇，伸着长长的舌尖肆意地窜着。驼们骡马们开始暴躁起来，叫着。还好，暴雨很快就过去了。队伍继续行进。这时每个人都成了落汤鸡，衣服上的雨水还在掉线线似的淌着。慕生忠笑说，我是老落汤鸡，带着一窝小落汤鸡。

那些泥沼地里的水潭很是狡猾，大都深藏不露地匿于草丛之下。看上去明明是一棵草或一丛草簇，你甚至能看到草根处板结的碱土。可是当你踩上去后，糟了！迈出的脚扑哧就陷了进去，这时惊慌失措的你必须抬起另一只脚，准备拔出那只陷下的脚。就在这一瞬间，身体重量集中到了已经落陷的那只脚上。此时你更加惊慌落魄，不知如何办时，那只抬起的脚只得落地。得！整个儿人就陷了进去。谁也弄不清那泥潭怎么就那么深，仿佛没有底儿似的，人越陷越深。如果有人去救落陷者，便一起陷了进去……

最初有几名同志落入泥潭后，还有人去抢救。其结果无一例外地双双落陷。慕生忠着急了，好像烈火烧着了眉毛似的狂叫着："不能救了，送死！"最先走进泥潭中的人还有三两个人的小半个身子露在泥水上面，他们拼死般挣扎着，呼喊着救命。有人实在不忍心眼瞧着日夜相处的同志就这样被万恶不赦的泥潭吞没，便挽袖握拳地要扑上去搭救，慕生忠上前给了那人一拳，将之击倒在地，他吼道："你不要命了，你！死一个人还不够，要把你也搭进去？"那倒地者是个小伙子，他砸着脑袋痛骂自己："我无能，我是个废物！他和我是自小耍大的乡党，这次出来前我们双方的父母再三叮咛要我们互相照应！我无能！我一个人回去怎么向他的父母和我的父母交代？……”

慕生忠怎么受得了这种比刀尖戳心还疼痛的感情的打击！他上前抱住被他击倒的那个同志，一起号哭起来……

队伍停止前进，清点人数。

一共有 14 名同志陷进泥潭。连尸体也无法找到。

那么多的同志在草地上不能自控地疯了似的跳腾着，为死去的亡友，也为自己的前程。他们都泪水盈眶地向远方凝视。不能再这样死去了，已经有 14 名同志献出了生命，现在活着的人还面临着随时可能死去的威胁。无论如何不能让泥潭这样的凶神不明不白地戮杀生命了！

一盏灯如果熄灭，在它熄灭前要想法设方取出它内心的光芒，变成投向黑暗的一把锋利的刀刃。慕生忠站在草地上对大家说了这样一番话：第一，我们大家要擦干眼泪，把永远留在这里的同志安葬好；第二，我们不能在迷途中昏迷不醒，大家都要活着，好好地活着，再也不许泥潭欺侮我们当中的任何一个人了。只要我慕生忠还活着，你们就不会死！我保护大家，大家保护我。

泥潭旁边的草地上留下了 14 个用草皮堆起的泥丘，那就是那些献身的同志永远的归宿地。他们从遥远的地方来，又留在了遥远的地方。很寂寞又无奈。让太阳给他们温暖吧，叫月光轻轻地拍着他们长睡吧。慕生忠派人好不容易才找来了一块木板，在上面写下了所有遇难同志的名字，插在了他们的坟旁，就算是一块合葬碑了。之后他喊了一声“一——二！”大家逐一喊着死去的同志“万岁”。听得出好多人是噙着泪声喊“万岁”的。

离开时有人抓起一把坟土，攥起，装进了口袋。这会成为他西进路上的精神食粮。

运粮队又向前行进了。为了不再鲁莽地走入泥潭，他们特地派几个人先走一步在前面探路，选路。还有，每个小分队都准备了随时救人出泥潭的绳子。以后几天，再没有死人，伤人的事倒是发生过几次，随队医生给伤者包扎包扎又赶路了。

死神仍像烟雾一样飘晃在进藏的征途上。

该牲口遭大罪了。特别是骡子，在泥潭里几经换气最终仍免不了一死的还很多。瘦驼碎蹄，衰骡苦嘶。多少年后，慕生忠在许多场合给人们讲到牲口在泥沼地苦苦挣扎着死去的惨景时，多次哽咽着讲不下去。戳心的疼呀——

“马是驮着人过泥沼地的，有人在它的背上指点路线，凭它的机敏和灵巧，总可以和人一起安全走过一个又一个险滩；骆驼虽然笨重，但腿长，蹄掌厚而坚，它有肥宽的躯体，再加上其顽忍的毅力，即使陷进泥淖，一不会没顶，二可以刨腾着挣扎出来；牦牛呢，在这泥沼滩里真正显示了它那‘高原之舟’的美称是当之无愧的。它的腿虽然短，可那天生的像帆船一样的肚皮，使它在泥水里漂浮起来，其他动物就望尘莫及了。还有它肚皮下那些密而厚的长毛。也能帮它走出泥沼地；惨不忍睹的是骡子，它们最令人同情了，死亡数很多。骡子的躯体瘦小，腿细蹄又尖，一踏上深处的泥沼就非陷进去不可了。在过泥沼地之前，我们也想到了骡子可能会遇到的麻烦，就有意减去了它们身上的驮物。没想到这样也不行，它们一陷下去就没救，实在没办法！那些日子，看着骡子一批又一批地在泥滩里送了命，我不知暗暗流了多少眼泪。骡子、骆驼都是我们无言的战友呀！”

慕生忠的心情当时无法平静，过了多少年后还是无法平静。骡子的惨死，疼痛了他一生！

运粮队的人马只要没死绝，他们的脚尖就永远朝着前方；慕生忠身上的光芒只要不灭，他就始终坚强得像钢铁一般。活着的灵魂比死去的更辉煌，因为他们肩负的是不朽的为西藏送去春天的灿烂使命。

驼铃寂寞地摇响在茫茫青藏大地。耳畔只有夹杂在铃铛间隙中寒风的叹息。

太阳跌进沙坑，只见一块蛋黄在雪原弹跳。又是一天被驼蹄踩碎，将要迎接的又是一个驼铃声中的黎明。

人马小憩在一条小河边。

骆驼静站着，瘦弱的躯体在蓝天雪原的映衬下，更瘦，更弱。

骆驼继续瘦下去，它们的四蹄踩在时间的键钮上，只要没有到达终点，困难就随时相伴。

接下来的路，泥沼是没有遇到，却有新的麻烦缠人。他们面前展现的地域全被冰雪结结实实地覆盖着，这是亘古至今的生物禁区，基本上看不到人家。偶尔见到一个牧人，远远地站着，用疑惑生硬的目光瞅着驼队。冰雪世界的出现，使骆驼遭到了极大的灾难。带的粮草吃完了，但沿途很少有草。好不容易碰上一片草滩，覆盖着一层雪或沙石且不说，那些草枯黄败落紧扒着地面，骆驼很难吃到嘴里。因为骆驼的腿长，习惯在沙漠中吃高草。青藏高原上的草，又矮又稀，骆驼啃不上，弯下脖子死啃也啃不上。总得吃草呀，要不怎么活命。有的骆驼只得半卧半跪地啃草吃，真难为它们了，草料奇缺，不少骆驼很快就掉了膘，瘦成骨头架子，倒了下去。慕生忠后来多次说，那些骆驼临死时的凄惨情景令他终生难忘，他形容说“我一想起来心酸得像硫磺烧了一样疼痛”。倒下去的骆驼已经筋疲力尽，拼着死劲挣扎也撑不起来了，任驮工们使出多大劲死拉活拽，都起不来。驮工们实在不忍心让它们永久倒下，便纷纷凑过去七手八脚地帮着或拉或掀骆驼，不行，还是起不来。无奈，他们只有狠心使出最后一招，将这些骆驼身上的面粉还有其他行李都卸下来，分担给别的骆驼，准备扔下它们，赶路。尽管人和骆驼的粮草都极其短缺，在这离别之际，驮工们还要匀出一把粮留给这些奄奄一息的骆驼。他们伸出颤颤的手，拍着骆驼，把粮放到它们嘴边，却不说话。也许骆驼再也无力吃东西了，但驮工还是要留给它们一点吃的。人和骆驼一路同甘共苦走来，分手像割心头肉一样难舍！

驮工依依不舍地扔下那些无法同行的骆驼，继续赶路，一步三回头，泪水洗面。可怜的骆驼们显然已经感觉出主人要遗弃它了，便使出最后的力气叫着，仰头朝天嘶叫，凄惨惨的泪叫，一声比一声凄凉。有的竟然扑腾着站了起来，却立即又倒下，摔头绊脑地惨叫不息。主人不忍心了，又返回去抱着骆驼痛哭起来，再次掏出兜里自己分得的省吃下来的那点干粮喂给骆驼。这回骆驼倒张嘴吞去了干粮，却无力嚼咽了，只是流出了长长的干涩的眼泪，眼泪……

骆驼痛苦的挣扎声，在驮工缓缓前行的脚步声中扭动。

被遗弃的骆驼，过了几天有的竟然奇迹般缓过了劲，自己站起来了，也许是主人留下的那点干粮救了它们的命，也许是苍天有眼使它们死里逢生，总之它们活过来了。驼队远去了，它们只能孤独无助地在草滩寻草吃。其实那是在寻找它的主人呢！这时如果被后面运粮队的人碰巧遇上，就会把它们牵上，让其归队。它们重见主人的那种场面才让人感动得痛哭流涕。它们像跑丢了的孩子找到了娘，依偎着主人凄惨地叫着，声音沙哑地叫着，还不时地用头抵抵主人伸过来的手，是亲昵与主人的重逢还是抗议主人对它的遗弃？主人也抑制不住流泪，用嘴亲亲它的耳，用头顶顶它的眼。此情此景，让所有看着的人都心酸得把视线移开，望着别的地方沉默起来！

当然，像这样第二次归队的骆驼毕竟是个别的了。也怪，这些从死亡线上再生过来的骆驼，后来再没有倒下去的，一直走到了拉萨。动物也像人，有了一次痛苦的磨炼，它们就变得坚强了。

不仅骆驼遇难，这时又开始死人了。

沿途天气酷寒，人体需要的起码营养又跟不上，大家的抵抗能力消耗太大，再加上高山反应残酷地摧残，运粮队员们的体质普遍下降，不少人病得走起路来摇摇晃晃，那样儿随时都可能栽倒。但是还得走，只要有一口气就得走下去。坚持脚尖朝前绝不后退，一直到达拉萨，毕竟人的体力有极限，总有一些体弱多病的人无法坚持到底，倒下去了。他们走着走着就倒在骆驼前面，再也起不来了。骆驼见主人倒下，也不走了，静静地站在主人身边好久，它们不住地用鼻子喷主人，但是主人已经死了，没有任何反应。灵性的骆驼显然感觉到了不幸，就围着主人转起圈来，还不时地拉长声音嘶叫起来，主人还是没有被唤醒。

运粮队死人了，几乎每天都有。慕生忠呢？

他跪在死去的同志身边，用拳头砸着自己的脑袋，反复地说着一句话："你为什么要离开大家呢？我怎么就这样没有本事，不能使你死而复活？……"

有人把慕生忠拉扶起来，他擦干眼泪，说："把同志扔下不管这是伤天害理的事，我们做不得。这里荒天野地的，什么想象不到的事情都可能遇到。我们要让死去的同志跟上队伍一起走，找个地方让他们安身。"

收尸队就这样成立了。

运粮队抽出十峰骆驼专门驮运同志的尸体。慕生忠决定，负责照管运尸骆驼的人可以享受队长的待遇，每月发 35 元的工资。这是运粮队当时最高的工资。运尸体整天跟死人打交道，需要胆量这当然是毫无疑问的了，但最重要的是感情。白天还好说，把同志的尸体捆绑在骆驼身上照看好不丢不损就是了。晚上到了宿营地，人休息，骆驼也要休息，就得把尸体搬下来，集中放在一个地方。怕野虫虫什么的伤害同志的尸体，还得有人站岗。第二天再把尸体一具一具地搬上骆驼。按说给死人站岗，是很阴森的事情，可是大家争着抢这份公差。每天慕生忠有两件事要做，一是在午夜时分他要起身看看同志的尸体，也就是查哨，一旦发现站岗的人有疏漏或出现其他问题时，他会立即安排妥帖。二是清晨给骆驼上搬运尸体时他要亲自点数。他说：同志死了，我们要保证他们不掉队。这就要靠我们这些活着的人费心地照管好他们。

这趟运粮任务中，有近 30 位同志献出了生命，包括掩埋在草地上那 14 位同志。来年春天，他们返回来时，又把那 14 位同志的尸体挖出来，一起运到格尔木。还好，天寒地冻的日子，尸体无一腐烂，这是慕生忠最为欣慰的。回到格尔木的第二天，他就带着几个同志，步行三四里地到了格尔木以北的荒郊野外，在紧靠察尔汗盐湖的地方选定了墓地，把同志掩埋在荒滩上。虽然当初每具尸体都写着姓名，因为数月来在途中搬上搬下，颠颠簸簸，大部分尸体已经无法辨认了，和名字对不上号。最后慕生忠出了个主意，把所有死者的名字写在一块大木板上，这又是一块合葬碑了！这块合葬碑就是后来格尔木烈士陵园的起始地。到了 2005 年夏天，我回到格尔木时这个陵园已经掩埋了近八百名献身青藏线的官兵，说是陵园，其实没有围墙，也无人管理，那些没有排列规则、大小不一的坟堆把墓地伸展得一年比一年大。当初立在各个坟前的木板碑绝大多数已被岁月的风尘荡平，诸多的烈士都成了无名死者，有人说这片墓地有上百亩，也有人说两百亩也不止。说它是世界上最大的无名烈士墓地，或许不过分吧！

据说 90 年代初，慕生忠重返青藏高原，他仍然念念不忘当年掩埋在察尔汗盐湖边的运粮队的同志，提出要去祭坟。可是当别人告诉他那里眼下掩埋着六七百名英烈时，他沉思许久，嘴里轻轻地说：六七百名，这是战争年代一个团的兵力呀！最终他也没有勇气迈进那片陵园，八十多岁老人的身心难以承受打击呀！

驼铃的叮当声像冻凝了一般，响在藏北无人区的旷野上。行进虽然缓慢，但是大家没有想到的是，自从艰难地翻越过唐古拉山进入藏北地界以后，他们走起路来反而不那么吃力了。原来在逐渐靠近拉萨时，海拔高度趋于变低，氧气也随之增多了。很早的年代出现于拉萨至那曲镇之间的那条时有时无的驼路，使已经筋疲力尽的他们得到了稍许缓解。

四千里征途上，唯一不倒的是驼铃声。

叮当，叮当！有时凝重，有时轻荡。凝重时正爬雪山，轻荡时跑在戈壁。

摇晃着稀疏的星星，夜宿那曲镇；

掺杂着此起彼伏的吠声，清晨从当雄启程，又开始了新的一天；

黄昏里，羊八井的炊烟被驼铃拴住，今晚静卧山畔的驼队驮满望乡的目光。

拉萨河畔。途中小憩，这是此行最后一次小憩。

朴素的河滩草地上，阳光酥酥，风儿徐徐。遍野透着自然、古老却又是初显开放的生生气息。一座索道桥拱着弯弯的腰身摇摇欲坠地卧在河上，有两三个藏族同胞大步过桥，颇有几分义无反顾。他们是冲着这长长的驼队而来，好奇，看热闹。

一路上一直只是闷着头踏着铃声赶路的骆驼们，此刻也知道该释放数十天来沉积的劳困，换上另一种活法了。它们在草地上互相追逐着，嬉闹。当谁也追不上谁时，便停下来一字排开，锣齐鼓不齐地嘶叫起来。之后，许是闹腾困了，骆驼们安静下来，开始吃草。

它们把阳光驮在背上，把藏家村落驮在背上。多少天来少有的明媚阳光把骆驼身上的毛照映得柔美亲和，暖暖地让人舒坦。徐徐而吹的拉萨河谷的风，把驼群及它们的风景剪成一幅幅美丽的图影，贴在倒映河面的蓝天上，好爽美！

当然，还是这些赶骆驼的人最知道在这样一个接近胜利的时刻，把一路上的疲累和积疾甚至抱怨，甩在走进拉萨前的最后一次歇脚里。这会儿，他们有的仰面朝天躺在草地上静静地望着蓝天上的白云落入怀抱；有的站在河边，望着清澈的水面把自己泡在河水里；有的在一个不被人注意的角落里偷偷流泪，悄悄自言自语着别人听不见听不懂的思乡怀人之心语……慕生忠了解每一个人，理解每一个人。因为他知道大家也了解他也理解他。他大步流星地走着，几乎走到分散在各处的每一个人的跟前，诚恳地甚至是带着央求的口吻说：

“马上就到拉萨了，这是我们完成运粮任务的地方，咱们总不能脏兮兮地去见拉萨吧。别的不说了，大家先洗洗脸，在拉萨河里痛痛快快地洗把脸，干干净净地进拉萨！”

没有人不听慕生忠的劝告，一个个都把头埋进河水里洗脸。扑噜扑噜……

拉萨河谷一片撩水声！

唐古拉山和一个女人

一

山总是屹立在海拔百米、千米甚至数千米的地方，蓝天也仿佛被它挤得摇摇欲坠了。这时我最想说的一句话是：山是个巨人；但是，当我置身于山中，看到没有女人支撑它时，我又想说另外一句话：这个巨人是很脆弱的。

是的，越是山高的地方，往往越是女人不去的世界。

我始终认为，四十年前慕生忠将军的那句话不仅震醒了格尔木，也撼动了包括唐古拉山在内的中国西部高原。

他说："青藏线上离开了女人，是拴不住男人的！"

一句本不该他这个身份的人说的话，蕴含的人生体悟无疑更深了。他是站在一面山坎上讲这话的，本来山坎比他高得多，此刻却被他踩在脚下。

当时，是风雪放肆狂吼的 1954 年深冬。世界上海拔最高的公路——青藏公路——刚通车，西部建设需要大量人才，老将军正要动员筑路大军在世界屋脊落地生根时，没想到修路民工纷纷打点行李准备杀回老家去，有的索性连招呼也不打就拉上骆驼逃走了。

他们的老家在甘肃、宁夏、陕西，甚至还有更靠内地的省份。

民工大逃亡的事刺痛了筑路总指挥慕将军，他在说了那句石破天惊的话以后，从山坎上走下来，拦住一个扛着行李卷正走出大门的民工：

“你们干什么去？”

“回家。老婆已经第三次警告了，再不让她生娃娃，她就要另找汉子了。”

将军又拦住了一个青年人，问了同样一句话。

回答：“我都 30 岁了，还不知道搂着女人睡觉是啥滋味呢！总不能让我当一辈子光棍吧！”

修路人眼里流出带血的泪水。

……

这看起来难以改变的现状，迫使慕将军作了一个大胆的举措：

动员民工在格尔木娶媳妇，安家落户，生养娃娃。

他没想到这个举措仍然不见明显的成效，将军按捺不住心头的怒怨和焦虑，只好铁面无私地采取组织措施了：共产党员带头。

第一个接受“政治任务”的是来自宁夏的回族青年马珍。他回乡探亲前，将军动员他：

“回来时把婆姨搬来，在格尔木给咱种娃娃，生后代。”

老实巴交的马珍把头一扭，说：“我不傻！就这地方，谁愿带婆姨谁带去。”

“让谁带？我就让你这个共产党员带头！”

马珍不吭声。“党员”这两个字比什么都圣洁。

就这样，马珍成为最早在昆仑山安家落户的人之一。把妻子留在格尔木的帐篷里，他到昆仑山中的纳赤台养路段当了段长。他是第一代格尔木人。

据说，在将军这一层高级将领中，慕生忠是较早地具体参与了国家经济建设的。正因为这样，他讲话的调门总不是那么无限拔高，都很实际，很人情味。

到了60年代初，由两顶帐篷起家的格尔木，已经发展成为一个初具规模的高原小城了，有人称格尔木为“昆仑山下的明珠”，也有人称它为“小上海”。你很难用一个具体的数字说清这里面有慕将军的多少功劳，但是你又不能不承认他无法否定的作用。

即使是到了这时候，慕将军当初提出的让女人在格尔木生娃娃的设想还是美好的愿望。青藏公路沿线的兵站和地方运输站，仍然是冷冰冰清一色的男子汉世界。不过，他已经没有能力继续实现宏愿了。正是那个年代，他被卷进了在庐山端出来的所谓的彭总那个“反党集团”里。

两千公里青藏运输线上，没有一个女性。

骆驼草干卧在没有雨的寒风里。

那时，我在线上跑车，总觉得日子很苦，很涩。即使行驶在雪山上也有在沙漠里跋涉那种干渴的感觉。

车轮碾出了一声声叹息：

女人啊，你在哪里？

二

我很喜欢在甘、青、宁、新地区传唱得很广的独特民歌“花儿”，它具有浓郁的民族特色和高原风韵。我们汽车团在格尔木扎营后不久的一天，我沿着格尔木河向昆仑山方向散步，听到一位回族歌者在漫“花儿”，悲悲切切，让我好不酸楚：

镢头挖了大黄根，
想你尕脑盖子疼，
帽子有哩戴不成。

镢头挖了菜子根，
想你眼睛珠子疼，
眼泪有了哭不成。

镢头挖了桦木根，
想你耳朵根子疼，
耳朵有了听不成。

镢头挖了石榴根，
想你脚底板子疼，
离开你了活不成。
……

这是一支想女人的歌。歌声是从黄土梁子那边传过来的，听得见漫“花儿”的声音，却瞭不见人。我能辨出那是一个老者，也许他唱了几十年情歌了。

也怪，后来我每次从这儿经过时都能听到这漫“花儿”的歌声，只是嗓音一次比一次苍老，悲凄！

高原上打光棍的男人，心里都长出荒草了！

再后来，“花儿”声断，我们就在那个地方看见了那座女兵坟……

关于那个女文工团员的故事我并没有亲身经历过，是后来的战友们讲给我听的。

那位女演员从京城出发随团去西藏边防演出，被高山反应挡在了昆仑山上，高山反应无情地袭击着体弱的她，使她连神儿都提不起了。当时的兵站根本就没有想到会有女人来住站，所以修盖的全是一个模式的可以住一个排的大房子。现在猛然间来了一个女病号，又不能及时送到西宁或兰州，只能临时给她收拾住处。

于是，在兵站那一排圆木帐房之外，便有了一顶单独存在的军用帐篷。女文工团员就在那里面休息。照顾她的只能是个入伍才一年的男卫生员。

昆仑兵站来了一个女文工团员的消息很快像长了翅膀一样飞到青藏线上的角角落落。那晚，兵站聚集了五个汽车连队。谁也不去想她是因病来到了昆仑山的，大家只知道她是个会唱歌的女人。

军用帐篷的灯亮在了兵站每一个人的眼里。那晚没有人不朝它瞭望。

最先走近帐篷的是两个从甘肃天水入伍的汽车兵。他俩久久地站在十米开外的地方，望着帐篷里的灯。他们没有走进帐篷的奢望，也没有要和女文工团员搭话的胆量，只是盼望着她能出来，看上一眼就满足了。要知道他们从来没有见过女文工团员是啥模样啊！

想看一眼女文工团员的当然不止这两个天水兵了。住站的兵都像他们一样怀揣着这样一个羞涩的美好愿望。

于是，又围上了几个兵；又围上来了几个兵……

他们只是远远地站着，谁也没有勇气近前一步。

帐篷外面的响动，自然惊动了里面的主人。女文工团员不知道发生了什么事，惴惴不安地开了帐篷门，想探个究竟。当她看到一群兵围她而站时，马上明白是怎么回事了。她不顾体虚、气喘，笑盈盈地走出来，说：

“欢迎大家到里面来坐。”

没有谁挪动脚步。

她再次诚恳邀请大家，仍然无人进去。

这时，不知谁说了一句话："我们想听你唱歌！"

唱歌？这使女文工团员有点为难，撇开她是舞蹈演员不会唱歌不说，只瞧瞧眼下她被高山反应折磨得六神不振的蔫乎样儿，能唱吗？她正犹豫着，这里又有几个兵同时起哄：

"我们要听你唱歌！"

面对这些坦率、朴实的兵们，她不能对他们说她不是歌唱演员，也不能把自己的病情讲出来。这些可爱的战士们一年间难得看到一次演出，有的甚至当了三四年兵也没有和文工团照过面。今晚，对于他们这个一点也不苛刻的要求怎么好意思拒绝呢！

女文工团员这时好像忘了自己是个病人，便张口唱起了歌儿……

这一夜，昆仑山上这个一向冷寂的兵站，变得热闹非凡。听歌人和唱歌人的交融达到了无与伦比的默契。女文工团员后来完全不像个严重的高山病患者了，随着兵们的欢呼掌声，她唱了一支又一支歌儿，而且越唱兴致越高，越唱越想唱。兵们把巴掌拍红了也不知疼。

歌者和听者都疯了。青藏线上何曾有过这样一个男女狂欢之夜？后来兵们看到女文工团员是强打起精神唱歌了，才依依不舍地离开了帐篷……

这是绝对可以想象得到的结果：女文工团员的高山病急骤加重，唱完歌后，她就躺倒了，再没起来。

第二天，她长眠在了帐篷里。

对于她的死，没有人怀疑是高山反应所致。但是，汽车兵们却都有一种负罪感，是他们没节制地让她唱歌，使本来有病的她病情加重，催着她过早地离开了人世。

她的坟就在昆仑山一个向阳的山坡上。最初，那坟很小，你如果不大注意，就很难看得到。后来，过路的汽车兵们都知道了女文工团员的故事，便每人都捧来一掬土添在她坟堆上，使它越来越大，渐渐地变成了一座小山了。

山坡上的女兵坟，是一种象征，也是一种昭示。它告诉人们，这里曾经有一个勇敢多情的女性打破了青藏高原沉寂而单调的生活；同时它也召唤那些有志气的血性女儿们，到世界屋脊上来创造多彩的生活。

女兵坟把太阳抬得很高，很高……

三

昆仑山的风雪一年四季狂吹着。今天吹走了远方的海市蜃楼，明天吹走了的还是海市蜃楼。

一切都是那么遥远，只有茫茫的雪原……

四

单调得像凝固了似的现实，突然又被一个美丽的传说唤醒。

那天，我出车刚回到营房，就接到了一个电话。是青藏办事处宣传处文化干事李廷义打来的。

“我看到《人民日报》了，写得很好，向你祝贺！”话筒里传来他抑制不住的兴奋的声音。

“你说什么呀？祝贺？”我丈二和尚摸不着头脑。

“《惠嫂》嘛，登在《人民日报》上。”

我一下子明白了，哭笑不得。

说起来这是一件令我十分尴尬的事。原来，前一天，《人民日报》登了一篇小说《惠嫂》。作者是青藏公路管理局的王宗元。小说讲述了不冻泉养路段惠段长的爱人热心为过往司机服务的故事。王宗元、王宗仁，一字之差，且都是写青藏公路上的事，这样人们把王宗元误认为是我就不足为怪了。

说实话，《惠嫂》这篇小说的影响面毕竟是有限的，事情的爆起是后来有人把《惠嫂》改编成了电影《昆仑山上一棵草》，这个影响就海了！尤其是在青藏线上，谁能不看这部电影？

直到前两年，《北京晚报》的李凤祥还把《昆仑山上一棵草》误认为是我的作品。我不敢假王宗元的名字，赶紧声明纠正。

王宗元的贡献在于他给青藏线的男人国世界里送来了一个女性，惠嫂这个人物一夜之间在两千公里线上传开了，那情景绝对不亚于后来徐迟写了《哥德巴赫猜想》以后，陈景润的名字一下子被国人知道了。与陈景润不同的是，这个惠嫂是王宗元用笔塑造出来的，现实生活里根本没有惠嫂。

天国是虚无，天堂是幻影。

青藏公路沿线仍然没有女性。

我永远都忘不了，我们连队在长江源头兵站广场上第一次看《昆仑山上一棵草》时的那种充满渴望而懊丧的复杂心境。

那晚，天空飞着雪片。我们从西藏亚东执勤回来一到源头兵站，就听说了放映《昆仑山上一棵草》的消息。大家忙忙火火地整完车，扒拉了几口饭菜，就坐在了广场上。不用说，电影看得很解渴，但说句心里话，扮演惠嫂的演员长相实在平平，明显地带着陕北农村妇女的土腥味儿。可以得到安慰的是，她说话、办事利落，到位。对来往于不冻泉养路段的汽车司机那股热乎劲，真烫人心！尤其是那个她扯着调皮司机的耳朵让他老老实实去吃病号饭的镜头，把我们的心扯得痒痒的，谁都巴不得惠嫂也揪揪自己的耳朵，吃一顿惠嫂亲手做的病号饭。

那一夜，我相信我们每一个人都做了一个十分美好的梦。

次日，我们投宿不冻泉。兵站与养路段一墙之隔，我们连的驾驶员都到养路段去找惠嫂，结果没有，连个女人的影子也没有。只有几间半地上半地下的圆形帐房冷凄凄地挺立在寒风里，几个脸膛被高原风雪吹打得像牧民一样的道班工人，在昏暗的酥油灯下打扑克……

我们很失望。大家的心还沉浸在电影的镜头里，越是这样就越失望。

是王宗元“欺骗”了青藏线人，还是青藏线人的痴情太重?

我们不愿意在岩石与虚无之间看见一棵虚张声势的树，只希望汽车的轮子在冰雪地上展开翅膀时，能感受到大地的芳香。

鲜花，照样开在天幕。

月亮，也可以是归鸟的巢。

终于有那么一天，我们的生活中真的来了一位“惠嫂”时，我们却变得那样惊慌，手足无措……

五

一切美丽的故事几乎无一例外地是突然发生。

当我们在唐古拉山顶上被一场意外的大雪围困得寸步难行的时候，一位年轻漂亮的大姐走进了我们的生活，使我们这些野性的汽车兵们一时间变得像野兔见了雪豹一样规矩起来。

她以突然袭击的方式出现在她的服务对象面前，使我们始料不及，也使我们喜出望外。

当时，我们已经把横在车队前面的一道雪墙铲得所剩无几了，大家刚放下锹和镐，准备喘口气，最后来一个“冲呀”突围出雪山。这时，有消息灵通人士宣布了一个绝对属于爆炸性新闻的消息：

“战友们，太阳从西边出来了！温泉兵站来了一位女招待员，她马上就要和我们见面了！”……

他下面的话被我们随之而起的狂叫声湮没了。

一阵撼天动地的欢呼声之后，雪山突然变得鸦雀无声。大家都企盼着，等待着。

“发布消息的人呢？接着往下说呀，那位女招待员长得怎么样，能不能描画描画！”

就在这个时候，一辆小嘎斯车兜着一阵旋风“吱”的一声停在了我们车队旁边。

司机下车，随之一个女同志很麻利地一跳，站到了地上。

今天，在我凭着记忆描绘这位第一个在青藏线上出现的汉族女性时，心情仍然是抑制不住的激动。她把青藏公路那页惨淡而伤感的历史揭过去了，是她结束了西部这块高地的一个时代。她的勇敢和伟大是我不管过去和现在以至将来都十分钦佩的。我会尽量地把那天她留在我脑海里角角落落的印象都搜罗出来，展现给读者。这是珍贵的历史瞬间呀！

当她落落大方地站在我们面前时，我们立即都觉得自己进入了一个神话的环境。

她帮着司机从车上把一个用棉被拥着的保温桶抬下来，放到地上，这桶里装着足够我们十多台车驾驶员填饱肚子的饭菜。她十分麻利地掌起勺，一边给我们舀饭一边说：

“弟兄们，都先给我停下手里的活儿，喂饱肚子，身上有了劲还愁没活儿干吗？”

她完全是一家之主的说话语气，根本没有商量的余地。我们当中一个有胆量的驾驶员说了句实话：

“我们早就不干活了，在列队欢迎你哩！”

她一点儿也不气恼，笑着说：“是吗？我怎么没听见锣鼓家伙响呢！对啦，我已经有了感觉，手心直痒痒，原来弟兄们惦着我。”

转眼工夫，她已经在我们还来不及擦掉手上的油腻的当儿，就把饭菜一碗一碗递到我们面前。

她说：“天气冷得咬肉，肚子添一碗热饭热汤，比身上加件棉衣还管用。你们就放开肚子吃吧，不用担心饭不够吃，你们一共才18个人，我是按加倍的人数下米炒菜。我还发愁剩下来又得让我们抬回去呢。”

就凭这一颗心，我们身上能不热乎吗？

看着我们一个个吃了个肚儿圆，她脸上溢满喜色，好像这么多饭菜是从她喉咙咽下去的。

“吃饱了，喝足了，大家一齐动手，把碗筷收拾到保温桶里，咱们准备下山。”

“篓子班长”恋恋不舍而又无可奈何地说：“谢谢你的好意了，你只能先走一步了，我们还得修车呢。”

“篓子班长”说的就是他自己的车。我们铲雪开路时，他一直没有停止鼓捣车上的毛病。

她马上接上去说：“车没修好我怎么能抽身就走？我陪你修车。”

她说着就撂拨掉大衣，露出了蓝地碎白花的棉袄。“篓子班长”忙把手拦在她的大衣上：

“哪能让你实打实地干，你站在旁边看就行了。”

“你真以为我会修理汽车？太抬举我了，我只能当个不够格的小工。”

她真的给“篓子班长”当起了助手，递扳手，送钳子什么的，蛮在行的。

真邪了大门，还是那个油路的毛病，刚才“篓子班长”捣鼓了快三个小时，就是来不了油。这会儿，他拿起扳手敲敲打打，只用了几分钟，通了。油“哗哗”淌得好顺畅，神了。

她一直不换眼地瞅着“篓子班长”的一举一动，使人感到她脸上那笑容是专给“篓子班长”的。

下山时，她不坐自己的嘎斯车，非要挤在我的驾驶室里不可。我说，我是个邋遢兵，驾驶室太脏了。她一笑说，让我也蹭些光嘛。我握着方向盘，四轮生风，一路快跑，一个小时就到了温泉兵站。

她下车时问我们：“小弟兄们，肚子还提意见吗？只要想吃饭，我马上就去做夜宵。”

我们同声回答：“谢谢啦，咱现在最需要的是好好睡一觉。”

她打开客房门，捅开了火炉子。

借着炉火，我看见她棉袄上那些碎白花格外耀眼。

雪停。我隔窗望去，夜空皓皓。月牙儿像一个香蕉苹果坐在唐古拉山巅……

六

半夜里，睡在我旁边的“篓子班长”，捅了捅我的胳膊：“还没睡着？”

“你呢？”我反问。

“也睡不着。”

“我们都得相思病了！”

他没有再说话，寂静的夜在火炉里烤着。

他又问我："你看她长得怎么样？"

我当然知道他指的是谁。我不经意地说："我根本没看清楚她的脸。"

他说："我也是，只顾忙乎着修车。"

寂静的夜压人心胸。

过了许久，他又对我说：

"这是个很了不起的人物。也许从今天起我们青藏线上这些兵要开始一种新的生活了。"

这当然是我们所企盼的事，但是毕竟很渺茫。

他接着说："注意打听打听，她是怎么来到温泉兵站的，还有她爱人的情况……"

这之后，我就渐渐地睡着了，他也打起了呼噜……

满屋子鼾声。

鼾声抬高火炉，格外香甜。

……睡梦里，我走在穿山而过的雪路上，无声地拾起雪花，好玩地扔过去。我沿着那条大风洗不掉的车辙，又走了一回唐古拉山。

她一直陪着我。还是那句话：挤一挤，让我蹭些光。

……

一惊，我醒了。

她正用根长长的铁棍捅着火炉，我觉得一股暖流直淌进了我的心里。

"吵醒你了？"她轻声地问。

"没有。刚才做了个梦。"我当然不会告诉她做的什么梦。

她继续捅着火炉。动作轻微，几乎听不到声音。只见那铁棍被炉火映得通红通红，像刚从红颜料缸里蘸出来似的。她白嫩的脸膛被炉火镀上了一层淡淡的胭红，显得美丽动人……

我心里热热的，那烧透了的炉中炭把我从头顶暖到脚梢。

捅好炉子后，她离开炉子稍远一点儿，我才看清了她苗条的身段，还有那件蓝地碎花的棉衣。这件合身、得体而又朴素的衣服越发使她显得紧凑、精巧、大方。我有个感觉：世界上没有任何一件衣衫比这件更能显示这位女性的魅力了！

后来，不管是冬天还是夏天，我们几乎都看到她穿的是这件棉袄。大家一看见那些碎白花就动心地说："看，那是一颗一颗的小星星哩！"

身居高原，夜空里的星星对我们总是有一种特殊的感情。夜里想家的时候常常梦见妈妈坐着星星来高原看我们。星星使我们想念远方的亲人，星星也使我们排除掉想家的牵挂，星星还能使我们感觉到明天的曙光。难怪在当时乃至今天不少作家在写到高原战士的思乡及寂寞心情时，总少不了这么一句话："白天兵看兵，夜晚看星星。"

星星，你是高原兵们悬在夜空呼唤亲人的小铃铛。

七

按照"篓子班长"的叮咛，我开始给女招待员建立"档案材料"。

我们这些走南闯北的汽车兵有"包揽天下消息"的本事，可以通过各种渠道打听到所需要知道的事情。也许这些消息有不少是"马路路透社"的，但是我们仍然感兴趣。

女招待员叫什么名字，没有人告诉我，我也不去打听。今天回想起来使我不解的是，当时运输任务很紧张，我们一年中起码有十个月的时间在路上跑，每月给我们提供了至少有三四次与她见面的机会，我怎么就没有问问她的名字叫什么？她经常对我们这些跑车的驾驶员说，你们大都是我弟弟那样的年龄，干脆都叫我大姐吧，我会知道怎样当好大姐的。我们一想，对，叫大姐好。又亲切又自然。谁能说我们这伙胎毛未落的猴娃娃不是她的弟弟呢！特别是她给我们拍掸身上的尘土或抚掉我们头发上的草屑时，我们个个顺从得尤其像她的小弟弟。

我们毕竟制造了一桩遗憾的事。今天我在写她和我们相处的那一年多日子里的事情时，不得不用“她”来相称。当然，更多的时候我会称她为大姐的。

据说，大姐为了来高原，还和家里人闹了一场别扭呢！

她的家在哪里？说法不一。一种说法她是冀中平原人，另一种说法她是沂蒙山区人。看来她是从革命老区出来这一点没有错，大姐的爱人叫杨孝山，温泉兵站炊事班长。这是个抗美援朝时参军的老兵。50 年代中期转战到了青藏高原，调到温泉兵站先是警卫班，后又调到招待班，我们 50 年代末来高原执勤时他已经在炊事班蹲了两年。1960 年，大姐从老家来温泉兵站探亲，看到了分别六年的丈夫。当时她 26 岁，长得秀气，水灵，很招人喜欢。两个月的假期，她把大部分时间泡在了炊事班，和丈夫一起忙着做饭、淘米、洗碗，招待过往兵站的客人。

我当时在格尔木地区跑短途运输，没有见到大姐，据战友们讲，那两个月温泉兵站的粮食比预定计划超了两百斤，可是上下唐古拉山的车辆事故比往年同期减少一半。谁也不敢说，这就是大姐的功劳，但是她的出现给过往汽车兵带来的朝气和鼓舞是大家有目共睹的。其实，这一点也不为怪，一个长期封闭的男子汉世界里突然闯进来一位女性，当然会发生可喜的变化。

大姐的假期满了，谁也舍不得她离开。站上派了两个代表送了一程又一程，不愿分手。后来他们在公路上拦了一辆去西宁的顺路车，她已经坐上车走了，送的人还立在路上像雁一样伸长脖子瞭望。

那次分手后，大姐留给大家的最后一句话是："你们以为我就那么甘心离开温泉吗？我跟孝山已经商量好了，这次回老家把家里的事安排一下，办个证明，就回到温泉跟弟兄们一起工作。"

第二年春天，她在丈夫的支持下，顶着家中众亲人的重重阻拦，辞掉了小学教员的工作，来高原落了户，在温泉兵站当了一名招待员。离开老家时，父亲流着眼泪对她说："孩儿，你太任性，家中这么多人，你问问爸爸妈妈、公公婆婆，谁同意你走？大家劝你的话说了一箩筐，你为什么一句都听不进去？"

她答："只要孝山不反对我上高原，我对于自己的选择永远都不后悔！"

来温泉兵站的当天夜里，送走了前来耍热闹的战友，屋里只剩下了小两口，杨孝山便实实在在地问了她一句话：

"温泉兵站海拔五千多米，条件这么艰苦，你到这里来，到底是爱这里的战士还是爱我？"

她故意说："我不说，要你告诉我。"

杨孝山像开玩笑又似一本正经地说："我看你是爱那些来往兵站的战士。"

她问丈夫一句："爱战士怎么样，爱你又怎么样？"

孝山说："一个不爱战士的女人，她怎么可能爱自己的丈夫呢？"

大姐撒娇地用双拳捶他的胸。

杨孝山又说："我总是担心你的身体吃不消这里的苦！"

她问："你呢，身体吃得消吗？"

"我，一个壮壮实实的小伙子，吃铁咽钢也没问题。"

"那你就帮着我吃铁咽钢，还怕它消化不了吗？"

两人紧紧地相拥……

八

我必须提醒我的读者，有关大姐的故事在后面都有意无意地和“篓子班长”连在了一起。这究竟是喜事还是祸事，当时我确实无法下断论，即使三十年后的今天，我在回忆着叙述那段往事时心情仍然难以平静，也很难用三言两语说清楚。我只能按照事情的本来进程慢慢地向前推进，你跟着前行，自然就会明白是怎么回事了。

大姐像一片彩霞出现在青藏公路通车不久的雪线上，从此，这个干渴、寂寞、单调的世界里有了色彩。人心扬起了风帆，车轮鼓起了春风。

我不认为我这样形容太夸张，凡是在那个偏远、荒芜的地方待过的人，都会感受到女性魅力的奇特作用。

我永远都忘不了我们心里淌着哗哗小溪的那些滋润而欢愉的日子。

温泉这个地方，正像杨孝山给大姐描绘的那样，海拔高，终年积雪不化，严重缺氧。人待在这儿浑身没有一块舒服的地方，头疼，气喘，耳鸣，咽不下饭，睡不稳觉。高山反应厉害的人往往越不过“温泉”这道关。

汽车兵有句口头禅：温泉不留人，留人要你命。

我们发憷的这个地方，一般情况下，停车加点油，吃一顿饭，油门一踏蹽过了山，在唐古拉那边的安多买马兵站见了。

自从大姐的身影出现在温泉兵站以后，这个鬼地方的狰狞面目在我们眼里彻底改变了。高山反应退让了。过去躲都躲不及的地方，现在大家争着去投宿，去吃饭。

大姐用她的绚丽普照着一片又一片格桑花。

汽车兵们揣着一腔说不清道不明的愿望，像上足发条的闹钟一样不知疲倦地在风雪高原上奔驰着。车子还在阿尔顿曲克草原上行驶，开车人的心就飞到了温泉兵站。为了那顿可心可口的饭菜？为了在那生着旺旺的火炉的客房里伸展四肢舒舒服服地睡一宵？为了看上大姐一眼？

都有。

大姐每次看到我们打好饭菜，坐在桌前狼吞虎咽地吃起来，便给每个桌上端来一盆冒着呼呼热气的胡辣汤，说：

“先喝汤，再吃饭！”

“还有这个讲究？”有人故意问。

“热汤暖心哩！”

雪山上吹过了一股柔柔的春风。

有几个驾驶员蹲在墙角里吃饭，菜盘放在地上，边吃边聊，好开心。

大姐从炒菜间搬来几把方凳，加在饭桌前，然后来到那几个聊天的驾驶员眼前，说：

“坐下吃饭吧，跑了一天车，让胳膊腿放松放松，身上好受！”

有个战士跟她犟嘴，说：“大姐，我们蹲在地上吃饭一点儿也不累，能喝上大姐端的一碗汤，就是扛着碌碡上山也有劲！”

大姐不语，光笑。

又一个战士说：“不用说喝汤，就是闻闻汤味儿也够我们嚼三天的！”

大姐一点儿也不恼，逗笑说：“下次我把汤烧得再辣一些，看辣掉你的舌头不成！”

“哇！舌头万岁！”那个跟大姐贫嘴的兵，吐吐舌头，做个鬼脸。

“篓子班长”说：“大姐像我的妹妹。”

他坐在车场旁边的一个雪堆上，手里拿着一张妹妹的照片，这样自言自语地说。

他手拿照片沉思的姿势，很像一种自然景物。

我们围上“篓子班长”。有的说，你是想媳妇了吧！有的说，不是，他在想大姐呢！

他一本正经地说：“我不是开玩笑，哪有拿妹妹开玩笑的。”他说她确实很像他妹妹，越看越像。说着他站起来，十分严肃地说：

“我一没结婚，二没想大姐，我就一个妹妹，她死了，死得好惨！”

我们都不吭声了，静静地听他讲妹妹的故事……

九

“篓子班长”姓戴，名承欣，“篓子班长”是他的外号，意思是他很有知识，满脑子都是故事。这么一说，你一定认为他蛮有文化的。其实不然，他只是初小毕业。我们说他有学问是指他脑子里那些歪瓜裂枣特多，举个例子，唐古拉山下有条季节河，夏天山上雪水化了后河里就溢满水。到了冬天，因为积雪结冰，没有了水，河也就断流了。这个道理我们是后来才懂的，刚上高原时我们傻乎乎的，哪里晓得呀！我便去请教“篓子班长”，他一本正经地回答：“冬天河水哪里去了，你连这都不懂？你尿尿也不是一天到晚总在尿吧？只能是有了尿才尿，没了尿断尿，就是这个理！”我还真没敢笑，话丑理端，老班长也许没有瞎说。

这就是“篓子班长”的水平，你不服也得服。

“篓子班长”爱说爱笑，蛮打胡闹，给我们生活中添了不少乐趣。但是，在一个问题上他是绝对不会幽默的，那就是提起他妹妹的死，他准会一把鼻涕一把泪地给你讲起来……

他的小妹妹仅仅活了十岁，便走完了她的人生之路。

“篓子班长”大妹妹五岁，他是小妹妹的保护伞，到田里挖野菜，下河沟摸鱼虾，总是带着她。那年秋天，田野里的豌豆苗吊满了小刀刀似的豆角儿，实在馋人。“篓子班长”每天都要到地里摘半篮子豌豆，回到家里剥豌豆粒给小妹吃。那个季节正是麻疹发病的时候，一次小妹在跟着他摘豌豆角时染上了这种病。她整天躺在床上，高烧不退，不吃不喝，只是不住地哭叫着，把全家人的心都叫得酸疼酸疼。

“篓子班长”摘了好多豌豆角，堆在床头，妹妹却一粒也不想吃，病魔折磨得她啥也难以咽下。

全家人的心焦急得起火了。小妹的麻疹怎么也出不来，从早到晚地哭叫着。奶奶是过来人经得多，她说是麻疹没出来，内毒攻心，娃儿受不了。她让“篓子班长”逮个癞蛤蟆拿回来，说癞蛤蟆是凉性的，剪开它的肚子敷在小妹的肚脐上就能去火。“篓子班长”满山遍野地跑着捉了好些癞蛤蟆，小妹的肚子上敷满了血糊糊的癞蛤蟆，把小肚兜都浆成红色了。但是，她的麻疹仍然没有出来，最后竟被可恶的病魔夺走了生命。“篓子班长”一家人抱着小妹的尸体哭了三天。

第四天，泪迹未干的妈妈送“篓子班长”上学，行至山野一片荒坟前，突然从草丛里蹿出一只野狼，只见那狼嘴里叼着一件破碎的红肚兜。他和妈妈一眼就认出来那是小妹的肚兜，便大声哭喊着扑向小妹的坟地……

小妹得的是麻疹合并肺炎，导致心力衰竭而死亡的。当时，如果打几针青霉素就可以保住她的命。可是，缺医少药的山乡呀……

“篓子班长”的小妹已经死去十年了。他从来没有像现在这样怀念可爱而可怜的小妹。从第一眼见到大姐那天起，他就惊喜地发现，大姐就是他再生的妹妹。的确，她长得太像小妹了，眉毛，眼睛，鼻子，嘴巴，没有一处不像小妹！特别是那微微向外突出的额头，简直是一个活脱脱的小妹……

听罢“篓子班长”讲完小妹的故事，我们的心被这辛酸的往事深深震撼。我当然不会相信大姐就是小妹的再生，但是我们又不能不相信他对小妹的一片纯情。这是他对小妹沉淀了整整十年的怀念呀！

我出于安慰他，也想帮他走出沉陷的误区，便说：“班长，这你就不懂啦！大姐毕竟不是你的小妹，你小妹过世已经十年了。忘掉她吧，这样对你对别人都轻松！”

我是站在另一个季节的深处看春天，这样看到的也许是朦朦胧胧的花，但是，那是真实的花。“篓子班长”听了我的话，未置可否，只说了一句话：

“真的，我现在觉得我离小妹近了！”

温泉兵站的餐桌上。

几个跑阿里的藏族司机醉成了冬虫夏草。

大姐纯洁的脚步声像雪花落地……

十

我在回忆往事的时候，老觉得眼前有一个滑轮在滚动，一会儿从食堂滚到了小河旁，一会儿又从卫生所滚到了宿舍里……这个轮子就安在大姐的脚上，她的忙碌、辛劳就像这无法安停下来的轮子，给人的感觉，她生来就是为别人操劳的。从早到晚，从站里忙到站外，从车场忙到客房……何时是她的休息日？

她对病号体贴入微的关爱和照顾，尤其令人感动。凡是报了病号饭的战士，她一概不例外地把特地做的挂面送到他们手中，若是比较重一点的病号，那挂面汤里肯定还会卧着一个荷包蛋！

大姐把这个荷包蛋做得十分讲究、别致，蛋清摊开，呈小碟状。蛋黄半开半合地立于碟中央，几丝红萝卜绕蛋黄而放，活活的一朵荷花！

病号们吃了这个荷包蛋后，给战友们炫耀说：

“香哩！病好了，翻过唐古拉山没问题！”

真神！荷包蛋成了十全大补，补了身子还补心。

温泉兵站的病号饭有了很高的知名度，我们许多汽车兵都盼着能尝尝它，甚至有些本来就没病的兵也谎报病情，蹭一顿病号饭。于是，就有了这样两句顺口溜：

走遍四千里的青藏线，
最爱吃温泉的病号饭。

高原以外的人一定会提出疑问：一顿病号饭值得这么倾心醉倒吗？青藏线上的官兵却最清楚，这全是冲着大姐来的。其实那病号饭除了鸡蛋花样做得特别外，与其他兵站的病号饭没什么两样。

大姐征服了青藏雪域这些“野性”的汽车兵们，大姐给了他们闯荡高原的智慧和勇气。大姐是兵们心中至圣至贤的偶像。

这样，发生所谓的“篓子班长”泡病号这类本来不值得大惊小怪、却被一些人炒得沸沸扬扬的事情，就一点儿也不感到意外了。我可以肯定地说，也敢作证，那天“篓子班长”确确实实身上不大舒服。那还是没有到温泉兵站之前，途中小憩检查车，他用扳手戳着腰部对我说：“他妈的，这回翻唐古拉山要出麻哒了，肚子好疼，头也像挨了砸一样不舒服！”我眼瞅着他是咬着牙把车坚持挪到温泉兵站广场，然后连车也没有保养就进了卫生所。是我扶他找到医生的，次日，带队的连长不得不临时找了个副驾驶员开上他的车走了，“篓子班长”便成了掉队的病号，“泡”在了温泉兵站。

这就是我不带任何主观色彩的纯客观的报道。谁还愿意得病吗？“篓子班长”确实是因病掉队了。

接下来，发生的故事就可想而知了：大姐像对待她遇到的每一个病号一样，用一腔热情接待了他。

先是把热烫烫的洗脸水、烫脚水送到跟前，随后，端来了卧着荷包蛋的挂面汤。

吃饱了，喝足了，两人才有下面的一段对话——

“你现在觉得哪里还不舒服？”

“哪里都没有不舒服的感觉，就是肚子有点饿。”

“想吃东西这是好兆头，你还想吃点什么？”

“鸡蛋挂面就很好了，我在哪儿也没有吃过这么可口的挂面。”

大姐便又端来了一碗卧着荷包蛋的挂面，“篓子班长”吃了。

他说还没吃饱，大姐便端来了第二碗。

他狼吞虎咽般地又消灭了。仍然不说饱，大姐只得再端来一碗……就这样，直到第五碗鸡蛋挂面汤下肚，他才满意地说：

“饱了！真过瘾！”

这时，他已经吃得满脸淌汗了。大姐问：

“你的病呢，高山反应怎么样了？”

“没一点儿事了，全好了！”

“真的好了？”

“是呀，一点反应也没有了！”

“这么说，我们温泉兵站的荷包蛋确实能制伏高山反应了？”

“那还有假？我可以作证。”

后来，“篓子班长”这一成功的“病例”传出去，使温泉兵站那本来就很神秘的荷包蛋，更加神乎其神了。几十年间，青藏线的汽车兵们为了对付顽症高山反应，发明了许多土方妙法，首屈一指的应该是大姐的荷包蛋。

我们仍然回到大姐与“篓子班长”对话的现场，他们的话题继续着。

“有句话，在我心里放了好些天，不知当说不当说？”“篓子班长”突然变得腼腆起来。

“说吧，有什么不好意思的，咱们又不是第一次打交道。”大姐解除着他的顾虑。

“我总觉得你像一个人！”他转弯抹角，不敢把话说明白。

“天底下长得相像的人太多了，世界之大，无奇不有嘛！”大姐仿佛预感到了什么，也许故意不想让他说出来。

“……”

冷场。大姐耐不住了，催问：

“你说，我长得像哪一个？”

“我的妹妹！”

“你妹妹？”大姐反问一句，沉思片刻，又问道：

“你今年多大了？”

“25 岁。”

“你怎么也不问问我的年龄？ 26 岁了！天底下有妹妹比哥哥还大的道理吗？”

“篓子班长”不语。他寻思：我并没有说你就是我妹妹，只是说你长得像我妹妹罢了。

过了一会儿，“篓子班长”又说：“你确实很像我妹妹。可是，我那小妹已经死了。如果活着，今年整整 20 岁。”

大姐知道“篓子班长”心里难受，便安慰他说：“人已经去了，提她也没有用。失去了妹妹，这当然是很难过的事了。今天又有了个大姐，你应该高兴呀！”

“篓子班长”抬头望着大姐，那目光透过睫毛喷散着希望的光芒。

大姐说：“你不是说我长得很像你妹妹吗？姐姐跟妹妹本来就应该长得很像嘛！”

“篓子班长”抬脚一步，上前，叫了声“大姐”，便伏在大姐膝盖上哭了起来。当年小妹去了以后，他也哭得这么伤心。

“大姐，我还要等三天我们连队才能返回来，这三天我不干活手太痒痒了！”他有点儿犯愁地说。

“舍得流人汗还不好办！帮我背冰去！”大姐一把拽着他，快步而去。

一条冰河正好把温泉兵站绕了半个圆。银白，透亮，站上的圆木房在寒风里瑟缩。

十一

我相信，凡是那个年代走过青藏线的人，肯定会对大姐背冰的身影留下抹不去的印象。

她脚下的小路，是一个孱弱女人蹒跚跋涉的脚印。

或许人们永远也想象不出来，温泉兵站的用水、吃水全靠化冰而来，这里几乎四季冰封，每一滴水都僵在冰里。半绕兵站而过的那条小河，只有在盛夏很短的日子里山巅的雪水才会溢满河道，高原人脸上解冻的笑容还没完全展开，小河就又结结实实地封冻了。兵站雇了一名藏族临时工给站上背冰，说不上是什么原因，后来他走了。谁来背冰？炊事班的同志们，这里面就有大姐。

每逢背冰的日子，她总是天刚蒙蒙亮就起床，直到天色麻麻黑才回到站上。她背着冰走一会儿，把冰靠在塄坎上歇一歇，喘几口气，又走。有人告诉她，找个扁担去吧，挑冰比背冰省力气。于是，她又天天挑着两筐冰走在雪山上，还是那么吃力……

那天，我开着车进站，老远就看见大姐挑着一担冰迈着碎步，便加足油门鼓起一阵风，追上去，与她并行。

“大姐，上车吧！”

“不用了，你快进站早点休息。”

她依然走她的路，只是含笑向我摇摇手。

我知道，我再坚持她也是不会坐车的，便开车走了。倒车镜里映着她越来越小的身影。我总觉得她是挑着冰山在跋涉，我的心情很沉，很沉。

这时候，我似乎才想到了一个问题：我们在风雪线上的欢乐、幸福，是大姐用沉重的脚步换来的呀！

我一辈子忘不了大姐挑冰的形象。我把我的内疚心情透露给战友们，他们都说，是呀，大姐是不容易，我们都是罪人，把自己的欢乐建立在大姐的痛苦上。

是不是痛苦，不好说。反正大姐是很艰难的。

年轻娃娃是狗记性，很快就把好不容易悟出的那点人情道理扔在了脑后，又在无忧无虑地开着汽车在高原上撒欢了。那全是冲着大姐的，她是我们心中的女神！

……

现在，大姐领着“篓子班长”背冰。

大姐说，没有那么多扁担，咱们都背吧。我觉得背比挑要来劲得多。“篓子班长”说：“一根扁担没关系，我来挑，你空手走着就行了。我挑一担冰肯定比咱们俩背的还要多。”大姐忙摆手：“不行，不行！你是帮我干活的，我怎么好意思空着手走路？”

他们背了十二趟，二十四堆冰码成一个小山，堆放在水房里。

大姐用沾满冰碴儿的手，抹了抹脸上的热汗，对“篓子班长”说：“谢谢你了。”“篓子班长”忙说：“别谢我，我应该感谢你，这些冰最终还是让我们这些过往的汽车兵吃了，用了！”

大姐说：“我现在不是以招待员的身份对一个汽车兵说话，而是以一个大姐和小弟的关系跟你聊天。”

“篓子班长”无话可说了。

十二

这是大胆的季节。

既然温泉河不生长美女，那就让这梳理雪山的春风，带起裹着冰碴儿的水花四处飞扬，落到哪里让哪里溅起一朵如花的冰凌吧！

山巅的积雪消融了。

路边一片又一片的潮阴地浸出了水。

源头的小溪们醒了，亮起歌喉唱起来了。

盘古至今，温泉河边第一次簇拥着这么多的藏族姑娘。她们身着花花绿绿各色氆氇藏袍，像快活的鸟儿，有的站在水中，有的立在岸上，还有的坐在河心的小岛上。一个个脸上乐开了花，嘴里漫着只有她们自己可以听清的藏家情绵绵、意切切的歌调。

大姐突然出现在姑娘们中间。她还是穿着一件蓝地白碎花的衣服，不过，已经换成了单衫。下身是用同样布料做的裙子，非常合体。这时，她亮起了银笛般的嗓音：

“姐妹们，在雪化冰消这短暂的日子里，我们都忙起来吧！”她把姑娘们分成三个一组、两个一伙的小摊子，然后下达任务：有的拆洗被子，有的翻新汽车坐垫，有的冲刷篷布和工作服……

哗啦哗啦的撩水声代替了说话声，叮叮咣咣的捶衣声压住了河浪的吼叫。在姑娘们停止了说话打闹以后，河滩霎时变得静悄悄的。

一抹阳光斜射着照透了姑娘们勤巧的双手。

唐古拉山所有透着春光的窗子都是大姐打开的。

温泉兵站每年 7 月中旬前后不足 20 天的日子，是这片冰雪世界开放的季节。这时节男人可以赤身露腿，女人可以亮怀穿裙子，实际情况是，这些只是季节年轮里的文字记载。现实生活中，人们仍然捂着油渍渍的工作服，当然已经把棉工作服换成了单衣衫。

在隆冬里结冰的岩石毕竟开出了花朵。

大姐走藏村串帐房，身后绕着阵阵春风。她好不容易把几十个放牧点上的藏家女动员到这里来，也好不容易地收集起了汽车兵们的这些必须洗洗涮涮的衣物。她对兵们说：

“雪山解冻的时候，牧人们不应该沉默。姑娘们的裙裾摆动起来的时候，小伙子们不应该缩在帐篷里。来吧，天、地、水和人都跳起来，唱起来！”

兵们便加入到了藏家女的洗衣歌声中。

衣服洗净了！

被褥涮绿了！

坐垫漂白了！

“拧干”的动作太有韵味了：男女各抓住衣物的一头，朝相反的方向拧去。于是，衣物便拧成了麻花，越拧越短，越拧两人的距离越近。这时候，藏家女的身段，特别是那腰肢处，也拧成了麻花状，美丽极了。最后，两人的距离更近，一不小心，那兵打了个趔趄，两头的人都拧倒在地上。

哈哈……一阵开怀大笑！

日偏西，河边草滩上晒着洗过的衣物。白的，蓝的，绿的，红的，那是朵朵格桑花，那是片片落雨的云。

几十个藏家的小月亮，这会儿仍然不会让自己的手闲下来，她们跟在大姐的身后，串到兵们的圆木房里，搜腾着她们能帮忙干的各种活儿。有的胆大的姑娘，竟搜出了兵们的内衣要拿去洗。兵们急得脸都涨红了，羞怯怯地说：

"这可要不得！分什么活儿嘛，这种事只有我们男人干得。"

大姐也认真地急了，说："嘴唇上茸毛还没褪干的娃儿也知道羞了，那些姑娘论年龄不都是你们的妹妹姐姐的，讲什么隔着藏着的事？去一边待着，就你们那屎屁眼儿大姐也洗得！"

古老的温泉河和今天的男男女女们终于流到了一个河道里。

这个季节，雪山上的太阳举着冬天的嫩芽儿企盼着春天；

这个季节，面对美女和春天，唐古拉山不会失掉对鲜花的比喻；

这个季节，温泉的兵站笑得最开心的要数大姐，还有大姐周围的那些兵们……

月亮，你今夜不要入睡。操琴的老阿爸没有锁在冰层下，他要给你伴奏。

唐古拉山从终生负重的背上，给温泉河里卸下一个冻不死的风景点。

十三

这绝不是夸张的话：三十多年来，大姐的容貌、身影常常栩栩如生地在我眼前浮现，一切仿佛都没有远去。

芨芨草，孤立于旷野遥远的地平线上。她望着高原，也许她没有看到我，我却永远能望见她。

今天，我坐在京城里我的借用于高原一地名而诞生的望柳庄书房里写这篇散文的时候，对大姐的怀念和敬重超过了任何时候，太不容易了！在那个年代，又是在那样一个地方，一个生长在内地脆弱的女青年，抛弃了家庭的温暖、称心的工作和对亲人的依恋，在遥远荒凉的世界屋脊，在女人不去的地方，开拓自己的人生之路，也为别人送去温馨，几人能做到？

我越是深深敬重大姐，就越对她最后的结局不平。她的死出乎人意料的凄惨且突然。重石沉沉地压在我心上。

那年月，任何一点儿树枝发出的嘎嘎响动都有可能被一些多事者渲染成狼嚎鬼叫。冬雨说来就来，根本让你躲闪不及。

谁会想到，温泉河上那幅藏家女和兵们欢乐劳动、相得益彰的美丽图像，竟然成了有损军队形象的龌龊画面，还有，“篓子班长”也因为“泡病号”与大姐称姐道弟落了个说不清道不明的关系而受到严厉的批判……

今天四五十岁的人还留着清晰印象的当年那场“兴无灭资”运动，风卷浪涌，军营高高的铁门也未能挡住它波及而来的侵袭。

个人的挣扎永远是极其有限而微弱的动作。在青藏线上被我们这些兵们捧在手心怕风吹走了、含在嘴里怕化了的一朵玫瑰，只是闪烁了一下，就灭了。

苦花开在沙漠上，沙漠显得更荒凉。

大姐作为“叛逆”的典型，准备发落回乡，离开这个女人本不该来的唐古拉山。

谁也没有想到，就在这当儿，“篓子班长”……

十四

那天黄昏，太阳的余晖把唐古拉山镀成了橘红色的世界，我们车队停在温泉河边小憩。

现在回想起来，那完全是一次不应该停车的小憩。三天前，在途中行车的我们就听到消息，温泉河的水漫上了公路桥，汽车过桥时务必十二万分小心才能保证不出问题。接着，又传来了消息，兄弟连队头一天在过桥时一台车滑到桥下，所幸人员未伤亡。明明已经亮起了红灯，“篓子班长”还要多此一举地让车队停在河岸，只能在驾驶员心里投下阴影。

河岸上，一老牧人撑着一把破伞慢慢地挪动脚步。天上并没有下雨。

“篓子班长”那天的表现确实反常。我们谁都能感觉出来他心里像着了火一样的显得六神不安。我们自然明白是怎么一回事，他对受到批判心里堵得慌，总想找个地方发泄。大家都同情他，再加上他每次做的那些在别人看来总有点邪门的事都有他的一套歪道理，他说停车小憩，我们便很顺从地跟着做了。那会儿我们是绝对不会想到后来能有一场灾难。

“篓子班长”逞能了。他站在全班的汽车前给大家壮胆：

“这屎河算个啥，龙王爷撒的一鞭尿！当年我在朝鲜过大江，在西藏平叛时跨冰河，那才叫考验呢……”我们乖乖地听着，确实谁也没有资格跟他攀比，在我们全连他都是天字第一号的开车能手，不过他把这河比作“尿尿”实在有点儿那个。开始过桥了，“篓子班长”坐镇在最后收尾。他要看着全部的车一台一台地过河，中途万一有个三长两短，有他在也会化险为夷。他开着车还不时地把头伸出驾驶室窗外，吆喝着哪台车该快哪台车该慢，如果谁不听招呼，他会吼破嗓子似的斥责几句。总指挥嘛，就该是这种气魄。别看他是班长，也有大将风度。还算顺利，全班的汽车稳稳当当地过了桥。

这时，“篓子班长”不知哪根筋没有舒展，出了个歪主意:洗车。没有一个人能理解他的决策。洗车？这不是明摆着踩地雷吗？河水会把车和人一起吞掉的！

“篓子班长”自有他的道理：“这次回去，咱们要办路线教育学习班。你们一出车就成了聋子、瞎子，不听广播不看报，团里已决定停车一周办班，人人都要参加学习。没有正确的政治路线统帅手中的方向盘，会把车开到修正主义路线上去的。现在，大家拿上脸盆舀水洗车，把车洗干净了再进学习班。”

如果你觉得“篓子班长”这番话生硬，别扭，文理不通，那就对了。它是那个年代的特殊产物，过来的人都听得懂。

这是“篓子班长”留在这个世界上的最后声音，也是比较完整的体现他思想的一份宣言。他的人生历史就在他讲了这些话后没有几分钟便画上了句号。温泉河依然没黑没白地流淌着。

我们拿上脸盆正要舀水洗车时，从河面上漂来一头野驴。野驴的腿和肚子都吃进了水里，只把头露在外面。可以看出野驴不会浮水，它挣扎着，头不时地栽进漩涡里。我们发现野驴时它离我们大约还有一百米，转眼间就漂到了我们眼前。汽车兵虽然成年在高原上跑车，但绝大多数人没有见过野驴。这么近距离看到野驴的人就更少了。就在我们调动视觉的一切功能观赏野驴的时候，“篓子班长”不知出于何种考虑，扔掉手中的脸盆，大喊一声“看我的”，就扑进河里逮野驴去了。

实话说，我们当时虽然对他的行动有些惊异，却并没有考虑到会招来难以想象的恶果。“篓子班长”嘛，那么能说会道，又有丰富的与天斗与地斗的经验，还降不住一头野驴？直到他漂游到野驴跟前，那野驴疯了一样扑向他时，我们才知道，糟啦，“篓子班长”根本不是野驴的对手。本来被洪水漫溺得濒临死亡的野驴，这时不知使出了什么法术，奇迹般地站在了水面上，一抬蹄就把“篓子班长”刨入蹄下，入了水。“篓子班长”自然不会示弱，他凭借高超的水性，一个鹞子翻身，又跃出水面，正准备与那野驴搏斗时，那驴重复了如前的动作，再次把他置于蹄下的水中……就这样来回折腾了三四次，“篓子班长”已经力不从心，失去了反抗能力。

我们在岸上都急了，高声喊着要班长摆脱野驴去逃生，有的会水者已经做好了下水搭救班长的准备。可是，一切都来不及了，班长第五次被野驴溺于水中后就再没有露出来。野驴也随波逐流，浮过了桥洞……

这一切，只不过是在几十秒钟里发生的事情。

我们跟着奔腾的河水跑出几里地，也未见到班长。那头野驴倒意外地获救了，它在漂出二里地以后，在一片较宽的河面上站住了脚，凭着它的一身驴劲，硬是走出了河道。当然，它不会跑掉，被我们逮住了。我们对它进行了报复性处理：宰杀，并让全连吃了它的肉。

班长死后，部队对他做了这样的结论：违反纪律，私自下河逮野驴，致死身亡。

他走得太仓促，连四季不离身的那件皮大衣都没有穿。大衣兜里寄给妈妈的信只写了一半，信上说，他近来情绪不好，夜里老是梦见妈妈。还说，参加完路线教育学习班，他再跑一趟拉萨，就可以回家探亲了。到时他把心里的话全掏出来让妈妈听。

我们寻找“篓子班长”的尸体整整找了三天，在确认他已经不在人世后，战友们在那条河边挖了个坑，埋进了他那件大衣，这就是他的墓。

给班长送葬的人全都耷拉着脸，默默不语。大家都觉得他活着的时候就装着一肚子的苦水，死得也太冤，对他的结论更是不公，然而，谁也讲不出替他分辩的理由来。时代的烙印深深掣肘着每个人的言行。当时唯有悼念是我们高尚的专利。

当晚。夜深人静。

在“篓子班长”坟头约十米的地方，蹲着一个人影，号啕大哭。藏族老妇人的声音……

十五

冬尼亚雅阿妈是在那辆车刚刚开动时，她一下子跪在了公路中央，挡住了车轮。

车上坐着被护送返回老家的大姐。送者不是她的丈夫，而是一位保卫干事。

她的丈夫杨孝山继续留在温泉兵站工作。

就是在这时候，大姐才从冬尼亚雅阿妈嘴里得知“篓子班长”出了事。她只觉得头轰的一声像被用冻着冰的石头猛击了一下，蒙了。

冬尼亚雅阿妈常年帮助大姐背冰，她什么事都明白。

当汽车紧挨着阿妈的身子从公路上碾过的一瞬间，大姐清醒了过来，她扯破嗓子似的大声向车后说：

“阿妈，‘篓子班长’是我清清白白的弟弟，你替我为他祭坟……”

孤坟。瘦月。

一连几夜，冬尼亚雅阿妈跪倒在地上，哭诉着。那是一种赤裸裸的、谁也无法抗拒的声音：

“……好人呀……你不该走……你是我们看到的第一个汉家

女……你肚里装着多少冤水……”

哭着哭着，她竟漫起了“花儿”——

蓝布袄袄装棉花，
棉花装上了压下，
头顶石头腿跪下，
大老爷你听着：
汉家女娃娃到底把啥罪犯下？

这是哭“篓子班长”吗？

不，她在哭大姐的命苦……

十六

当年，“篓子班长”遇难以至葬他于温泉河畔，我始终在现场，是见证人之一。

用他的皮大衣做衣冠冢就是我的主意。后来好长一段时间，我都不敢穿皮大衣，总觉得老班长一直在那大衣里面。当时，我对战友们说了这么一句话：班长是个冤鬼，总有一天我要为他写一篇文章。

在离开高原的几十年间，我曾经十余次重返故地，却一直没有勇气写这篇文章。他是含冤而死，死不瞑目，写他必然要涉及大姐。我们为什么要用一支笔把这么多的冤魂惊动，还是让他们安安静静地长眠吧！

90 年代初，西安《女友》杂志社的刘三田女士听我讲了大姐的故事，她非常激动，对这件事很有兴趣，再三鼓动我写出来，他们发表。我至今记得刘女士的话："写吧！打着灯笼也找不到的好大姐，你把她写出来，让全国人民都叫她大姐！"

这样，便有了发表在《女友》上的那篇散文《美丽的故事也会夭折》。

这篇散文第一次把一个被泥土掩埋了近三十年的女人的故事公布于世。然而，她并没有因为时间的消逝而失去灼灼光彩，依然如宝石一般诱人。我收到了数十封读者来信，他们都赞颂这位第一个勇敢地闯进青藏高原的汉族女人。更多的来信则是打听大姐的姓名和住址,探寻她的近况,还有一位读者给大姐写了一封信,请我转达。

这些问题或事情,我自然无法回答和做到。使我于心不安的是:在那篇散文里我把一个最重要、也最敏感的问题回避了，一个字也没有提到"篓子班长"，看了散文你会觉得仿佛地球上就没有这个人似的。我相信我的读者会理解我为什么这样做的复杂心情。那是一个当年说不清道不明的问题，在我写散文的那年仍然是说不清道不明的问题。我的读者们请你不要忘了我写的是军营生活。即使到了今天，在我把大姐和"篓子班长"的故事和盘托出后，我也不敢保证所有的读者都能理解。

我只想很真实地告诉大家：大姐从温泉兵站走了以后，青藏线上一下子变得死沉沉的。这样的气氛一直持续了好几天……

那篇散文问世后，还发生了一件我没有想到的事，一位读者帮我澄清了一个很重要的情节。

他的名字叫郭立业。

十七

那是《美丽的故事也会夭折》发表后的第二年,我重返青藏线。

一天，我在格尔木遇到二十多年未见面的朋友郭立业，他是汽车团的修理工，当时已经退休，一家老少屈居于一间平房里慢熬岁月。我们谈起了《女友》发表的那篇散文，他十分坦率地说：

“你写的有错！”

“哪儿错了？”

“大姐根本没有下高原。”

“真有这事？”

“当然啦！”

“后来呢？”

“死了，她淹死在温泉河里。唉……”

老郭长叹一声，不再往下说了。

我把老郭请到我的住处，恳求道：大姐是个苦人，她那受冤的心永远都不会平静的。我们活着的人都有责任把事情的真相讲出来。

我能看出来，让老郭讲这样的故事，他的心情是不会轻松的。最后，他还是讲了……

如果没有那天清早在温泉兵站以下50公里处巡逻的那位哨兵的机灵和勇敢，也许人们就无法知道大姐的下落了。那是个雾气蒙蒙的天气，视线不清，哨兵远远地就看见河面上漂来一个什么东西，虽然他还没有断定是什么，但是从看见它那刻起，他就觉得那是一个人。只是一瞬间，他便放下枪，扒掉衣服，跳下河里竭尽全身之力打捞上来一具女尸。那女人看上去顶多三十岁左右，身上只穿了一件粉红色的内裤，袒胸露腿，皮肤白净，长长的头发被水浸泡得湿漉漉的，散盖在脸上。哨兵用手扒拉掉头发，脸露了出来，他不由得大叫了一声：呀，大姐……

郭立业讲完了大姐的下落，他干涩的眼角含着热泪。

我有满脑子的疑点，却没有发问的力气了，这个女人悲惨的故事已经把我的心袭击得千疮百孔了！

毕竟饱经风霜的老郭比我要坚强些，他说出了有关大姐下落的各种传说以及自己的看法："你在文章中写到大姐被护送回老家离开了温泉，确有其事。但是，据说那辆送大姐的汽车走到昆仑山中的不冻泉抛锚了，停驶了一天一夜。我想，事情大概就发生在这一天一夜当中……"

我没言声，不知道该说些什么。

老郭不知为什么突然变得絮絮叨叨地健谈起来了。我根本无心去细听，恍惚中只听到他说：大姐是被认定投河自杀的，她的后事还是她的丈夫杨孝山办的，大姐的坟就在温泉河畔……

十八

1996 年的夏天，我又一次回到青藏线。

温泉兵站已经变成了一片废墟，兵站的遗址凄凄冷冷地袒露在炽白无力的太阳光下。人呢？房呢？车场呢？生活为什么荒芜得这样快？曾记得，当年我们就是在这儿泼洒了多少笑声和欢乐！

我不愿意在这里久留。我必须立即拜谒大姐和"篓子班长"的墓。铺满鹅卵石的河滩像着了火一样干渴，我浑身热辣辣地不舒服。我走出去约十分钟，就到了坟地。

出乎意料的是，我看到的是三座坟堆。再仔细一瞧墓碑，从左至右，依次写着：戴承欣之墓，大姐之墓，杨孝山之墓。霎时，如有五雷击了我头顶，麻木得几乎失去知觉。杨孝山之墓，大姐的爱人死后也葬于此地？

我久久地站在三座坟墓前，心里填满悲伤、思念和疑惑。

转而，我的心里又涌上来一缕安慰。大姐不会寂寞孤独了，有"篓子班长”和她丈夫整天整夜地伴着她；当然，“篓子班长”和大姐的丈夫，因为有亲人的相随也会欣慰。

三颗心等待着苏醒。

这时，我突然发现坟堆前面中间的地上蓬勃起三簇沙棘，郁郁葱葱，好不撩拨人心。也许这是这片荒芜的河滩地上唯一的绿色。

我相信它们在沙土的覆盖下，把根须紧紧地抱成一团。

面对这三蓬沙棘，我产生了强烈的要写大姐的愿望。

我必须把她曾经有过的辉煌生命以及因为这辉煌而带来的不幸遭遇写出来！

有谁能预料山后还会有悬崖？又有谁能发现悬崖下是一个无底的深渊？其实，生命比沙棘脆弱得多。

尽管沉默的石头还在冷笑着，尽管路边的野风与凋萎的红柳同时消失。我依然要不懈地寻找生命的支点。

温泉河呀，你浇灌了一块沉重而灾难的土地。今晚我回到阿妈的帐篷的酥油灯下。给你献上一支苍凉的歌！

这支歌也许会照亮唐古拉山最后的寂寞。

昏黄的酥油灯照出一层灰暗的天地，我提笔写下了一行字：唐古拉山和一个女人……

苦　雪

一

在昆仑山口下车的前一刻我如果能预料到前路发生雪崩，也许就越过了这一站。那样，我将终生后悔。

当然，我是没有任何犹豫下车的。

这个落雪的日子因为太阳光的装点显得格外奇异、壮丽。雪白的地面和山峰被太阳涂抹得非常富有弹性，遍地都是美妙而饱满的线条。其实，那不是线条，而是太阳的光芒。我最直接的感觉是昆仑山的太阳真毒，每一缕阳光都如芒针刺背，射在雪地上连弯儿都不带打又反弹射回，晃得人眼睛里像揉进了灰石末一样极不舒服。

使人无法理解的是照着太阳下雪天气并不暖和。于是我有个猜想，那太阳肯定是结了冰。我用胳膊裹了裹大衣，身上立马紧凑了许多，风雪被裹在大衣之外。我的身前身后身左身右都是空荡荡的、朦朦胧胧的雪山轮廓。如果是没有到过高原的人单凭我写下的这些文字理解，大概会认为这是一幅相当美丽而诱人的画面。其实不然，这种空旷、单调到极致的氛围最容易使人产生孤独甚至惧怕的感觉。

当我踏着峡谷中根本无路可言的雪坡行走时，莫名其妙地总是担心这雪山会膨胀起来，把我挤上山巅以至山外的某个人根本不去的什么地方。

我已经无法分辨出去兵站的方向了。雪地上闪烁着蹦蹦跳跳的玻璃碎片似的东西，那会是阳光么？

我捏起一个雪团，砸向太阳。

“喂！赶路的先生，别往前面的死路上撞，西边有便道。”

声音绵长、脆亮，久不散去。辨不清是男是女，也不知道来自何处。四周空空，雪原雪谷深而莫测，不见人影。

“喂，喊话的热心人，这里没有先生只有学生。我是一个兵，来自格尔木城。”我唱了起来，开个玩笑。目的想把那个人引出来，我确实需要个伴儿。

没有人应和我。

雪山死寂。

雪花搅着阳光依旧飘洒着，地上的冷雪被太阳烧得嗞嗞响着。

我打了个冷战，这才发现脚下的雪地里用石块垒拥着一块木牌，上面画着一个鸭嘴似的箭头，写着汉藏两种文字：“不冻泉兵站由此前进”。

我身上生出一股暖意。

从听到那个指路的声音却没有见到人以后，一种难言的惧怕咬着我的心。我加快步伐赶路，当然是走便道。风扫积雪，地上留不住脚印：那个一直没有从我耳畔消失的声音是推助我赶路的一种动力。

人在旅途上不会觉得远路很远。当兵站那缕蓝得耀眼的炊烟出现在眼前时，我觉得这才是一瞬间的事。

就在我踏进不冻泉兵站大门的那一刻，我分明觉得一阵风雪犹如一只手似的推我进了门。我刚进屋，身后就变戏法似的闪出一个人来。

“你颠得好疯，我到底没追得上！”

还是那个很绵很脆的声音。我扭头看去，他裹着皮大衣，扣在头上的毛皮帽遮去了半拉脸，绒毛上索索拉拉地吊着冰珠雪豆，浑身的衣褶里夹满雪花。一双粘满雪迹的毡靴活脱脱表明这是一个山野踏雪者的形象。我明白了，准是他在昆仑山口喊我走便道。我想，在这个风雪天由于他的多情，不少行人、车辆才没有冒冒失失地窜进雪窝里。

进屋后我仍然觉得被我带进屋里的寒风像胶水似的紧紧粘在身上，但是毕竟要比田野暖和得多，不一会儿衣服上的积雪就开始化了。他站着的地面上渐渐地落下了一个水漉漉的湿圈。我看看自己的脚，也有个水圈圈印。

他衣服上的积雪已经差不多被暖气舔完了，军装露出了本来的绿色，肩章上的军衔也清晰可见，上尉。眉毛上的雪迹化掉后，看清了他那双急于想说话的大眼睛……这时，他摘掉了帽子，突噜一下蹦出了两条短刷刷的辫子。

“你……”我惊呆了，是个女军官！

她一下子变得不好意思起来，腼腆地说：“我是兵站军医宋姗，代理站长。”

“代理？那站长呢？”

“还没生出来哩！”

“你的话太夸张，我不明白。”

她严肃起来，说：“不明白的事天天都会遇到，你能想到不冻泉这个地方把有些人吓得腿肚子转筋吗？你听听：‘不冻泉得了病，五道梁要了命。’鬼门关，就是我脚下这块地。来了还不是送死？”

我仍没有听出她愤懑不平的所指，但是总算明白了她“严肃”的起因。说完，她操起铁簸箕在墙角的牛粪饼堆上铲了一下，出门了。我想，她是生火炉去了吧！

兵站助理员小曹这时走进来，对我说：“宋站长，好人！”听得出他已经捕捉到了刚才我和宋姗的对话了。我从小曹嘴里得到了不冻泉兵站和宋姗的一些情况……

不冻泉兵站空缺站长已经两年零三个月了。

这期间有三个人迭走马灯般在这里代职一段时间，在代职期满后，三人都郑重声明自己身体不适应不冻泉的恶劣环境，婉言拒绝了正式任命。军人虽然要以服从命令为天职，可是任何一级组织都不会把一个有高山反应的人往死亡线上推。话又说回来，在这海拔四千多米的地方，连牦牛也不能保证就没有高山反应，又有谁会天生地适应它呢！

“有的人心甘情愿地死在舒适的床上，有的人则变着法儿把骨骸埋在荒郊山野。”小曹大概不会是诗人，他却出口成章地朗诵了两句诗。不知是不是他的“作品”？

我仍想着宋姗铲牛粪饼的那个动作，太熟练，地道得像个藏族妇女。

小曹接着他的话题说下去：“就在第三任代理站长坚决要求卸任的时候，宋医生本来要随爱人内调，她突然改变主意，不走了。她找到兵站部领导说，不冻泉把三个男人吓得趴下了，它欺人太甚。我宋姗准备留下来领教领教，看它把我能吃了还是能撕了？”

宋姗就这样把打起的背包又摊开，留下了，不冻泉兵站确实需要她这个医生；没出两个月，一纸命令下来，让她代理站长，不冻泉兵站确实需要个站长呀！

从此，青藏高原的山水间到处都能听到人们在谈论一个话题：

不冻泉兵站第四任代理站长是个女的。

女军人当站长在青藏线上尚属首例。

“她代理站长多久了？”我问。

“一年零一个月了。”小曹的口气里充满对自己领导的由衷赞许。“她的一个老乡告诉我们，她当兵前就是个倔敦敦烈女脾气，谁要弹她一指头，她不还一脚也要给一拳。实实在在的男孩子性格。她特看不起那三个溜号的代理站长，他们还算男人吗！”这时，棉布帘子掀开了，宋姗回到了屋里。她笑问：

“你们是不是在讲我的怪话？”

我说：“正等你呢，你还没有给我讲你当站长的事嘛。”

她没吭声，在我对面坐下。

二

我们坐的地方是兵站的会议室。

宋姗四周环顾一番，说：“你坐在这儿吧！”说着她便起身，朝我而来。我明白了，她是要和我换位。我想，我坐的这个地方临窗，她是怕冻着我。

她显然不愿意拐弯，话题直冲冲就来了：“我绝对没有当站长的瘾头，34岁了，上尉正连，该是向后转的人了。说来碰巧，我内调的那阵子正是第三任代理站长闹着离开不冻泉的时候，不知道内情的人，还以为我也是被不冻泉吓跑的呢。”

“不服气，再加上怕被人误会，你就留下了？”这是我的猜测。“女人留在了男人趴下的地方，她要站起来！”说着她起身，将一把钥匙甩给我：

“你住二号楼三〇七房间，咱们是邻居。”

我摸着热乎乎的钥匙，突然想到，她刚才铲牛粪饼肯定是给我住的房里生火去了。

我们出门。

宋姗在院子里指着山坡上一栋白亮白亮的楼房告诉我，那就是二号楼。我仰头望去，觉得那楼是一座山，离我很遥远。

“那里海拔多高？”

“4300 米。”

“这里呢？”我踩了踩脚下的地面。

“4200 米。”

我很羡慕这种独特的环境，一个院落跨着山上山下两个海拔高度，站在高处看低处，人如蚁。立在低处望高台，人像鹰。我不由得感叹道：“你们这院里，是两个天地，两种境界！”

宋姗不以为然地问我：“境界？什么境界？”

我一时难以回答得清楚，只好说：“我相信每一个初来不冻泉兵站的人都会像我一样，对你们这种半在山上半在山下的院落很有兴趣！”

“那是旅游观光者的浪漫心情，我们没有。”

“你们是什么心情呢？”我紧跟着问了一句。

“每天都在海拔四千米以上的地方承受高山反应的折磨，待在山下受不了时便跑到山上的客房里缓口气。在山上还是撑不住时，就只好从床上滚到地上去躺着，仍然难受得不行，就跑到院里去撞墙。”

“撞墙？”我的心一收缩。

“没关系的，是雪墙，撞一撞会很舒服的……”

我的心被搓揉得快支离破碎了。我打断了她的话：“难道就没有一点欣赏高原庭院这种独特风光的闲情逸致？”

“当然会有的，那就是后院落雪前院放晴的日子，你才难以想象出我们那个乐和劲呢！尤其是那些入伍不久的新兵，几乎全跑到山上拥抱雪花去了。不过，这种热闹的场面肯定不会长久，很快高山反应就把他们袭击得失去了欣赏风景的雅兴。”

宋姗举目望着山坡上的楼房，不语；我却在琢磨着一个问题：她为什么要安排我住在山上？我试探地说了一句话：“登高远望是住在二号楼的人独有的福分，我真自豪，也感谢你给了我这样一个机会。”

“作家站在这个高度，才能看清每一朵雪花是怎样向人间飘落的，这样你写出的高原六月雪才有魅力。”

她很会讲话，有艺术性。我总算明白她让我住三〇七号房间的用心了，不能不说这是良苦用心。我的肩头和心里同时感到沉沉的。我有了问她问题的勇气：

“那么，你呢，住在那个高处是不是与一个站长对自己的严格要求有关？”

“也许是吧。站长站的地方如果看不到全站的任何一个角落，那站上就会出现许多灯下黑。”

“可是，这样一来高山反应的干扰使你无法兑现自己的承诺。”

“假如高山症可以轻易地把一个医生撂倒的话，那么，人们就完全有一百条理由怀疑她能不能守住脚下的这块雪原了。”

我必须心悦诚服地承认我的问话在她那犀利而精妙的语言面前十分的软绵无力，我暂时不想再问什么了。

她起身，抬腕看表。“再过半小时开中午饭，我还要回昆仑山口去，失陪了。”

“为车队引路？”我问。

小曹摆手，示意我别这么问。宋姗倒不在意，说：

"接个人。"

说罢，她已经掀开门帘，一股极不规则的野风卷着雪粒扑进屋里，她一个趔趄，迎了上去。

太阳依然很红。

雪花还是那么漫不经心地飞飘着。

我和曹助理回到会议室里。

"宋站长到山口去接谁？"我按捺不住心中的疑问，终于又提起了这个话题。

"接她的儿子兵兵。"

"儿子？"我有些惊奇。

"她已经到山口跑了三四次，都是扑空。"

霎时，我觉得我从这雪山拥挤着的不冻泉腾飞而起，到了另外一个什么地方。在那里我看到了正在风雪中跋涉的兵兵，于是我与他一路同行。可是，不冻泉离他太遥远了，他离我也太遥远了，我和兵兵怎能走在一起！

不少人都不知道，青藏高原曾经是一片海。

三

我坐在三〇七房间的床边，犹如不倒翁似的头重脚轻，感觉随时都会栽倒。

缺氧。

其实，到后来就不是头、脚失去平衡的问题了，浑身没有一块舒服的地方；尤其是两个鬓角，明明是一个大力士操起榔头在狠劲地敲打呢！我算体会到高山反应的滋味了。

小曹把像一枚导弹似的大家伙一步一挪地搬到我房间。我看到他是从宋姗房里搬来的。

“首长，到这里来的人谁也离不开这个氧气瓶。它是救命神。”小曹拍着那枚“导弹”说。

“不要叫我首长，我只是个作家。”

“作家的才华了不得，知名度高，我就崇拜作家。”

我笑了。他很纯。

“小曹，兵站的氧气是定量供应吧，要不你不会把站长的氧气瓶匀给我。”

他没想到我发现了他的秘密，赶紧圆场：“氧气定量倒是真的，青藏高原空气中的含氧量不足内地的一半，谁来到这里也吃不饱氧气。不过，把站长的氧气给你与定量无关，这是她让出来的。”

我说，这氧气我不能用，否则我心里由此产生的内疚，绝不亚于高山反应给我带来的痛苦。小曹说我的这种心情完全没有必要，他作了如下解释：

“你和宋站长不一样，她是老高原了，高山反应碰到她身上，像吹了一阵风一样就过去了。你不行，初来乍到生活上有很多不习惯，弄得不好就被这种内地人连听也没听说过的病缠得躺倒了。宋站长把氧气让给你是情理之中的事，你要客气就见外了。”

我说：“好，这件事我们就此打住，你给我说说宋站长的家里事。”

没想，他立马反对我的这个建议，说：“戳别人的痛处是很不道德的！”

“戳痛处？”我感到很茫然，反问了一句。

他大声地说：“女人的心比男人更容易受到伤害。苦日子会把一个女人熬干的！”

说完，他静站在一旁喘息着，我相信这不是缺氧带来的结果。之后，他竟抹起了眼泪，我想，都怪我多嘴。

在我的感觉里,过了好长好长的时间,他才拿出一封信,对我说:“这是宋站长儿子兵兵的来信,早上才收到,我还没有来得及交给她;最近一个时期,儿子对宋站长正在进行全面的‘轰炸’,几乎每三两天就有一封信来,要求妈妈离开高原。先是乞求,接着就是威胁,再下来就是最后通牒了。母亲比站长难当啊!”

“你不是说宋站长到昆仑山口接儿子去了吗?”我问。

“是呀,宋站长的一个老乡上个月回家探亲,站长托他把兵兵带到高原。按说路上有叔叔照管,兵兵会顺顺当当地到妈妈身边,可是不知为什么站长一次又一次地扑空,接不着!”

我的脑海里有诸多的疑团,但是,我却不知该怎么问,也不敢问。

小曹用拳头砸着自己的脑袋,又哭了。

西部军人的眼泪不但忧伤而且动人。因为那不仅仅是水,还有血……

四

当小曹告诉我宋姗家事的时候,他说了这样一句话:虽然这种揪心的悲剧在西部军营里并不罕见,但是,当它摊到一个女军人的肩膀上时,她承受的痛苦折磨是双倍的……

那个已经过去了的事本该称作历史,宋姗一直把它当作无足轻重的事看待,她不愿对任何人提起它,因为那样只能使她伤心。这是小曹告诉我的。

宋姗主动要求留在不冻泉兵站后,带来一个在一些人看来情理之中的后果:家庭危机。

她的丈夫霍磊肯定包括在这些人之中,否则他不会一夜之间反目为仇,把爱妻推到了昆仑山的悬崖边;这也是事实:他不会把她推下去，因为他明白，让她站在这个地段，比叫她坠入谷底更容易使她回心转意。

然而，他错了。

霍磊也是个高原军人，在雪山医院当副院长。人们并不怀疑他曾经爱过这块高原，要不他不会干到现在这个不算很低的职务，也不会娶一个立志献身高原的女军人当媳妇。不过，这些肯定都是蒙上灰尘的事了，现在的霍磊连每天早晨起床后第一次呼吸出来的都是两个字：内调。什么是内调？这是高原军人的专用名词，即调离高原到内地。霍磊经过一年多的努力，花费了不少精力、心力，当然更重要的是财力，才办成了自己和妻子调到中原某城市的手续，眼看就差开个介绍信便永远地和高原拜拜了，他开始谋计着如何在即将立足的那个城郊为他俩建一个北京四合院式的独门独院。俩人？不，是三口之家。得把从小在姥姥膝下已长到十岁的儿子接回来，让他知道这个世界上除了姥姥最亲外还有爸爸、妈妈。三口人终于可以和和美美地过日子了。

乐极生悲。他做梦也没有想到，宋姗出其不意的行动打扰了他的阵脚。这使他十分恼火，也使他的决心变得更铁：你宋姗即使把我这个美好的蓝图点火烧了，我也要从灰烬里拣出来复归完整。不难理解霍磊这种破釜沉舟的精神，为离开青藏高原这块连兔子都不来拉屎的地方，他是以豁出命来付出代价的。

他极力挽救宋姗造成的这种被动局面，在一次又一次做工作却没有任何效果时，他不得不给宋姗显示了大丈夫不可撼动的威严：除非昆仑山山崩地陷，否则我是不会改变决心的。

宋姗的话里始终没有失去做妻子的柔情。她说："我送你先走一步，一旦不冻泉兵站允许我离开时，我一天也不多待，立刻就追你而去。"

霍磊肯定不会满意这种外交辞令式的回答。

这是他离开高原的前一夜。

屋子里的气氛严肃得到了只要有一点火星就立刻会起爆的程度。两把在兵站食堂可以看到的那种有个简单靠背的椅子，互相仇视地对站着。椅子上没有人，宋姗靠床栏站着，霍磊屁股顶着桌角斜身而立。

应该有许多话要说。

又似乎一句话也不用说了。

沉闷的冷场……

这是丈夫对妻子吗？这是高原战友对高原战友吗？

空气中渗透着俩人重重呼吸的气息。终于，霍磊说话了。因为已经到了凌晨六点钟，再有两个小时他就要动身下山了。

“我仍然等着你改变主意。不过，这肯定是最后期限了，时间对你对我都是无情的。”

屋里一角放着两个已经捆绑好的旅行箱，给人的感觉那箱子各长着一只大大的眼睛，怒视着屋里的主人。也许是主人太冷落它们了：

宋姗无语。

她犹豫了一下，掂起一个箱子。那是要送丈夫远行的动作。她看了看表。

“你给我放下！我要听听你最后一次的表态。”他实在无法控制自己的激动，大声吼了起来。

宋姗只好放下箱子。

“我已经说过多次了，我先送你下山，随后我会跟着你走的。”

她的语气还是那么平静，但是能听得出她已经很疲倦了。

“那好了，你必须承担由你引起的一切后果！”他的吼声再一次在这间很寂静的屋里响了起来。

宋姗抬起了头，她真的不认识这个和自己相爱相守了十三年的男人。她不得不问道：

“话既然已经说到这个份儿上，那就请你再明白地告诉我是什么后果？”

“你自己明白！”

他拎起箱子大步走出了门。

屋外，大雪弥漫。

宋姗追了出去，声嘶力竭地喊：“霍磊……你不能欺侮我的兵兵！”

宋姗无论如何不会把本该放在心里的事置之脑后的。和她的那些同龄人相比，她对事业的执着追求肯定是出类拔萃的，这也许因为她是个兵的缘故。兵站的各项工作头绪繁多，白天没有任何闲暇能让她去考虑她和霍磊之间已经呈现着复杂局面的矛盾。确实没有。站长是兵站的顶梁柱，是过往指战员们的衣食父母。这样倒好，省得她去牵心那些永远也理不清的麻麻缠缠的家事。她总算悟到了：拼命地去干工作可以忘掉那些压得人难以喘息的烦恼。

最叫她牵心的是兵兵。真不敢想象自己和霍磊这么一闹腾会给儿子带来多大的伤害。白天她总是被那些忙不完的工作占据着脑子，无法给儿子腾出空位。只有到了夜里，她一个人静静地躺在床上时，心儿才从雪山冰河飞到家乡，与兵兵进行心灵对话……她拿着儿子周岁那年在格尔木照的那张全家合影，呆望着，回忆着。真是，儿子的脸上集中了两个人的特征。俗话说：眼像妈，嘴像爸，是儿苦当家，是女一枝花。难道灵验了，兵兵要受苦吗？

她掉下一滴眼泪，泪珠滴在照片上。她用手慢慢地去擦那泪迹，这才发现泪正落在丈夫的脸上。她的手停在半空中，久久不肯擦去……

恨这个人吗？她不知道。

……泪水不知什么时候溢满了宋姗的眼眶。

整整一夜，她手里攥着那张照片，不眠。她没有病，但是，她觉得浑身疲乏得像得了一场大病一样无法支撑。这个夜像一千零一夜那么漫长。一千零一夜，这么长的时间，足可以把人熬成干灰了！

脸颊上凉凉的，似有一条小虫在爬动。她没有擦那泪水，想着，让自己烫烫的脸颊把泪水暖热，暖化。眼泪怎么能是冰凉的呢！

一辆汽车走过夜的尽头。

雪水河里卷着冰碴儿的水被车轮带起，哗啦哗啦地响着。

夜被这响声扯得更长……

五

小曹摇着手中的信，对我说，这一年多来，我算看出来了，站长盼儿子的信，又怕收到儿子的信。

怕信？

又是日照满天、大雪纷飞的傍晚，当小曹把一封信交到宋姗手里时，他觉察出了一些。

“站长，信。”小曹说。

宋姗正和客房招待员谈事，听了没太在意，只是点了点头。

谈完事，她并没有理会小曹，又向炊事班走去。小曹不得不加重语气又说了一遍：

“站长，有你的信！”

宋姗这才回头望了望小曹，接过了信。小曹看得十分真切，她用目光扫了一下信皮，脸色立刻变得紫红，手颤颤巍巍地将信塞进了兜里。

宋姗急匆匆回到房间。

是兵兵的来信。

屋里很暗，玻璃窗上冰冻着各种雪雕成的花纹。今晚兵站停电——后院的小山房有一台小型发电机，站上自己发电，机器经常出故障，每次都请人鼓捣三四天，才能重放光明。严格地说，蜡烛是不冻泉兵站的光源，它的使用率绝对超过了发电机。

她在烛光下很费劲地看着信。发信的邮戳是 4 月 29 日，儿子一周一封信，时间很有规律。但是，信何时到昆仑山收信人的手里就没个准点了。遥远而闭塞的不冻泉没有邮局，兵站所订的报刊以及信件是从格尔木托人带上来的。这就出现了一个难以避免的问题：由于不能定时定点地收发信件，更多的时候那些从祖国各地来的信只能躺在格尔木邮电局的方格橱子里睡大觉。兵兵的信颠颠簸簸到宋姗手里已经是第五十九天了。

她要急着看儿子的信，“吱啦”一声撕开了信皮，连那圆圆的邮戳以及被邮戳盖去一个角的邮票也撕破了。宋姗是个集邮爱好者，收集了数千种邮票、邮戳印，也许这封信的邮戳邮票最该成为她的收藏品，却弄坏了！

烛光极暗。

宋姗把信纸送到眼皮底下揣摸着读信。目光拽着她的心，一起钻进了儿子写下的那些歪歪扭扭的字里行间。兵兵先是写了对妈妈的思念，接下来他所记述的每一件事都蕴含着对妈妈的抱怨，或者更直接地说，是一种带泪的控诉……

懂事而又不懂事的儿子呀，你分明是在用一把磨不出刃的钝刀子割妈妈的心！母亲那本来在儿子眼里撼不动的威严，被这把刀戳得溃不成军。

负疚！母亲愧对儿子了。她真想大喊一声："兵兵，饶我！"这样，也许能卸下一点负荷。但是，嘴张开了，她却没有喊出。

她哭了。

嘤嘤的声音，在深夜里被那卷着冷雪的风送出很远。好在她的左邻右舍大都是住站的客人，谁也不认识谁。这样，倒能让她痛痛快快地哭上一场。

雪埋掉了夜里发生的一切，包括宋姗的痛哭。

早饭后，她照例去上班。但是，她的脸上留下了昨夜的伤痛。

小曹也许有些冒失，他走到宋姗面前，说："站长，你有心事。瞒不过我。"

宋姗不想瞒，也没有必要瞒。她把信交给了小曹。

小曹安排完一切该安排的事情后，坐在兵站后院山脚下的土坎上，读起了兵兵的信。

雪停了。太阳也钻进了云层里……

亲爱的妈妈：

兵兵好想您！您想兵兵吗？您往我跟前坐坐，我把手放在您的心口上，如果您的心嗵嗵嗵连续跳五下，那就说明您想兵兵了。这是老师那天上课时告诉我们的，她说她小时想念在新疆边防当连长的爸爸时，常常这么做。

爸爸经常很晚才回家，他很忙，每天晚上他回来时我都睡着了。我睡时总要把拴在我手腕上的一根长长的皮筋绑在门锁上，这样爸爸一进屋我就会醒来的。昨天爸爸一夜没有回家，他到市里开会去了，开三天。咱家对门的王奶奶管我吃饭、睡觉。我上学过马路车很多，我真害怕。王奶奶特喜欢我，她说：兵兵，你就到我们王家来当孙孙吧！

我说，不，我有爸爸妈妈，他们不会答应我离开的。王奶奶说，我还没见过你妈妈长得是啥样呢！妈妈，她真的没见过您吗？

妈妈，我还要告诉您一个让您不会高兴的事。我这次算术考试又考了五十分，跟上回一样。老师出的题目，我都学过，看起来也面熟，可就是它们认识我，我却不大记得它们。老师找我谈了话，问我，你爸爸妈妈怎么不给你夫倒（辅导）功课？我说爸爸常去开会。妈妈在青藏高原当兵回不来。我老师叹了口气，又问，你爷爷奶奶呢？我告诉她，我只有一个姥姥，她住在离我们家好远好远的上海。老师听罢好长时间没讲话。

妈妈，我真的好想您呀！你们那个不冻泉天气冷得真的能把人的鼻子冻掉吗？这是爸爸告诉我的。我才不相信呢！我不怕冷，只要不冻泉有学校，妈妈，我就到您那里去上学。到了您身边，我一定好好学习，再加上有您的夫倒（辅导），我的算术一定会考及格的。

妈妈，您来信要我的照片，我给您寄上。这张照片还是我五岁那年您回家时带我去照相馆照的，从那以后您再没回家，也没人带我去照相了。

儿子 兵兵

四月二十九日

……

她什么时候涟涟地哭了起来？不知道。

什么时候停止了哭声？不知道。

什么时候入睡，或没有入睡？也不知道。

不冻泉的夜，远处仍有雪水河的水浪拍岸的声音。这声音穿过夜的尽头，似乎一直流到她的枕边，又似乎接着流到了遥远的故乡。

她没有入睡。

……当阳光从被报纸粘连着的窗玻璃的缝隙间射进来，落在粗糙的水泥地面上时，她仍然未睡。啊，上班的时间已经过了半小时！

她匆匆起床，捡起掉落在地上的兵兵的信，揣进了衣兜，大步出了门。

残缺的日子，往往阳光很充足。

她即使在自己的小屋里昏死过一百次，一旦醒过来以代理站长的形象出现在不冻泉这个小兵营里时，必又抖擞起精神。她挺胸收腹，走路带着正步的节奏，兵头们就应该如此。

白天不属于宋姗。她照例要去忙一个站长应该干的每一件事，包括发号施令，连接待班的一盏马灯摔碎了需要购置新的这样一件事也要她签字；包括主持站上召开的几乎每一个会议，而且必须来一段内容差不多一样的开场白；包括到炊事班去板着面孔训斥一个昨夜未按时归营的战士，训斥后还得布置班长多留意这个战士的异常表现；包括给一个压床板的病号送一碗挂面汤，如果其使性子不吃时还得扶起他喂到嘴里；甚至包括去给正闹着离婚的那位助理员的夫人做劝说工作……在这个只有三十来个人的小站上，别的上百人上千人的大单位出现的矛盾和问题这里绝对一样不少地都会有，而这些事情哪一样少了她这个站长都不行。她要不厌其烦地去做，一次没做好，再去进行第二次、第三次，直到画上不仅她站长满意而且大家都没意见的句号为止。总之，白天同志们只能看见站长脚不沾地忙前跑后，很少有人知道夜里她还偷偷流过眼泪！

就这样，宋姗又忙了一天。

这时，她走进自己的办公室准备歇口气，一个穿着油渍渍工作服的汽车兵，气喘吁吁地追进屋里，说：

“宋站长，堵车了！”

“在什么地方？”

“昆仑山口！”

六

傍晚。昆仑山口。

飞雪已停，又起了风。空气中弥漫着一股浓浓的糌粑混合着牧草的呛人气味。夕阳毫不吝啬地将它的余晖给峭然屹立的雪峰镀上了一层金光。从山腰突兀而出的地方有一顶升腾着袅袅炊烟的藏家帐篷，帐篷顶上伸出几杆随风飘曳的经幡，它在布满夕阳碎片的苍穹映衬下显得神圣而肃穆。

青藏公路正是从这顶帐篷下面穿过，堵车的现场就在这里。

依旧是风卷着雪。不同的是太阳渐渐滑进了山里。

夜幕由远及近地合拢了昆仑山。

堵车！

这种人车杂乱无章、道路几乎要被踏翻的状况，是在高原上跑车的司机和养路工人最不情愿看到的事情。没有办法，就像昆仑山必然会有暴风雪一样，这段号称“盲肠”的地面上经常发生堵车现象。此刻，停驶在这段傍山险道上的汽车往少处说也有百辆，而且呈现着越堵越多的不可阻挡的势头。

五花八门的各种牌号的汽车与开车人的服饰仪表配得如此融洽：工作服油腻且袖口吊着索索布条、脚蹬布满灰尘旅游鞋的老司机多为驾驶压路机或大型载重卡车的；西装革履，领带鲜艳，锃亮的小分头梳得有模有样的司机开小卧车是必定无疑；藏族司机最容易辨认出来，他们那紫糖色的大方脸盘以及洁白似玉的牙齿，钻进任何地方的人山人海里也不会淹没其身份；尽管不少小青年司机没有佩戴军衔和领章，而且也没穿军装，但是人们仍然能从他们那独特的衬衣、鞋袜上识别出是高原汽车兵，他们驾驶着清一色的一个型号的汽车，或解放牌车，或黄河牌车，或从日本进口的日曼车；当然，那三个驾驶着越野赛车的老外人们一眼就能看出……

堵车现场的混乱、臃肿是触目惊心的：不少车辆在做了最后的挣扎仍没冲出围困后便瘫痪在了原地，有的竖放着，有的横趴着，有的侧卧着……可怕的还不是已经有了这些怪模怪样的停驶了的汽车，而是仍然有不少司机闹闹嚷嚷地吆喝着要另辟蹊径，开车闯出困境……

堵车地段的旁边约五十米就是悬崖峭壁，因为天黑，望不见崖底，只能听见从黑洞洞的崖下传来沉重的流水声和水声碰在崖脚发出的回音。

喊叫声，喇叭声，马达声……

就在各路司机都你争我抢地想走出“盲肠地段”，却没有任何一个人能够挪动半步的时候，有一个人悄无声息地挤进现场了，来察看地形，为车队谋求出路。

宋姗。

雪花飘飘，寒风阵阵，偶尔从藏村传来一两声牧犬的叫声，叫声拉长了昆仑山狂躁的夜晚。

浓重的夜色如锅底般扣在昆仑山的上空。那些瘫下来的汽车陆续亮起车灯，昆仑山麓闪烁起了刺眼的光波。不必奢想，它不是大山美丽的项链，那一颗一颗的亮光分明是昆仑山在困扰中淌出的泪珠。

这阵子，就连那些最能折腾的像公牛一样的司机也蔫得没有任何力气和空间去挣扎了。司机的无能为力使许多乘车人心里原先仅有的一点走出围困的希望彻底破灭了，他们没有经过任何串通就不约而同地扎成堆，准备步行突围，而且清一色地每人都掂起了大包小包。

本来就乱哄哄的昆仑山口又添了一层混乱。可以肯定地说，数百名乘车人的起哄比司机们争路带来的后果还要糟糕。

夜里通过昆仑山的汽车并没有中止行驶，它们无一例外地撞进了堵车的泥沼里。山口的车越堵越多。

悬崖下，急流撞石的咚咚声也许由于深夜的寂静听起来更重了。堵车现场的人们仿佛感觉到脚下的土地随着它的节奏在颤动。

黑绒般的夜幕灿烂着一个明亮的小点。那是昆仑山巅的一颗星星。

青藏高原醒着。

宋姗猛乍乍地站在了受阻车队中间一台车的驾驶室顶上。人们的嘈杂声淹没了她最初的讲话声，她不得不用粗喉咙吼着自己急于要说的话：

“朋友们！朋友们！”

依旧没有人理睬她。她不得不把双手举过头顶，击掌，嗓门又提高了许多：

“朋友们，请大家都静一静！”

嘈杂声似乎稍稍小了一些，但是，她的声音仍然被淹没着。

嘭！嘭！嘭！

有人敲起了驾驶室顶。那是在帮助宋姗维持秩序。

现场出现了短暂的肃静，宋姗乘机再次大声对大家说：

“朋友们！开车的司机朋友们，乘车的旅客朋友们，昆仑山口这种争道抢路的局面再不能延续下去了。这样下去什么样不愉快的事情都可能发生。现在，大家都听我的，我就是这里的临时总指挥！”

随着她的话音，一双双眼睛被牵到了驾驶室顶。可是，天黑，没人能看清她的面容。

人们努力分辨着。突然，一个嗓音像竹尖一样尖尖的人递上了一句话：

“小姐，请你通报一下姓名！”

“我是不冻泉兵站代理站长宋姗！”

人们立即肃静下来。

不冻泉兵站代理站长！在这些高原游子们六神无主的时候，这样一个严肃而温暖的职务的出现，无疑像海涛中的港湾，立即卸去了不少人身上的疲劳和严寒。

风停了。山中的空气层静得能渗出声音来。

宋姗把手中的那盏灯往高处提了提，让人们看见了她的脸。毕竟是女人的肤色，比在场的任何一个人的脸都显得白净，由于灯光明暗的折射，她面部的线条和棱角显得分外地清晰、刚劲，透露着一种显而易见的坚毅美。虽然是夜里，人们还是能感觉到她的那双眼睛能穿透一切。她站在驾驶室顶上，这里的车、人包括远处的雪峰，在她高高的目光下一览无余。她仍然用大嗓门跟大家说话：“大家不要吵吵，听我统一指挥，准备走车！”

个别人发出了疑问的躁喊，但显得十分孤立。又有人敲了一下驾驶室顶以示警告。

宋姗接着说下去：

“我是个山里人，堵车的事经多了，几乎无一例外的是因为司机争道而使情况变得糟糕不堪。大家只有互相礼让才能有通路，每一个人才能走出去。现在我对大家唯一的要求是，你们每个人都当一次军人，服从命令听指挥。哪台车进，哪台车退，没有我的命令，谁也不许自作主张挪动一步！”

她在下命令了，把最后一句话咬得格外重，谁都能感到它的分量。这是军人的气质和威严。然而，此处毕竟不是军营，就在有的司机登上驾驶室准备执行她的调令时，那个“竹尖嗓门”又发出了质问：

“尊敬的女站长,你这么热心于疏通车辆,每小时挣几个铜板？”

宋姗的目光在黑压压的人群中一扫，很快就捕捉到了那个发话的人，回答他：

“那位说话的，你提的问题有点太可怜了吧！如果每个人整天都琢磨着往钱眼里爬，那么人索性把两只手也变成腿得了。”

人群中暴起哄堂大笑。

那人急了：“你糟践人，谁是四条腿？”

宋姗：“你很聪明。可是,我要告诉你,一个不懂得尊重别人的人,怎么会得到别人的尊重呢！请你不要忘记你面前站的是一个军人！”

那人撇着怪腔怪调说：“亲人解放军同志，你别说大话，解放军怎么啦，离开钱照样没治！”

宋姗激动了：“你只说对了一半，人没有了钱是活不了。但是，我们这些兵们肯定不是为了钱而活着。不信吗？我可以给你举出一百个例子来——洪水来了，战士们扑进急流中救出了一个又一个受难者，有谁给过他们一分钱？地震发生了，有多少战士为抢救被挤压在楼房废墟中的群众而献出了自己的生命，难道这也是能用钱买来的吗？”

说到动情处，宋姗说不下去了，人群中却响起了震耳欲聋的掌声。

宋姗依然难以控制住奔放的情绪，喉咙里哽咽着说不出话。突然，她想起了儿子兵兵，真想把兜里那封信掏出来，扔在那个人面前，告诉他：你知道吗？此刻，在千里之外一间简朴的平房里，一个孩子正呼叫着妈妈。可是，他的妈妈甚至连答应一声儿子的呼唤、让他听听妈妈的声音都不能。

宋姗只用了几秒钟想了这些。

待她重新抬起头来时，那个“竹尖嗓门”不知什么时候走人了，宋姗发现那块地方空着一个位子。

宋姗站在高高的驾驶室顶上，用劲拍了拍巴掌，让人们静下来。她身旁站着的一个小伙子，替她举起了那盏马灯。霎时，堵车现场变得鸦雀无声，司机们一个个登上了各自的驾驶室，用含满希望的目光望着她，等候命令。

战士整装待发前的气氛。

宋姗说：“刚才我看了一下路况，从那块 1120 公里的里程碑的地方拐下公路，有条曾经走过汽车的便道，我们就从那里开始松动，走车。”

她用目光扫了一下人群，说：

“谁打头？车况好一点的，驾驶技术上能露一手的。”

说毕，她笑了。露一手？谁愿意在这时候毛遂自荐呢？

没想，她的话音刚一落，就有七八个司机回答她：“我来！”

她感动了，这么多人愿意“表现自己”！这也许是她没有想到的。她指着一个黑脸膛的年轻司机，说：

“就是你了！你给大家开路，担子不轻啊！”

于是，她跳下车顶，大步走到了里程碑前。这时，停了的风雪又吼叫起来了。

她站在里程碑上。

她的臂膀抬起来了。

“里程碑右边的那两台北京 121 吉普和黄河牌卡车，暂时别动。”她指了指那位黑脸膛的司机，“小伙子，吃上挡，准备走车！”一时间，所有的汽车都发动了起来，马达齐吼，山与大地一同颤动。

隔，开始通；

阻，渐渐化。

深夜两点过五分，宋姗披着一身昆仑山的寒雪回到了三〇六房间。进屋后，她没有马上点灯，她静立了好久，衣服上的积雪仍没有化。这时，她的心里莫名其妙地萌发出一瓣绿芽似的柔情，是做妻子的感情，还是做母亲的感情？她觉得屋里好像有一个久盼的什么人在等候自己，她划根火柴，点着蜡烛，桌角那块她每次进屋必定先看一眼的地方，果然放着一封信……

七

小曹告诉我，那一段时间兵兵的来信非常频繁，三天两头就有一封信。这些信多半都是经小曹的手送到站长宿舍的。那天晚上，她去昆仑山口疏通车辆，小曹把兵兵的又一封信放在了她的桌子上，希望她当天夜里一回来就看到儿子的信，这对她也是一种安慰。

小曹说，当然，这只是我的善良的愿望……

一瞅见那信皮，凭感觉宋姗就知道是儿子的信。完全是一种本能的动作——她将儿子的信长久地按在胸口，微闭双眼，沉浸在舒心的陶醉中。

是的，不管儿子在信中的诉说是思念还是抱怨，那都是贴着母亲的肺腑喊出来的。奇怪的是，今夜她却没有马上拆开儿子的信去读。这破例的行为起码使人会有两个方面的猜测：一是太累了，昆仑山口的那场消耗战确实拖得她精疲力竭，她不愿带着这样的情绪去读儿子的信；二是今夜她要在睡梦中猜猜儿子信上写的内容。要知道，猜测娇儿在信中说了些什么对于母亲来说是一种快乐，一种享受。当然，也许还有其他方面的考虑，但是，从她的笑脸上可以得出结论：她不愿去假设除了高兴以外的任何可能。

将信放回原处，宋姗上床睡了。

昆仑山的夜进入了一天二十四小时中最静谧香甜的时分。山中落雪微微擦地的声音都听得清清楚楚。

一声轻轻的哀叹在睡梦中划破了雪夜的薄膜……

整个二号楼通道里很安静。

次日，宋姗早早就醒了过来。第一件事便是拆阅儿子的信。感觉告诉她外面还在落雪，在这样的黎明读远方儿子的信，肯定别有一番滋味在心头。

但是，她没有想到，一盆冰碴儿搅和着寒霜的水浇到了她热烫烫的心里：

妈妈：

您真的已经不像我的妈妈了。我给您写了好几封信，为什么您连一个字都不给我写？您到底还管不管我？

我很想您，妈妈，我白天黑夜都在想您。爸爸说我怎么这么没出息，离开妈妈就活不成了？

妈妈，昨天晚上我哭了一夜。爸爸又没有回家。妈妈，您再不管我，我也不要您了。不！我谁也不要，就要您……

宋姗眼前一黑，栽倒在床上。她的意识仍然很清醒：这个世界无论变得多么狭窄而与她过不去，乒乒却是她在这世界唯一的果实。即使地陷天塌挤扁了她的肉体，她也要守住儿子！

冰冷的风拂开了窗户上的夜色，屋里亮了，宋姗坐起，梳理了一下散乱的头发，唤道：

“小曹！”

小曹跟声进了屋，他看着脸色蜡黄的站长，忙去扶她。

“站长，你夜里没休息好？”

“还好。你通知站上的几位领导，原定上午要开的碰头会，推后举行。我身体有点不舒服，上午要让医生检查检查。”

小曹稍稍犹豫之后，还是把憋在心里的话吐了出来：

“站长，你不要骗我了，我知道你昨晚一夜没睡觉。一定是兵兵的来信讲了什么事吧！”

哄骗这样纯正而又真心爱护自己的年轻部属心里肯定是过意不去的。

宋姗把信递给了小曹。

小曹并不认真地用目光扫了一遍信的内容。不语。

沉默很久，小曹才说出了下面的一番话：

“责怪兵兵无论从公理上还是良心上讲都是没有道理的。小小的娃儿，许多事情他还似懂非懂。想妈妈是人之常情，想到极处，便有了抱怨，抱怨再过分也是对妈妈的爱。我都当上解放军叔叔了，头两年还常常在夜里用被头蒙着脸哭娘呢，远离妈妈的孩儿最孤独。”

听着这在情在理的话语，你能相信站在面前的是个几天前才提干的 22 岁的娃娃兵吗？宋姗的心头好暖，她真高兴能有这么个早熟的娃娃军官。她对他说：

“有些事情也许你也似懂非懂，你完全可以说别人不知天是圆的，但是你自己很可能就不知地是方的。”

小曹听不大懂这话，呆望着令他尊敬的站长。

宋姗忙解释：“小曹，我一丝一毫没有损你的意思。可你应该明白，我是在说真话。”

小曹依旧望着站长，不语。

“小曹，你真的不明白吗？兵兵是在爸爸身边呼喊要妈妈的呀！”

聪明的小曹不是不明白，而是不便把心里的疑问提出来。现在听站长这么一说，压在他心中的怒怨终于被点爆了。

“霍院长做事太绝情，不要说夫妻、父子感情了，即使对高原人稍微有点同情之心，他也不会让兵兵落得这么惨！”

宋姗已经没有了探讨自己和丈夫之间谁是谁非的兴趣，那样确实太累。她岔开话题，对小曹说：

“我准备把兵兵接上高原。这样，我就没有那么多心理负担了，兵兵也会比现在好得多。”

小曹惊愕地站了起来，说：“你疯啦？兵兵受得了高原缺氧的罪吗？再说他还要上学呢！”

宋姗却显得出奇地平静。她说：

“其实，我们有时表现得很愚蠢，总是自己跟自己过意不去，绊子多半是自己给自己使出来的。何苦呢！提起不冻泉这个地方，不少人都说它氧气多么少，海拔多么高，对生命的威胁多么大。这些龇牙咧嘴的现象肯定都存在着，高原如果像北京、上海那么好，还不把内地的人都吸引来了？问题是，人是活的，可以征服恶劣的高原环境条件，从而适应它。魔高一尺，道高一丈，这才是真理。”

小曹静听着。宋姗接着说：“我做过调查，依据在手。50年代末，也就是年长一点的人看电影《昆仑山上一棵草》的那个年代，一个道班工人的妻子在这里生下一男孩，孩子长到一岁半时才送到内地。这孩子在不冻泉的一年多时间里，除了缺氧带来的一般人常有的那些反应外，并未染上其他疾病。‘文革’中，一位过路的女军人在不冻泉早产生下了小孩，住站二十天后送往格尔木，母女安全。我想，不冻泉既然可以接纳新生儿，兵兵已经十岁了，为什么不能来这儿生活？至于孩子的上学问题，我每晚都可以匀出时间给他当家庭教师。”

“这么说，你已经下了最后的决心？”小曹仍然不相信站长的这番话会是真的。

“我别无选择！”

“可是……”

“现在我顾不得那么多了，先把眼前这一步路走出去，至于今后会怎么样，我想车到山前必有路。”

“就怕那车走不到山前。”

“既然我已经驾起了辕，就一定会把车拉到我想去的任何一个地方！”

“你真是这么想吗？”

“我不说假话。”

两人都无话再说了。

宋姗收起了那封信，不是放进抽屉，而是装进了衣兜里。

这时，房门开了，炊事班长王喜娃带着一股风走进来，很激动地说：

“站长，我赞成你的意见！”

“你，赞成我的什么意见？”

“你不要瞒我了，我都听到了。站长，把兵兵接来吧！这里的环境、条件是比内地差一些，但是我相信兵兵来了以后会比他在老家玩儿得开心，生活得舒畅。因为他在妈妈身边啊！我总是这样想，人活在这个世界上说穿了就是活出一种精神，如果失去这个精神，你就是给他吃人参、穿绸缎、住高楼，他也照样痛苦。兵兵一旦来到有这么多人爱他、关心他的地方，他的精神愉快了，就会健康成长！”

宋姗把双眼瞪得大大的望着面前的王喜娃，这个天天都在眼皮底下打转转的战士现在突然变得陌生了，也变得亲切了。平日，宋姗与包括喜娃在内的自己的部属之间，也许有一种由于军队纪律相隔所形成的自然的距离，他们总是站在远远的地方，投给她以敬畏的目光。今天，当她以兵兵妈妈的身份出现在部属们面前时，他们给予她的除了对站长的尊重外，更多的是知心战友的温暖。她用充满谢意的目光再次望了望这位可亲可爱的炊事班长，说：

“喜娃，你说得很对，完全是这么回事。谢谢你对一个孩子的母亲的理解。”

喜娃有点不好意思了，小蒲扇似的巴掌直摇晃：“站长，你过奖了，烧菜焖饭的人讲的都是大实话。”

稍停，喜娃又说：“站长，至于兵兵学习的事，包在我身上好了。参军前我当过两年民办教师，语文、算术都教过。”

宋姗的眼睛一亮：“你当过民办教师？我的好先生哩！眼皮底有这么一个宝贝人才竟然有所不知，我看以后你就当咱们站上的义务教师好了。副站长和李军医的孩了每年都随妈妈来队探亲，半年假期，因为没有学校，只好和妈妈住在格尔木借读，他们的爸爸每周回一次格尔木，太不方便了。现在有了你这个教师，咱不冻泉兵站就可以办一个流动学校，立足兵站，面向昆仑山地区。”

小曹也满脸飞霞地说：“真人不露相。喜娃，你这两把刷子藏得好深呀！”

喜娃笑答：“这就叫不到火候不揭锅嘛！”

哈……

次日，恰好志愿兵毛勤勤回中原探亲，他便领受了一项特殊任务：把兵兵带上昆仑山。

八

我毅然决定改变原先只在不冻泉兵站小住一夜的打算，而要留下来生活几天。我这是冲着宋姗来的，我还想见见她的儿子兵兵。

我的心情异常沉重。

宋姗的家事拴在了我的心上。我期盼着兵兵早一天来到昆仑山。

很奇怪的感觉：我总觉得不冻泉兵站东侧的雪峰上会有一颗小太阳升起来。也许有了这个太阳，这里雪搅阳光的天气从此会结束。

雪峰之巅，夕阳鲜艳地红。

大约六点钟，宋姗回到了站上。

疲倦写满了她的脸。她来到我的房间，衣服上落着很厚的积雪。我想外面一定很冷很冷。

"还没有消息？"我问。

她摇摇头，头发上刚开始化了的雪水溅到脸上。衣服上的雪还冻着冰。

我们默不作声地坐了好久。后来还是她打破了这难挨的沉默：

"我的肚子好空，今晚陪你吃饭。"她马上又作了更正，"不，是你陪我吃饭。"

我能想象到她的无奈，痛苦。我答应和她一同吃饭。

她坐着的地方开始落下了水滴。我说："换身衣服吧！"

她又摇摇头："不用了，吃了饭我还得去山口。"

"这么晚了！"我的心里像灌了铅一样沉重。

"我心里慌得要着火了，老觉得兵兵随时会出现在那里。"

说着，她望了望窗外，黑沉沉的夜色无边无际。

"这么大的雪，昆仑山早断了来往的汽车，不知兵兵今晚会在哪里过夜！"她自言自语地说，眼睛一直盯着窗外。

这时，一股风雪扑打着窗子，零零星星的雪粒旋进了屋里。

这雪何时能停？

六点半钟吃晚饭。西部的时辰虽然比内地要晚个把小时，但是昆仑山深沟里的天还是黑得很早，这时如漆的夜色已经结结实实地笼罩了大地。我们坐在食堂里有一种钻进地下山洞里的感觉，外面雪花落在地上的沙沙声仍然听得见。

宋姗闷着头吃饭，一碗米饭很快就下了肚。她确实饿极了，给人感觉雪山如果是一个大面包，此刻她也能一口吞掉它。

我呢，食欲全无，米饭嚼在嘴里没一点味道。我不知道跟她说些什么才好。

一顿饭吃了不足十分钟。

吃完饭，我正要抽身往外走，被宋姗一下叫住了。

“我请你看一幅画。”

她摸着衣兜，我纳闷，还以为那画带在她身上。原来她掏出了一串钥匙，走到对面的会议室门前，拧开了门。一进屋我就看见屋内墙上贴着一幅画。

画面简洁、明快。背景，远处的雪峰。雪线以下是一层沙漠。

雪山冷清而孤寂，漠原荒凉而酷热。画面这种强烈的反差分明是在呼唤着一种什么。于是，出现在沙漠与雪线衔接处的那个苦瓜就有了寓意极深的意境。苦瓜画得很大，几乎占了画面的一半。我退后两步，拉开一段距离，欣赏这幅画。

“不管雪峰也好，沙漠也罢，都把这绿莹莹的苦瓜衬托成了生命的写意。”这是我最直接的观感。

宋姗似乎没有听见我的话，她的表情始终很沉静。这使我有一个感觉，她要给我讲什么事情了。

我等待着。

后来，我们一同回到了她的住处。她没倒茶水，我也没点烟，气氛无端地被营造得很紧张。

“想听故事吗？”她一开口情绪就坠入了对往事的回忆中。

我点点头。

“那是一个很特殊的过路人……”她就这样开始了她经历的那件事……

那天，他是突然出现在不冻泉兵站的。事先没有打招呼。他从越野吉普车上一下来，就提出去参观不冻泉。

“来到不冻泉，不看不冻泉，等于没到不冻泉。”

跟在他身后的人说首长这话说得极富哲理。他笑笑，摇摇头，说，大白话。之后，他们说说笑笑地簇拥着朝兵站后面的不冻泉走去。

这时，兵站站长已经看出他是一位过路的首长，便把手头的工作放下，陪他参观去了。过去也有过类似的情况，一些过路的首长不愿给兵站添麻烦，下车后直奔食堂碰见什么饭就随便吃一顿走了。站上一旦发现这种情况后，就会紧着忙乎一阵子，冷落首长总是不好的。

不冻泉，千年故事今流传。

当年，文成公主进藏路上，思念古都长安，一路叹息，一路流泪。一日，公主投宿昆仑山，午夜她听到山野不断传来的寒风呼啸声，思乡之情更浓更烈，彻夜未眠，哭泣不止。次日清晨，人们便发现在山口出现了一泓清凌凌的泉水，水清见底，热气缭绕。这就是后来被人们称作的由公主的眼泪汇成的不冻泉。

首长与随行人员步行来到了泉边。可是，泉在哪儿？他们万万没有想到，出现在面前的是荒漠里的一片乱水滩，根本无泉可言。站长上前指着水滩中间一处咕咕咕向上冒着水花的地方说：“首长，这儿就是不冻泉！”

“不冻泉？这就是那个美丽的传说中的不冻泉？”

他对站长说：“连个标志都没有，谁知道是到了不冻泉！再说，也该把这个乱水滩修整修整了。”

站长点头说：“是，我们设法搞个牌子，写上‘不冻泉’三个字。”

参观完不冻泉回到兵站。平心而论，首长今天并不尽兴，没想到不冻泉就是一片水泽地。

眼下，他觉得有些饿，早晨从纳赤台兵站出发时只喝了一碗稀粥，当时高山反应使他头痛得吃不下饭。现在七八个小时过去了，肚子早饿得撑持不住了。

他转身问站长：“每天开门七件事，吃饭是头一桩。怎么样，我们今天就在你这儿吃午饭，欢迎吗？”

站长赶紧说：“首长，食堂早就在做准备了，你稍歇一下，马上开饭。”

首长放开洪亮的嗓门爽朗一笑：“咱可是吃便饭，你千万别让我犯错误。”

这当儿，秘书扯着衣角把站长拽到外屋，悄声说：“首长吃饭不离苦瓜炒肉，不知你这里的烹调技术怎样？”

站长一听愣住了。

秘书马上小声说：“苦瓜，我们带着呢，你不用犯愁。”他又作了进一步的解释，“是那天我们在敦煌买的，挺新鲜。”

高原兵站的炊事员最头疼的是做“无米之炊”。常常是早晨粉丝炒土豆，中午是土豆炒粉丝，晚上是粉丝土豆一起炒。高原缺乏青菜，土豆粉丝挂帅嘛。现在有了嫩鲜鲜的苦瓜，站长心里的石头落了地。

秘书说：“苦瓜炒得好不好，关键是看出锅后能不能保持清脆鲜嫩。告诉炊事员，一定不能放野火猛炒。”

站长接过苦瓜，进了炊事班。

开饭的时间比原定计划推迟了半小时。难为炊事员，他是第一次炒苦瓜，连炒两次才勉强过关。

问题出在开饭过程中。

站长确实没有丝毫与首长过不去的任何念头，天地良心，确实没有，但是由于心地太善，老实，造成了使首长难堪的局面。

那天，首长一再用筷头戳着盛苦瓜的碟子说："别客气，吃！吃！你们常年在雪线上工作，难得见到青菜。"站长嘴里应承着，就是不把筷子伸过去。首长见状，便夹了一筷子苦瓜，放在站长碗里，站长还是没吃。首长不悦了："怎么啦，这苦瓜太苦？"按说话说到了这个份儿上，站长的筷头无论如何该伸向苦瓜了，可是，没有……

首长告别不冻泉兵站时，站长去送行。首长竟一句话也没说就走了。

……

讲到这里，宋姗久不言声，沉思着。

我说："你讲了一个你自己的故事。"

她惊奇地望着我："你听出来了？"

"那当然。凭感觉。"

"你说我傻不傻？"

"此话怎讲？"

"我没吃首长的一口苦瓜。"

"是呀，那到底是为什么？依我的推断，首长是诚心实意让你尝尝鲜的。"

没想，我这么一问，竟刺激起了宋姗压抑在心中的感情，她说："这苦瓜我能吃吗？我当站长都一年多了，我们不冻泉兵站的餐桌上没有给指战员们放上过一次肉炒苦瓜或别的稍新鲜一点的菜，你当我这个站长太吝啬不愿意让大家吃好吗？不！是因为没有苦瓜呀！兵站一年中总有几次派车去人到兰州、西宁买菜，千里迢迢好不容易拉来一些青菜，可运到雪山至少有一半烂掉了。在蔬菜淡季，有的战士得病来到站上，想喝一碗青菜鸡蛋汤，我们都拿不出来。你说说，我能心安理得地吃一筷子苦瓜吗？”

宋姗的眼里饱含着泪水。

我理解她。那盘苦瓜，一定触动了她的隐痛。她的感情很脆弱。她说过，她对不起那些在不冻泉兵站吃不上青菜的战士们。

我知道，有关苦瓜的故事她没有给我讲完。

果然，宋姗说了话。

“这画是首长离开高原一个月后，托人捎来的。同时还捎来了两句话：告诉女站长，这幅画不是专门送给她的。让她把画挂在会议室里，叫全站的同志看，也叫过往兵站人员看。就这样，这幅画成了我们不冻泉兵站的一处风景。”

“你是怎么领会首长的良苦用心？”

“不知道。我只是遵照送画人的意见把它挂起来，让该看的人都能看到它。世界之大，无奇不有。各人会有各人的理解，不必强求一致。”

“现在，我就想听听你的理解。”我再问。

“我想，光看是看不来苦瓜的。为了避免画瓜充饥之嫌，我铁了心要在雪线上培育出耐寒的苦瓜，让我们这些昆仑山的士兵们不但能看见画上的苦瓜，还要吃上实实在在的苦瓜。当然，我知道这个日子肯定很遥远，但是，只要我们的脚尖朝着它，再遥远的风景也会变成眼前的花朵。”她十分自信地说。

接着，宋姗又给我透露了一个信息：从去年夏天开始，她已经在塑料大棚里种植蔬菜了，而种出苦瓜是她最强烈的愿望。

她抬腕看看表，说："我该去山口了。"

我心里老是慌慌乱乱的不踏实。我只能在心里祈祷她一路平安。

随后，我送她出门，下楼。

太阳已经滑进雪峰那边去了，天开始黑了。

山呀，今夜谁和你在一起？

九

当晚，我怎么也睡不踏实，烦躁情绪的折磨比高山反应的袭击还难受。不过，肯定不是苦瓜的故事在搅扰我，从宋姗走出会议室的那一刻起，苦瓜就不在我的脑海里占位置了；我的心跟着宋姗留在雪地上的脚印走了……

次日凌晨，我被一阵隐隐约约的哭泣声惊醒。我忙撑起身子倾听，哭声好像从遥远的地方传来，时断时续，时高时低。

这时天还没有大亮，这么早谁哭得如此伤心！

我的心头罩上了一层阴影。

哭声渐大，似乎就在兵站的院子里。不知为什么，我马上想到了宋姗，便赶紧穿衣，下床。

有人敲门。

我一抽门闩，小曹就扑了进来。他的眼里饱噙泪水，一脸哀伤。

"出了什么事？"我问。我知道我的表情一定很失态。

小曹只是哭，一语不吐。

我急了，仿佛已经知道是什么事了，冲着他喊："你是泥捏的，怎么不说话？"

他的眼泪淌成了线，结结巴巴语不成句地告诉我，兵兵出事了。

他从西宁出发时身体就不舒服，有点发烧，很少吃东西。越往上走，情况越严重。昨晚走到小南川时，病情突然加重，是高山肺水肿，当时就死了……

我喝住了他："你给我住嘴！"

小曹哭得更伤心了。

我一口气冲跑到院里。这时天刚麻麻亮，建筑物的轮廓已经从夜幕上映了出来，院里堆放的东西也看得见了。宋姗抱着儿子的尸体呆坐在雪地上，她没有哭。兵兵的遗体用妈妈的大衣裹着。站上的同志们远远地站着，个个低着头，谁也不说话。

我走到宋姗跟前，却不知道该说些什么。

她抬头望望我，又低头看看孩子，终于没有控制住感情，放声号哭起来。

没有人劝她。

我对她说："外面太冷，把孩子抱到屋里去吧！"

她哭声未止，但是抱着孩子走向二号楼。小曹和另一个战士忙上来扶着她。她踉踉跄跄地走着，像个老妇人似的步履艰难。

兵兵躺在了妈妈的床上。

原先站在院子里的战士们这时呼啦一下全拥进了二号楼。仍然无人说话。

算起来，兵兵离开老家到今天已经是第八天了。八天来，他饮风咽雪，饱受苦寒。此刻，他躺在妈妈的床上肯定是最舒坦了。是的，在妈妈身边，又是在妈妈的床上，这个世界多好！

只是，他再也不能睁开眼睛看见他想念的妈妈了，尽管妈妈的泪眼一直望着他。

宋姗似乎刚从梦里清醒过来，又仿佛才进入了梦中，她开始忙起来了。她先找出自己的一件棉军衣，说，兵儿一路上受寒，身上穿得太薄，这会儿到家了要多给他盖件衣服，叫他暖暖和和地睡一觉；之后，她又说，这些天来，兵儿总是在雪地里赶路，鞋袜全湿透了，得给他换换鞋袜；末了，她拿出一个全新的软皮书包，说，兵儿从七岁刚上学时就嚷嚷着要书包，人家小朋友都有漂亮的书包，只有他用姥姥做的布兜当书包。我这个做妈的，一直没时间给兵儿办这件事，这不，前些日子才托人从北京买回了这个书包。兵儿，你醒醒，妈妈给你送书包来了！你醒醒啊，这个书包是妈妈从北京给你买的，你一定会喜欢它的……

突然，宋姗转过身来，手里拿着那个书包，伸在大家面前，你们大家说说，我这当妈妈的怎么就糊涂了这么多年，兵儿向我要个书包，就这么点事，我怎么就没能满足他！忙，是忙，兵站一年四季过往部队不断，我哪天也是从两眼一睁忙到熄灯。可是，抽点时间，托个人去办办不也就行了吗！我为什么就不能满足兵儿的这一点要求呢！兵儿啊，是妈不对。今天，妈给你送书包来了，你为什么不吭一声呢？你是对妈有意见了吧！兵儿，你能不能原谅我一次，睁开眼睛来，你睁开眼睛吧！

宋姗惹得屋里的同志们泪流满面。但是，没有一个人去劝阻她，大家都默不作声地站着，任她说，由她做。有的战士感情上实在承受不了这种打击，便跑到屋外抱头放声痛哭！

忽然，宋姗从床上抱起了兵兵。她不说话，只是紧紧地把兵兵往自己怀里抱着，拥着，好像有什么人要从她手里夺走兵兵似的。

同志们的视线都落到了兵兵身上。

少许，小曹接过兵兵抱着。他也不讲话，只是静静地抱着，怕吵醒了睡熟的孩子一样。

又过了一会儿，王喜娃从小曹手里接过兵兵抱着。他同样不说一句话，脸挂着两行泪。他一定想起了自己对宋姗许的那个愿，他要教兵兵学习，可是，现在他永远无法兑现自己的承诺了。

接下来抱孩子的是炊事班的小陈。

再下来是警卫班战士小李。

再接下来是副站长张海望……

我发现楼道里排起了长长的队伍，大家都在等着抱兵兵。我也悄悄地站在了队尾……

“兵兵，你睁开眼睛，拿着这个书包上路吧！妈妈说什么也不能让你背着那个布兜兜走，不能啊！”

屋里，宋姗撕心裂肺似的声音揪着大家的心。

十

兵兵的遗体在宋姗的屋里停放了七天。不管白天或黑夜，都由宋姗和叔叔们轮流抱着。躺在亲人们的怀里这是兵兵短短一生中的最后享受了，每个人都巴不得多抱他一会儿，再多抱他一会儿。他在生命的最后时刻，也没能见上日夜思念的妈妈，叔叔们要多给他一点体温，使他在这个多雪的季节与妈妈告别时，脸上能多添一丝安慰的微笑。雪山是宋姗选择的家，也是兵兵最后的归宿。

大雪下了整整七天。

太阳照了整整七天。

这是青藏高原对兵兵的特殊馈赠：太阳雪。

第八天，天气放晴，红日跃出，清晰而宁静的雪山泛着一片赤金。微风轻吹，偶尔有雪片带起，把天地点缀得斑斑点点，使人觉得那停了的雪又漫天遍野地下了起来。

第八天，宋姗第一次出现在大家面前。她在兵站的几间屋子里走出走进地给大家做工作，劝大家把头抬起来，不要太悲伤。她走到那个抱着兵兵遗体的战士跟前，说：

“把兵兵埋了吧，乘着今天这个阳光灿烂的好天气，我们送孩子远行……”

她的眼圈又湿了，说不下去了。

昨天，她已经在兵站西侧那座山的向阳坡上给兵兵选好了坟地。她指着那个山坡对同志们说：

“那里是我家的祖坟地。三十四年前，我的父亲，一个汽车兵，在青藏公路上走完了他一生的里程，倒在了不冻泉兵站的车场上。随队执勤的战友们把他匆匆忙忙地掩埋在山坡上后，驾车继续西行去完成任务。今天，我把兵兵埋在这里，让他天天伴着姥爷，我也能天天看着他。”

宋姗已经泣不成声了。

听她讲话的人大概除了我，其他人一个个又惊又悲，他们不知道站长父亲的坟到底是怎么回事。从来没听人说过呀，她的父亲怎么会埋在不冻泉？

这事我知道。

昨天晚上，我送宋姗去山口的路上，她忽然对我说，这几天等兵兵没有等来，不知为什么我总想起我的父亲，我要给你讲讲我父亲的故事。我父亲的坟，就在这座山头上。

我是无论如何没有想到宋姗在高原的根伸得这么深。只有这时，我感到我才真正地走进了这位女军官的心里，看到了她瘦小的胸腔里那个博大的灵魂——

60 年代初的那个下午，天空一定是阴沉沉的，雪山显得很凝重。零零散散的雪花没有规则地飞飘着。汽车司机实在讨厌这种天气，视线不清，容易发生事故。

此时，班长宋刚驾驶着汽车向边疆某地奔驰，正行进在昆仑山中。高山反应一次次地折磨他，只一眨眼工夫，他的头就剧烈地疼起来。高原生活的经验告诉他，在高山反应逞狂的时候，千万别软下来，如果那样高山反应很快就会把你撂倒，叫你再也起不来。再说，他还有这一车限时要送到边防去的战备物资，不能停车呀！他咬着牙坚持开车，离不冻泉兵站只有 20 公里了，车一到站就好办了。不断加剧的头疼迫使他不得不让助手用背包带把他的头牢牢地捆绑起来。这是老高原传授下来的整治高山病的"秘方"，有没有疗效、有多少疗效，这都是没底的事，反正一代一代的高原汽车兵都是这么干的。这时助手拿着背包带在宋刚的头上绕了三圈后，停住了，说："班长，别这样折磨自己了，我看着太难受。"宋刚两眼一瞪："我告诉你我难受了？"他马上感觉出这样的问话是自欺欺人，便换了口气，说："正因为难受，我才让你给我治病嘛！"助手含着眼泪又把背包带在他的头上扎了三圈。他的脑袋已经完全失去了原有的模样，像负了重伤以后经过医生密密匝匝包扎过的那种情形。

在通过昆仑山中一个胳膊肘弯子时，方向盘在宋刚手中飘飘忽忽地直画龙，多亏助手不断帮他扶方向，总算过了这道险关。

他的头疼得已经无法再坚持开车了，整个脑袋好像在一瞬间就会发生爆炸，两个眼珠憋得都要蹦出来了。他不得不停下车，顺手拿出一把钳子在额角处按拧了一下，疼痛有所减缓。然后，他把钳子递给助手，说："就用它，照着我刚才的样子，每隔一两分钟按拧一次我的额角。"助手不从，宋刚来了火气："你以为我心里好受吗？咱是为了把这车物资按时送到边防，也是为了证实你和我都不是熊包！"助手不言声了，接过了手钳……

20 公里路走了三个小时。当这辆汽车停在不冻泉兵站时，同志们围上去一看，宋刚趴在方向盘上已经永远地闭上了双眼……

半年后，宋刚的妻子生下了个女孩，起名叫宋姗。女儿刚满月母亲就另嫁了汉子。

宋姗没见过奶奶，奶奶早就过世了。她是在爷爷的怀抱里长大的。她15岁那年,爷爷临终前,手里攥着一个信皮,把孙女叫到跟前,断断续续地说了以下的话：

“孩子，以后家这儿没有你的亲人了，你也没家了。这信皮上有你爸爸部队的地址，爸爸的部队就是你的家，那儿有你的亲人……”

爷爷的话没说完，他眼里那盏灯就灭了。

宋姗从爷爷紧攥的手里取出了那信皮，爷爷把儿子的信攥了十五年，他不识字，他知道自己离开人世以后，这信皮会把孙女引到一个温暖的世界去。

就这样，宋姗手里捏着那个被爷爷的体温暖得热乎乎的信皮，找到了高原，找到了爸爸的坟地，穿上了军装……

在我了解到宋姗如此奇特而坎坷的身世后，一下子觉得整个世界都脱胎换骨似的变得使我无法辨认了。也许每个人的灵魂深处都有一个很小而又很大的封闭了的世界，这个世界只属于每个人自己所有。我可以断言,不少人的这个世界是一片荒芜着的空地。今天，当我无意间走进宋姗的这个世界里时，发现她多少年来在这里精心地种植起了挡沙的绿墙，修建起了防洪的堤坝。这里是她温馨的家园。

宋姗在给我讲了她的身世以后，再三地说了这样一句话：当初我执意留在不冻泉绝对不是因为这里有爸爸的坟。

我相信。

她讲这话时，还没有预料后来出现的一连串的事情……

全站的同志送兵兵去最后的家园。

他由妈妈抱着，战士们每人手里拿一朵小白花跟在其后。

没有一个人哭，只是那沉重而缓慢的脚步把整个昆仑山都踏得微微颤抖。

青青的天上挤着那么多即将落雪的云！

十一

我离开不冻泉兵站，奔赴拉萨。

宋姗送了我二三里地，她始终不说一句话，我不敢抬头看她。她手里拿着给兵兵买的那个新书包。据我所知，她把兵兵所带的全部学习用具以及衣物都让远行的兵兵带走了，包括他们一家三口的那张合影。唯有这个书包留在了她身边。我几次劝她留步，她都摇摇头，照样朝前走着。走到昆仑山口插着指路木牌的地方，她才止住了步，招招手，算是与我告别。

等我从拉萨回到京城的一个月以后。一日，我收到了宋姗寄来的一个包裹和信，包裹里是那个书包。她在信上说，上级已经决定她转业了，转业的原因她只字未提。我想，走与留，这本是部队的正常现象，没什么可说的。她信上写道，她不打算回中原老家，就在高原找个接收单位，落户。因为父亲和兵兵都在高原，她不忍心离开他们。她要一直在高原干下去，死在不冻泉，埋在昆仑山。信上还提到了苦瓜的事，她说，使她觉得内疚和遗憾的是，没有在不冻泉把苦瓜培育成功。不过，那幅画还在会议室挂着，她相信接任她工作的新站长会完成这个任务的。在信的最后，她才提到了那个书包，她写道：

你是个作家，走南闯北，没有不去的地方。如果有一天你有机会路过中原我的老家，请你打听到我爷爷宋新元的墓地，将这书包埋在那里。爷爷对我的养育之恩我永生永世铭记于心。他走得太早，不知道他还有一个小重孙兵兵，更不会知道兵兵这么小就走了。兵兵的坟墓在昆仑山，无法靠近爷爷，就让这个书包陪着老人吧！对啦，爷爷没见过兵兵，还不认识孙孙，书包里有兵兵的一张照片，他一看就知道了。有小兵兵在身边，爷爷就不会寂寞了。你找到我爷爷的坟以后，一定要站在坟头，替我叫三声爷爷。一定！一定!!

我拿着信，沉重的心久久无法平静，泪水不由自主地涌出眼眶。我为什么突然变得这么脆弱呢?

当天夜里，我在灯下摊开信纸，想给宋姗回信，竟然写不出一个字来……

开满鲜花的坟墓

我任何时候都相信这一点的：大概在每个人的心底都保留着一块永远属于自己的感情世界，一直到他从地球上消失那刻为止，都不允许第二个人闯进来。当然，有个情况例外：他死后人类进入了高科技时代，后人采取特殊手段对他的灵魂进行化验打开这个秘密领地。

山垭卧着半个月亮。

我的朋友蔡（恕我不公开他的名字）最终败在一个女人的手下，让她摘去了他的心灵秘密。也许事情不该这么简单，但是，那个女人的攻势实在咄咄逼人，使蔡禁不住一点一滴地袒露了自己的那段埋藏很深的感情心迹。

那天，蔡找到我带着几分伤感、几分坦然的口气说，我真的服她了，把什么都告诉了她！她这一手比你厉害。

他败下阵，也就等于我输了。一度，朋友间风传着蔡年轻时在西藏当汽车兵有过浪漫故事。为此我曾经几次试探过他，想写点什么，他都守口如瓶，一字不吐。现在，一个女人攻下了令我望而生畏的“山头”，我自然很高兴，城堡攻开了，我能看到些什么呢？

便问蔡：

“那女人从哪里来，她那么轻而易举地就冲垮了你的防线？”

“说轻而易举倒不见得，反正她比你强。”

“说得具体点！”

“女人最能琢磨男人的心。”

……

下面记载的文字便是蔡给我复述的他与那个女人交谈的内容。三年前，他退休后有暇可以到各地去观光旅游了，他首先选择了西藏的冈底斯山，而且，从此年年上一回山。因为那里有他丢失了的，却又是埋在心底的、永生也无法忘掉的恋情，那是一枚沉甸甸的等待镰刀的麦穗。

故事就发生在他重返高原的时候……

那夜我投宿冈底斯山兵站遇到的那位女性，肯定是我这几十年的人生中所见过的女人中最能启发我思路让我激动的一个。在她巧妙而坦率的不断追问下，才使包括卓玛在内的许多早已离我而去到遥远的世界安息的高原兄弟姐妹，突然之间带着昔日的笑容又活在了我面前。梦和阳光一道醒来，触摸我鬓角的霜斑。留在我记忆里那个已经冻僵了的多雪的冬天变成春水得以复活。这个女孩子——在我面前她确实是个孩子——是主动要求到喜马拉雅山下牧区去干一番事业的首都大学生。很可能是出于对即将要去的雪域高原的强烈诱惑或者更确切地说是忐忑恐慌的心情，她才到处打听谁是可以让她心里踏踏实实地闯进陌生地域的“西藏通”。我至今也没有弄明白，她是怎么得知我是个驾车在高原上闯荡了多年的老兵后，便跟踪而来。当时，我正在兵站大门外的荒野上毫无目的地散步，我相信我是一副心事重重的样子，要不她不可能走过来就这样直截了当地问我：

“老首长，我可以给你搭个伴儿，一路同行吗？”

我望了她一眼，没有回答她的话。首长？我这大半辈子都没挨过“长”字的边。再说陌路人，又是个女人，谁了解她！

她继续对我进行攻心（请注意我用了这个词儿）：“老首长，如果我没猜错的话，你大概很孤独，这冈底斯山里一定会有什么东西牵着你的心！”

这回我多望了她几眼。

她接着说：“你可以不理我，但是你无法反驳我的话。”

这种能把人心看穿的人你不能不搭理她。她的话像一股冷风掠过，然而感觉是暖的。我说：“如果你是真心愿意跟我谈点什么事情的话，咱们回兵站去，这儿毕竟不方便。”

她很爽快地答应了。这时夜幕从山顶徐徐滑下，冬天天黑得早。

我们走进了兵站我住的那间平房。

在明亮的灯光下，我才看清我遇到的这个仿佛从天而降的女性长得出乎我意料的漂亮。圆圆的脸略带点椭圆形恰到好处，稍稍高于一般女性的鼻子把那双大眼睛衬托得十分妥当，一头短发使她耳郭周围那片月牙似的白净皮肤露得很显眼，又净又嫩，真的，她很漂亮。

相比之下，我穿的那件从格尔木汽车团借来的极不合身且很旧的军大衣，显得太寒酸了。天气很冷，为了掩饰自己的惶恐，我顺手拿起捅火铁棍，插进了炉中。没想她抢过铁棍，说：“我会。空心炉子实心菜。”

炉口扑出了蓝色丝绢样的火苗。我俩面对面地坐着。

醒夜。

山里很静，屋外公路上偶尔响起的夜行车的车笛声显得悠远而沉寂。

我们各自通报了姓名，她连年龄、爱好及家庭成员都讲出来了:23岁，烟酒不沾，但是很喜欢喝酒的男人。她的爱人与她同岁，一次喝一斤酒脸都不带红的。我暗自笑了，这人真有意思，人家谁问你这些来着?

“你从北京出发时就带着这件大衣吗？”我俩坐定后，这是她问我的第一句话。

我想很可能她是怜悯我的寒酸吧，便忙用手遮住了大衣上烟头烧下的几个破洞。谁知，她大笑起来，说:“我的话绝不是针对你的，而是怀疑像我这身着装走进西藏会让藏族人避而远之的。”

她穿着绛红色呢大衣，银灰色水獭博士帽里周周正正压着梳理得平展展的短发，还有一双十分讲究且非常合脚的长筒黑皮靴。我笑着对她说：“西藏也像内地一样，漂亮女人是很招人喜爱的。你的担心纯属多余，如今的西藏老百姓穿戴也很现代化。”她一笑纠正说：“应该叫大众化。这样，我这个普通女人就很容易融入她们之中了。”说毕，她特地跺了跺脚。我想，那是有意让我留意她那双很时髦的鞋子。

有了这个很自然的、毫无拘束的开场白，我们下面的对话就宽松自由多了。

她并没有接着我在兵站大门外散步时那个我没有回答她提问的话题问下去，而是另辟蹊径。鬼心眼？她是在打迂回战。

她问我：“据说你是个老高原，你有多‘老’？”

“不敢称老，只不过翻越了上百次唐古拉山和冈底斯山罢了！”

她吐了吐舌头，又问：“你肯定是每次都坐汽车过山了？”

我猜想，她这样提出问题多半是出于这样的考虑：上百次过两座世界屋脊上的大山自然是了不起了，可是如果能像登山队员那样步行过山，那才是硬碰硬的英雄。

我回答她："不管你坐汽车还是步行过山，高山反应都不会饶过你。"

"如果高山反应都像家常便饭一样，我相信大家都会有滋有味地把它咽下去。"

"很多高原人正由于在高原待的时间长了，才落下一身永远也治不好的病。这就是高山反应对他们的馈赠。"

她开始把谈话的焦点凝聚到冈底斯山上了，嘴里反复咀嚼着这个山名。"冈底斯山，它是藏语吧，什么意思？"

我说，冈底斯山在藏语里是"众水之源"或"众山之根"的意思。它是西藏南、北部的分界线，也是西藏外流河与内流河的分水岭。

山与水总是相依。一夜小雪却可以把山隔断。

她终于把话题回到了她感兴趣的问题上："冈底斯山或者说西藏到底有什么牵动着你的心，值得你上百次翻越那些让许多人提起来心惊肉跳的山？"

这是个三言两语难以回答清楚的问题，我只得答非所问地对她说："年轻时开着车翻山越岭，那是战士的责任。近些年这把年纪还接二连三地重返西藏，是游览观光。"

"我觉得你在绕弯子，军人的性格应该是一针见血。"

她的"诱导"似乎在起作用。但我只能这样告诉她："虽然我在冈底斯山走了那么多次，但是，每一回走到它身边我仍然觉得仿佛到了一个很新鲜的世界。"

"新鲜这两个字你用得很新鲜，有味道！"

我竟然随口吐出了两句诗："人生有情生命短，时间无情花有情。"

"是你所作吗？"

"就算是抄来的吧，那也是我的真情。"

她的聪慧和灵敏是十分惊人的，马上从我的两句诗里提炼出"人"与"花"两个字，说："牵动你感情世界的是冈底斯山的花，当然，花是以人为本的。"

我很坦诚地告诉她，年轻的时候，我根本不懂得鲜花在人们生活里应该占有的重要位置，如果有人把花束放在我鼻尖下我也许会烦得把它拨开。现在活到了这个岁数，我才逐渐明白了我们的生活不仅需要平静，更需要鲜花！

她说："你不但会生活，还是个哲学家。"随之又提出疑问："可是，你在秃山秃岭的冈底斯山谈花，使我感到十分渺茫。这儿有花吗？"

我立即给她说出了我在冈底斯山看到的那一串串花的名字：

君子兰、金吊钟、美人娇、万年青、吊兰、令箭、对红等等。我还告诉她，这些花都种在盆里，可以移动。

"现在，我能理解你说的'花有情'这话的含意了，在这个本该不长花的地方，它给人的情更厚重。你是哪一年哪一月看到这么多花？"

我说："五年前，不过那时候只有一盆花，对红，还是我从西宁带上山的。那是冈底斯山兵站出现的第一盆花。后来，我就一年比一年看到了更多的花。"

她长长地出了口气，给人的感觉我说的那些花都是从她口里吐出来的。她说："我觉得现在我应该校正一下我一个偏执的认识了，在冈底斯山养花并不像我原先想象的那么艰难。"

我对她的纠正必须马上跟上："你错了！我可以给你打这么个比方，战士们在这里每养活一棵花比在内地经营五亩耕地所耗去的心血和体力还多。这不是我随心所欲地给你打比方，而是战士们细细地、认真地计算出来的科学数据。"

她插话："我想起来了，这儿被人称作'生命禁区'。战士们种花的历史永生永世地刻在冈底斯山上。"

我继续讲下去。花种是战士们从数千里外的西宁、兰州买来的，有的还是从内地战士们的家乡邮来的。当然，这些都是我带上那盆花到了山上以后的事。后来，我还从北京给兵站寄过一次花种子。十分可惜的是，我带上山的那盆花只在当年夏天在冈底斯山闪烁了一下，就像流星一样消失了。这里的盐碱地根本不能种花，要对土壤进行改良，兵们走出几十公里、上百公里去捡牛粪，掺进土里，改变土壤的结构成分。不少战士把自己掏腰包买来养身体的维生素片埋进土里作肥料。花苗好不容易出世了，需要日晒，可是这山里日照很短，经常是不到烧开一壶水的工夫，太阳就从头顶的山峡上走过去了。兵们便随着冈底斯山"一日四季"的气候变化，每天跟着太阳的转移不知要挪动多少次花盆。经常不变的规律是：清早花盆摆在西墙下，下午花盆搬到东墙角。

她惊叹："维生素片可以养花，我还是第一次听说。"

我接着说下去："花苗出来后，要保证活下来才是最难的了。一般情况下，十棵花能活两三棵就该给老天爷烧香叩头了。"

她沉思片刻，然后带着几分惋惜说："我今天刚来到冈底斯山，还没有来得及看战士们养的花，也不知道这些花在何处。但是，我能想象得出，在开花的季节那情景一定非常壮观。对啦，在你刚才给我讲种花的过程中，我已经听到花开的声音。真的，你语言的表达功底给我把花开的声音都描述出来了。"

我说："其实，冈底斯山的花开放时的壮丽情景，要比你想象的、包括我讲的诱人十倍、甚至更多。"

哇！

我描绘起了花景：每天太阳旋上头顶，阳光最红的时候，兵们便从砌有火墙的屋里把花盆端起来，摆放在兵站旁边的一个不大的山包上。花簇是围绕着山巅整整齐齐摆放的，远远看去好像那山包戴着一顶鲜花编织而成的帽子。自古千年，冈底斯山没见过一朵花，现在冷不丁地出现这么一片色彩斑斓的花山，当然很抓痒人心了。好像一群穿着节日盛装的藏族姑娘闯进了冈底斯山，来到战士们中间。如果你站得稍远一点看，那花山就像吊在空中的一个很大的花篮……

她打断了我的话："我听出来了，有两个问题请你给我详细谈谈。"

"哪两个问题？"

"第一，我觉得那个戴着鲜花帽的山包似乎很神秘，你有没有勇气打开让它见见阳光？"

"它每天都接受阳光的爱抚。"

"不，我是要你讲讲藏族姑娘的故事，这就是第二个问题。因为你已经提到藏族姑娘，而且是穿着节日盛装的藏族姑娘。"

这个女人的细心和判断力令我折服。看上去她并不是十分在意你的叙说，其实她很敏锐地就捕捉到了她需要的东西。是的，她终于提到了我一直回避着的藏族姑娘，我真不知怎么回答她……

她催促我："快讲下去呀，曙光就在前面。"

我说："你别着急，我不把冈底斯山的花讲明白，那藏族姑娘是永远也出不来的。"

那好吧，你就讲花的故事！

这些年，不少过山的人包括一些将军，看到冈底斯山兵站的花都想讨上一盆，带回内地。他们诚恳地对战士们说，我们把西藏的鲜花带到内地，就会有一种无形的感情力量伴随在身边。可是，没有一个战士舍得把花送给他们。一次，一位从首都来的女演员给兵站的官兵唱了几支歌儿后，非要带一盆花下山不可，她几乎要给战士下跪了，但还是没有得到花。

“如果那个女演员真的要给战士跪下呢，战士们会满足她吗？”

我回答：“没有如果。反正战士们没有让她把花带走。但是战士们给她讲了与花相关的一个故事，她满足了。”

“故事？我也想听听！”她那期待的目光整个闪烁在长长的睫毛上。

我便给她讲了下面这个故事。

山坡上一位牧人吆喝着牦牛群，他要把流浪的日子背回来……

事情发生得太久远了，无法记起具体的日期，总之是50年代末的某一天，冈底斯山中突然出现了一个十姐妹道班。清一色的藏族姑娘，都20岁上下。为了养护青藏公路，她们从西藏各地聚拢到这个道班，每日手执铁耙，像梳理自己心爱的发辫一样养护着公路。那些进出西藏的汽车在她们用汗水冲洗得光溜溜平坦坦的山中公路上畅通无阻地奔跑着。很快，十姐妹道班便成了青藏公路的中心，它对跑车的司机有一种难以抗拒的诱惑。我当时是一个驾驶军车的司机，亲眼看到这些男子汉们在十姐妹面前那种狂喜而又驯服的憨态。当然包括自己在内。

女大学生听到这里，从兜里摸出一块水果糖填到嘴里咀嚼起来。我能感觉出来，她是在咂摸我讲的故事。她说：

“男人和女人打交道，最难忘的是初次见面。你能不能给我描绘描绘你和你的同志们是在什么情况下突然见到十姐妹的？”

我觉得她这“突然”二字用得很狡猾，但得当。我笑了：“你当过记者吧？”

她回答：“不，因为我是个女人。”

我不能不回答她提出的这个问题了，那个时刻是我终生都不会忘记的，因为从那一刻起冈底斯山放射出了万丈光芒——

我记得那是一天晚上，大约九点钟。我们一伙在雪山上抛锚、被饥饿袭击得蔫头耷脑的汽车兵，被几台大卡车死拉活拽地弄到了一个道班里。别人的情况我当时无法知道，反正我是被高山反应加上过度的疲劳折腾得几乎不省人事了。不知过了多久，我经过休息身上缓过了劲，睁开眼来，只见一个年轻的藏族姑娘坐在身边，正用热乎乎的毛巾擦着我脸上的汗。我有些心慌意乱，忙用双肘撑起身子准备坐起，她用双手按住我胸部，说："别动，静静地躺着，你需要休息。"

我问："我这是到了什么地方？"

她笑答："你的家！"

她笑时，我看到她的牙齿特别白，眉梢翘得特别好看，两个酒窝从嘴角飞到了脸蛋上。

我就是这样认识了十姐妹中的卓玛，而后认识了其他九位姐妹。在十姐妹中卓玛最小，18岁……

讲到这儿，我停下了。屋里很静。

女大学生显然不满足，问我："就这么简单吗？"

我说："是的，就是这么简单。世上所有复杂的事情都可以人为地使它简单化。"

"有些事情就是再复杂也不能把它简单化。我觉得你在为自己隐瞒了实情找借口。"她的口气十分肯定。

"隐瞒？"我的问话里带着明显的吃惊。

"对，如果你不隐瞒，我想就不会有后面的故事，你带着一盆花在四十年后重返冈底斯山，也就不会有一座鲜花覆盖的山包出现在那里。同志，你就往下讲吧，当然是讲你和卓玛的故事了。”她在引导我，她好像已经知道了不少事情。是的，我和卓玛的故事！其实我一点也不想隐瞒，特别是在这个双眼具有穿透力的女大学生面前……

我发现卓玛坐在我身边的时候，我的神志并不十分清醒，总觉得自己好像置身于高天云雾之间，忽忽悠悠，双脚一直无法挨着地面。她不时地用毛巾擦着我脸上的汗，说：

“你太任性，刚才昏昏迷迷中还念叨着要上路，不行，一定要多休息几天。”

我吃力地睁开眼睛，又看了她一眼，说：“我是军人，只要身体恢复到能把汽车开动，我就得出发。”

她有点无可奈何地说：“那就靠你自己在路上多保重了。我知道，出门人谁也不会把小灾小病放在心中。碰碰运气吧，我为你祈祷，愿你平平安安地走到你要去的地方！”

我安慰她说：“我们这些跑车的汽车兵，一个个身体棒得像小牦牛，就是有点头疼脑热也能驾车翻越过冈底斯山。”

我是那伙抛锚汽车兵当中身体恢复得最快的一个——说是恢复，其实离开道班时我仍然发着高烧，当时如果有体温计的话，测量一下我想不会低于 39 摄氏度。

卓玛送我到公路边，车子开动前，她把一个什么东西塞给我。

我有点心慌，不敢打开，直到车子行驶了几公里后，我才看清那是一块藏家姑娘的头巾包着的什么，展开一看，是几块糌粑，还喷着热气呢！我心里先是一热，接着又是一酸。当时大家都在勒紧腰带过紧日子，几块糌粑说不定就是卓玛一天的口粮呢，送给我她会饿肚子的！

说到这里，我沉思起来。

她显然也在思考什么，随之，问我：

“后来的事呢，难道你能心安理得地把那几块糌粑带走吗？”

“当然不会的……”我稍有犹豫后，还是把事情的真相抖搂了出来，“车子开出大约五公里的时候，我经过再三的考虑，还是掉头回到了道班，要把糌粑送还给卓玛。”

“她是不会接受你的返还的！”女大学生的语气十分肯定。

“没错，她坚决不收，理由是糌粑谁都需要，因为每个人都不可能空着肚子干工作。现在的问题是，我是个身体虚弱的病人，比她更需要糌粑。我没有再说什么，也不能再说什么，又开着车走了。那几块糌粑我一直保存得完好无缺，始终舍不得吃。”

她说：“不吃，这是合乎情理的做法。我倒关心一件事，那几块糌粑你最终是如何处理的？”

我说：“你往下听，自然就明白了！”

……

那时候，青藏线上流传着这样一句话：“雪山有了姐妹花，青藏到处都是家。”意思是说，自从出现了十姐妹道班以后，家的温馨便弥漫在四千里青藏公路沿线上。确实如此，每天清晨和傍晚，总会有来往的司机和行人在道班起程或落脚，他们把一身的疲劳、饥寒卸在道班，带走的是十位姑娘的深情，那是人间难得的温暖呀！

记得那是一个飞雪把大山和深沟涂抹成一溜平的午后，我驾车驶进了十姐妹道班，我是在助手昝义成的一再催促下，特地越过纳木错兵站赶到这儿来吃午饭的，为了赶路我空着肚子颠跑了近两个小时。昝义成开玩笑说：“让肚子里多留些空位，这样才能多吃一点姐姐妹妹们做的饭菜。”我逗了他一句：“少说两句吧，要不到了道班你会又疲劳又缺氧，不要说多吃了，恐怕连喝口酥油茶的力气也没有了。”昝义成这家伙的鬼心眼就是多，他诡秘地一笑，说：“喝不了酥油茶，咱就吃排气管上那些烤玉米窝窝头干。”我苦笑一下，无语。

原来，昨天晚上在那曲兵站吃饭时，我特地省下了一个玉米窝窝头，切成薄片，放在汽车发动机的排气管夹缝里，这样车到十姐妹道班时准会烤得焦黄焦黄。我不会忘记卓玛给我的那些糌粑，送给她玉米窝窝头片，也是一种回报，我总觉得不应该让她饿着肚子干活。那个年代，中国人都是定量吃粮，谁的日子都过得很紧巴，谁的肚里都缺油水。

我原以为我给卓玛准备的玉米窝窝头片不会有人知道，没想到又贼又鬼的昝义成竟然发现了。这时我只得顺水推舟地说：“到了道班，你就把它送工人们去吧！”他又是诡秘地一笑：“我不会送给大家的，就给卓玛一个人，你没意见吧？”这家伙，什么事也别想瞒住他。

我是河流，别人也是河流。大家都向大海流动。

我和她继续交谈着。

我说：“我每次到了十姐妹道班，总会看到有一些‘闲人’待在那里。”

“闲人？”女大学生紧问了一句。

我笑着说，忙人中的闲人嘛。累死累活地跑一天车，到道班里来歇口气儿松松劲，放松放松。和姑娘们聊聊天逗逗趣，难得！这会儿不就成了闲人了吗？

她连连说：“忙中的闲人，说得好，闲得应该！”

我说，正是在道班当“闲人”的日子里，我和卓玛有了更多的接触、了解。一来二去，我们便以兄妹相称了，我大她四岁，她叫我哥哥一点儿也不涩口。可是，我说什么也张不开口叫她一声妹妹。我们之所以有兄妹这层关系，当然与那些糌粑有关，但是它的直接导火索是我给她送的那些烤玉米窝窝头片，开始她说什么也不收，死咬住一个理不放，跑车的人比修路的人辛苦，更需要营养。我说，我年龄比你大身体强壮有抵抗力，少一点营养没关系。她无话可说了，稍一沉思，提出了一个要求，说："你叫我一声阿妹，要不，别想让我收你的东西。"我灵机一动，马上递上去一句话："你不先叫一声哥哥，就别想当我的妹妹。"我的话音一落，她就大大方方地叫了一声哥哥。我呢，当然也喊了声妹妹。但是，最终她还是没有收下我的玉米窝窝头片。我明白自己上当了！女人真贼，藏族女人也不例外。

女大学生插问一句："阿哥阿妹总算相认了，我想按照一般常理，她总会对哥哥提出一些什么要求的。"

"没错，她是给我提出了要求。不过那是我们相识半年后的一天，她突然给我倾吐了自己的一个心愿，想跟着我坐一趟火车，到内地去看看。我满口答应了。"

"我想，这是一个难以实现的愿望！"

"是的，青海西藏根本没有通火车，我一个当兵的，如何带她去内地。就是到了90年代的今天，西藏还是不通火车呀！我之所以答应了她的要求，是因为我实在是不忍心让她失望。一个藏家姑娘，祖祖辈辈都住在被岁月锈蚀得像铁皮似的帐篷里的牧民之女，坐一趟火车就是她心中的彩霞，到内地去看一看那一栋栋排列得整整齐齐的高楼大厦，就是她一生中生命放射出最灿烂火花的时刻，我不能让她因为得不到她渴盼的彩霞和最灿烂的火花而失望呀！"

女大学生打了一声长叹，说："我能理解你，也能理解她。人这一生谁都会遇到许多无可奈何的事！”

我马上接上去说道：“小姐，你说得太对了。你我，还有你我相识的和不相识的人，大家几乎每天都要被一些无可奈何的事纠缠得手足无措。你跺脚吗？哭吗？一点儿用处也没有。我的想法是：照样走你的路，躲得过就躲，躲不过就踢它一脚。你一生只为它的困扰流一次泪，这就是在你将要离开这个世界的时刻再流泪，而且还要让眼泪滴在自己的手心里。”

“你讲得太好了！真的很好。”

“所有的绝招都是被逼出来的。”

她又问我：“你和卓玛有过单独的接触吗？”

“当然有了。”

“讲讲。”

那天，我加大油门几乎开着飞车赶路，下午三点钟就到了十姐妹道班。眷义成显然已经看出了我的用心，车刚一在道班门前停下，他就说，班长，保养车的事有我，你忙你的去吧！我们心照不宣。于是我找到了卓玛，她们三个人一间宿舍，那天下午刚好轮到她休息，宿舍里就她一人。

“你们都讲了些什么？”

开始双方都很拘谨，她讲一句就断线，我说半句都结巴。后来还是我问起了她家里的情况，这才打开了话匣子。她告诉我，她一直不知道她的阿爸是谁，她是在阿妈的背上长大的。阿妈穷得连顶像样的帐篷都没有，都是住在洞穴里。阿妈只养了一头牦牛和三只羊，每次出牧时都背着她。后来阿妈老得走不动路了，把她托给一个金珠玛米叔叔，她才当上了道班工人；她讲了她一心想当一名纺织女工，要用双手织出足够每个西藏女人穿的漂亮的氆氇；她还讲了她恨死一个农奴主家的管家，那家伙总是死缠着她不放。当然，她讲得最多的还是想坐趟火车到祖国内地去看看……

女大学生说：“多么纯真的姑娘！”

我继续说：“卓玛一再表示她这一辈子就认定我这个阿哥了，让我不论到了什么地方都要把她带在身边。”

“是呀，一个无依无靠的孤女，她是需要找一个热乎乎的男人的胸膛做靠山。”

“我紧紧攥着她的手，对她说，阿哥这一辈子不管迟早都会想办法让你感受到人间的温暖，去做你称心如意的事情。”她听了后，问：“迟早？早是什么时候？迟到什么年月？”我无法回答她的问话，只是说，“你等着吧，我相信总会有那么一天。”

女大学生沉思了片刻，说：“后来呢？”

我感叹地说：“后来发生的事情是我怎么也没有想到的，我相信你也是不会想到的。”

她问：“难道你和卓玛的交往发生了什么节外生枝的事情吗？”

我说：正是这样。还是那几片玉米窝窝头片引起的风波。有人给领导反映我和藏北草原一个牧主的女儿谈恋爱，还说我把连队的粮食偷出来送给了那个牧主。你应该听清了吧，这里面起码有三错。我和道班女工卓玛只是刚开始交往，严格说来还没有走到恋爱的那一步，这是一错；这里更不存在牧主的问题，卓玛的家族是世代贫苦牧民，这是二错；我什么时候偷过连队的粮食？几片玉米窝窝头是我自己省下来的，那时候吃饭都定量，这是三错。你知道，那个年代，一个当兵的和牧主的女儿恋爱，那是犯了天大的不可饶恕的罪责。我一次又一次给领导解释，说明事情的真相。但是没人相信。我的助手昝义成也主动站出来作证，再三说明我和卓玛的关系是清白的，别人反映的情况不属实且有很大出入。他怎么作证也没人听，最后连队还是做了决定：停止我驾驶三个月，把我留在驻地写检查，反省。

我真不知道这个检查怎么写，整日坐在屋里犯愁。就在这当儿，又发生了一件我没有想到的事情。这件事使我们这些终年在青藏线上跑车并在十姐妹道班房闻过女孩身上那种特有气味的司机们终生难忘。那场突然而降的暴风雪只是在一瞬间就把整个冈底斯山变成了无边无际的雪海，出人意料的事情就在这时候发生。一场百年不遇的雪崩把山中千年不化的积雪与冰川全部折腾起来，蹦蹿起数十丈高，然后又重重地如山一般摔落在地上，十姐妹道班被结结实实地埋在了万丈深的雪海里。穿过冈底斯山的那段青藏公路断了，正在路上行驶的数十辆汽车也被雪崩卷得无影无踪了。据说，当时有个正在开车的汽车兵在雪崩的刹那间，撂下方向盘去救受难的十姐妹，具体地说，他是去救卓玛的。结果，他不但没有救出别人，自己也没有出来……

她打断我的话："我想让你告诉我救卓玛的那个汽车兵的名字。"

我摇摇头。

她紧紧追问不放过："不，我一定要知道那个汽车兵是谁。"

我瞒不过她了，再说也没有必要瞒她。便坦言相告："他就是我的助手昝义成。我被停止驾驶以后，他晋升为驾驶员，仍然驾驶我开过的那台车。冈底斯山发生雪崩的时候，他正好行驶在山中。在最危险的时刻他想到的是卓玛，便快速开车向十姐妹道班飞驰而去。"

"昝义成的最终结果呢？"

"由于他并没有走到发生雪崩的中心地段，被雪埋得浅，三天后军民们把他和车一起从雪里刨了出来。好在他受伤并不重，只是饿得浑身没一点力气了。半个月后身体就完全恢复了过来。"

我的思绪沉入遥远的往事回忆中，久久地才拔了出来。我伤感地对她说："每想起那次雪崩，我的心就像刀尖戳一样发疼，十姐妹怎么会遇到这样的不测之祸，那个想坐趟火车到内地去看看的卓玛妹妹她再也不会絮絮叨叨地跟我讲她的心愿了。”

女大学生低头想着心事。从来不抽烟的我，这时顺手摸起窗台不知谁丢下的一根烟，捏来捏去地搓揉着，直至把它变成细末，在地上落了一层。后来，她终于打破沉默，问了我一句：

“我还没有听到故事的结尾呢？”

我说，一年后，雪化冰消，已经坍塌架了的道班房露出了房角，人们扒开残留的冰团雪块和砖瓦、屋梁，看到了十具冻得硬邦邦的尸体。由于冰冻，尸体上虽然伤痕累累，却没有腐烂，奇怪的是她们的脸一个个完好无损，双目微闭，好像睡着了一般。战士们抱着十姐妹的尸体号哭不止，那哭声就是站在冈底斯山之外的任何一个地方都能听得见。我专程从格尔木赶到冈底斯山与十姐妹做最后一次的告别，我特地带着那包糌粑，还是用那块花头巾包着。我很容易地就找到了卓玛，她的一双眼睛睁得圆圆的好像要对谁说什么，又好像要把这个世界看个够才肯坦然地离去。我跪在卓玛的身边，声嘶力竭地哭着喊“阿妹”，战友们站在一旁跟着我一起哭。我费了好大的劲，才把她那紧紧攥着的手掰开，将那包糌粑还给了她。我说：“阿妹，你要走远路，用得着这些干粮。你要一路多保重，千万千万不要太亏待自己，那糌粑是我送给你的，你要是不吃，我活在世上也觉得无味。”

女大学生问：“你还没有讲对你的停职检查呢，后来做了什么结论？”

“什么结论也没有，三个月后让我继续当驾驶员。我开着车跑了一趟拉萨，经过冈底斯山的时候，浑身发瘫，双腿颤抖，车子怎么也走不动了。我只得停下车，跪在路边大哭一场，当时发生雪崩后才四个月，十姐妹道班仍然压在雪层下。那趟任务执行完回到格尔木后，我就要求复员，在原地找了个工作落户了。我觉得我这一生，生为高原人，死为高原鬼，是离不开青藏高原的！”

她问：“今天的冈底斯山兵站是什么时间建立起来的？”

“那座道班房在雪崩中消失不到一年，就在原址上建起了兵站。”

“为什么偏偏在十姐妹遭难的地方建兵站，是有意安排，还是巧合？”

“我不知道这里面的缘由，反正我们这些与十姐妹有过交往并深深地热爱她们的汽车兵对于这个兵站站址的选定是十分满意的。每次投宿在兵站仿佛就像见到了十姐妹，但是也增加了一份揪心的怀念，毕竟她们永远地从这个世界上消失了。对于我来说，对卓玛的追思和怀念就更强烈了。我很后悔，在她活着的时候，我没有更多更周到地关怀这位小阿妹，这是我终生都要谴责自己的。我一点儿也不在乎别人去说什么，只要自己心底洁净就行。”

“我完全同意你有这种难得的思考。”

“还是在建兵站之前，我们一伙汽车兵在冈底斯山给十姐妹修起了一个合葬墓。墓与兵站相隔顶多五百米，因为墓修在山坡上，远远看去，那墓堆和兵站成为一个有机的整体，它像兵站的瞭望台，或者说兵站的那些房子是它派生出来的建筑群。合葬墓是山石铺底、黑黏土垒起来的。为什么要用黑黏土？因为这种土质里网结着密密麻麻的草根，俗称钢筋水泥，据说百年千年都不会零散。那是我们汽车兵专门从近百里的纳木错湖畔运来的。”

“合葬墓很大吗？”她问。

最初并不大，也就两三个普通坟包那么大吧。后来，汽车兵们在执行完运输任务回空时，总要顺便捎一车黑黏土添在坟堆上。这样，今日运一车，明日运一车，你拉一车，他拉一车，慢慢地坟堆越来越大，竟然变得像一座小山了。

她说："它是一座山，真正的山！"

我深深感慨地说："我们想给十姐妹坟头上撑起一片绿荫的愿望，在建坟之初就有了。但是，由于这里的气候酷寒、缺氧、土质瘠薄等原因，这个愿望一直未能实现。直到五年前，我重返西藏时从西宁带来的那盆对红在这里落地生根，冈底斯山才有了这片花簇。可惜的是，卓玛和她的姐妹们是看不到这美丽壮观的花景了。"

她忙摇摇头，说："不，合葬墓上的那些鲜花，正是十姐妹的化身，它们是有灵魂的，时时刻刻在向世界诉说那个雪崩之夜人们无法了解到的故事。"

我告诉她："当地的牧民都说，坟墓上的这些鲜花是永生永世都开不败的，总有一天都会长成不老的蓬勃的花树！"

……

我们的交谈到此为止。

女大学生呆呆地望着窗外。夜色很浓，冈底斯山是一片望不透的黑洞洞的深海。

突然，她对我说："走，陪我去看看她们。"

我知道她指的是长眠在山中的十姐妹，便说："天太黑，你什么也看不见。再说，坟头的花这时也被战士们搬走了。"

"不，我就是要现在去看她们。"

我拗不过她，便带着她来到了坟前。天黑，夜静。她脱下自己的那件大衣，轻轻地盖在姐妹的坟上。她说："山里太冷了，要给她们加件衣服。"

冷风从我的衣摆下钻进去，飕飕地刺着我周身的皮肉。我脱下那件从格尔木借来的军大衣，轻轻地披在女大学生的身上。

她又脱下军大衣，盖在了坟头上，说："卓玛年龄最小，经不住这寒夜的袭身，给她盖上吧！"

这时，我仰头一望，夜空飘起了雪花，很大的雪。其实，我和她从兵站出来时就下着雪，我为什么没有发现呢？我突然留恋起这个世界了，我真想大声对宇宙说一句：冈底斯山，你永远都不会沉陷，因为你是西藏十个美丽的姑娘用身躯支撑着的。

她静立坟前，指着坟头说："姐妹们是你的知音，也是我的知音。我们不能成了断弦的琴。你我，还有她们，咱们拉起手，一起进西藏，出西藏，走中国，生生死死在一起。"

我抬头看看远处的山，突然觉得山巅的积雪很肤浅。因为它没有扎下根基。

春天挂在山垭，寒风过后成为一种凝固……

朋友蔡如释重负似的终于讲完了他的故事。之后，他长叹一声，对我说：

"在漫长的岁月中，我护住狂乱的心跳，把自己作为常人的感情关之门外。我在无望地等待，却没有勇气公开。现在，我把一切都讲给你听了。我当然是经过思考才这样做的，只有一个要求，你可以写一篇作品，只是不要公开我的名字。"

说毕，他握着我的手，无语。

朋友走了，我的手上还留着余温。

这夜，我就在灯下展开稿纸开始写作了……

远山的雪路

应该说这是我在青藏高原遇到的最好日子。虽然飞扬的雪片把昆仑山遮得面目难见。

当她穿着那身与任何一个医务工作者没有两样、而我却觉得很别样的白衣衫走进我的生命中时，春天实实在在地来到了风雪青藏线。我至今也不明白，高原上女性的脸膛几乎都会被强烈的紫外线照射得红里泛黑，可她的脸为什么那么白嫩？

昆仑山的雪峰上意外地蓬勃着一簇青枝绿叶。山中的小路被风吹向远方。我醉心地向山巅攀去。

阳光灿烂，蓝天碧透，白云净亮，雪峰肃立。这个世界多么圣洁！

我走在融融积雪的阿尔顿曲克草原上，咀嚼着生活的甜美。

她并没有拿体温计，也没端治疗盘，只是说："你会好的，一切都会正常的！"她没说我一切是正常的，而是说"会的"。我已经满足了，觉得我的幸福就含在她的嘴里。

我是因为高山反应引起突发性耳聋，才进了这所在青藏线上颇有声望的军队医院。

到了此刻，也许我才算明白了一个其实早就该明白的真理：人没灾没病地活着就是幸福。大红也好，受冷落也罢，都要努力做到宠辱不惊。所以，无论是阅历丰厚的前辈还是涉世尚浅的稚子，都要珍惜这个世界给予自己生存的权利。这个权利仅有一次。人要好好地活着，为热爱你的每一个人而活；为每天都抚摸你的缕缕阳光而活；为路边那些使你舒心的无名野花而活；为你无止境追求的事业而活……一句话，为爱而活着。你爱生活，生活给你春水。你爱朋友，朋友给你早霞。你爱女性，女性给你彩云。你爱自己，自己永远年轻。

我读了她以后才懂得了这些看似浅浅的、可是有些人硬是一辈子也读不懂的道理。

这些都写在她极力给我推荐的一本书上，这本书我在后面的叙述中自然会提到。当然，我还要说其实她就是一部书。

我不会忘记那个时刻，我和她相识了。我作为病人，她是给我治疗的医务人员。那天高原上飘着大雪，可是太阳很红。正是从那个时刻起，湛蓝的高原上的天空在我面前变得深远而纯净，昆仑山中的漫漫长路在我眼里也变得宽坦而美好，路两边的树枝上挂满了累累金果。奇怪的是，那些树不长叶子，秃秃的枝杈净是沉甸甸的果实。

春天的不少芬芳，正被一些人扒进私囊。昆仑山里例外。

我特别喜欢六月雪。

这雪，它温暖。

从她的脸上我感觉到她像我一样喜欢雪。

我说：我永生都不会忘记我驾车走在雪山上艰难行驶的那些日子。但是，我就是爱雪。

她说：不要追悔已经逝去的时光，无论多大的挫折和委屈都是宝贵的财富。仅仅属于自己的财富。

消逝的岁月常常能洗亮人身上许多可爱的地方。

她默默地站在我的面前，笑着，望着太阳微笑。她并不看我。在我们的生活中，曾经有过让太阳心惊肉跳的白天。愿以后太阳升起的时候，人们永远都有好心情。

我望着看太阳的她。

落雪的春天我们开花。秋天过去了，花仍然开不败。

那些日子，我每天早饭后都要到医院进高压氧舱做治疗。这种治疗一直持续了两个月。

她是我去的那个科的护士，文静，眉清目秀，是很有气质的那种女性。一身洁净的白工作服，得体，可身。头上那顶白帽子很惹人注目，我每次看到她时总是先触及那帽子，我仰望天空，看到一朵祥云从上空飘过。我始终没有弄明白，医院里每个医务人员戴着白帽子，为什么唯有她的帽子使我感到舒目？真的，我不明白。我天天都能见到她，但从未和她说过话，也很少见她和周围的人搭话。在我的印象里，她每天都要早于其他医务人员半个来小时到班上，放下手中那个小包，就忙起了她的工作。她总是不声不响地忙碌着。我很喜欢她这种忙而无语的宁静性格，致使后来我在一篇文章中对她作了这样的描绘："生活中有人用嘴走路，你却是用腿说话，悄悄地付出了一条河，默默地献出了一座山。"

她受过奖励，立过三等功，也评过先进工作者。

她把这一切看得很微，很淡，甚至说过这样的话：人要活得超脱，最好头上不要戴桂冠。当然这是后来她告诉我的。

出于一种说不清的原因，我每天也是提前半小时来到医院等候治疗。她似乎没有看到我，仍然像过去一样忙碌着，一声不响。身后留下了一条亮亮的路。

这是一个爱美的姑娘，她经常变换着穿的那些不管是花的、黑的、白的都很朴素的服装告诉人们，她不是在展示服装本身，而是在体现人的魅力。哪怕是一件普普通通的衣服，只要是穿在她的身上就对人有一种异常的吸引力。那天肯定是她的轮休日，要不她不会穿着一身很清晰的便装来到病房。我留意了一下，上身是一件淡蓝色的毛衣，外面罩着一件风衣，将毛衣半遮半掩得很有诗意。不过，她很快就忙起来了，病房收了一个从唐古拉山兵站转来的危急病人，她去参加了抢救。

我有意无意地发现她的衣袋里总是揣着一本书，得闲时就翻阅着。她爱读书，这对一个忙得几乎连喘息的时间都没有的人是很难得的。

她坐在那间属于她的其实是值班室的屋子里看书时的姿势很专注，也很动人。有时我做完治疗，会悄没声地从她的房门走过，就为了看她一眼。她会看什么书呢？医学类，文学类还是历史类？我猜度着。

一种莫名其妙的感觉渐渐地注入了我的心脉。有一天她没有来上班，我心头好有几分寂寞。我悄悄地问了她的一位同事，才知道她值夜班，白天休息。

我心里不免生出几分牵挂。

其实，我还没有和她搭过话。

那天，我带着刚出版的一本散文集，想送给她。在我治病的日子里，不少病友都知道了我是个作家，互相熟悉了，他们便要谈些创作的事，要看我的书。我一一满足了他们的要求。也应该送她一本我的书。我想。

很不巧，她没来上班。我把书放在了她的桌子上。

我想她定会很快看到书的。不想，过了两天我一问，她还不知道我放书的事。

有了这本书，我们就有了说话的机会。

又过了两日，我见了她再次提到那本散文，她说："我正看呢，写得真棒。《死海里有一棵醉树》我看了好几遍……"

我马上想到了我写的那棵树：它长在沙漠里，死而复生，身子佝偻着，枯枝旁蓬起了一圈翠生生的嫩芽……

我想：她为什么对这棵树有那么大的兴趣？开始我并未闹明白，我又读了几遍那篇散文，目光久久地被那几行文字咬住：

> 也许它并没有死。只是像一个饮酒过了量的醉汉。
>
> 醉，也是一种死。但它还会醒过来的。醉后更清醒。
>
> 我并没有发现绿色，但是，我看到世界是鲜嫩的。即使在死海里，生命也不是空白的。
>
> 青蛙还在鸣叫。它不是啼死，而是唤生！
>
> ……

是否就是这些文字，着实让她感叹，高兴？我说不准。后来我还知道她把那篇散文带回家又细读一遍，并朗诵了一次。她的举止使我不得不回忆起了我写的《死海里有一棵醉树》时的真实感受：我不以为在沙漠里跋涉就是绝路，也不以为那儿就没有绿色。沙海里的枯树不是死了，它只是酒喝多了，会醒的。

那片死海，那棵醉树，使我们的距离拉近了。我们的共同话题就是从这儿开始的。

应该说我是第二次坐在她的这间值班室里谈话了。我刚来做治疗时就是在这里她给我做登记、检查我的证明、发给我病号服，今天我们在这里则是谈心了。我得知她在业余时间里很喜欢读文学作品，有时有了情绪也会写一点小块文章。她给我列了一长串她读过的文学名著,有《这里的黎明静悄悄》《神曲》《羊脂球》《老人与海》《红旗谱》《青春之歌》等等。说实在的，在她给我谈了她读《死海里有一棵醉树》之后，我就已经感觉到她读书的精雅和文学鉴赏能力的深沉。

她问："沙漠里真的会有树吗？"

我答："像人一样，树也需要一种不怕死的精神才敢去那里扎根。"

"那里都有些什么树？"

"最常见的是胡杨。"

"胡杨不怕死？"

"活一千年不死，死一千年不倒，倒一千年不腐。"

她长叹了一声，但眼睛很明亮。这眼睛能认识黑夜里每盏灯。

生活总是不紧不慢地在一种类似企盼又类似等待中过去。无疑，人的生命是一天比一天短。一个人不在于活得多长，而是活得有值得回味的东西。生命的真正开始，应该是你对生命的认识与感知。

这是我没有想到的事。她读完了我那本散文集中的所有篇目，进度很慢。我猜想她是边读边考虑问题的。自然是读作品引起的一些联想。这是从她后来的谈话中更多的是从电话中得到证实的。

那天，我们又谈起了读书的问题，话题是我的散文《忆父》。她告诉我读《忆父》时她的心情很沉重,几次都流泪了。提起写《忆父》我心里不由得涌起了难言的痛苦。父亲过世时我不在他身边，正在拉萨河谷某兵站深入生活，赶写我的《青藏系列报告文学》一书。家里人都知道他这回是无论如何也过不了"险关"了，日夜守着他。可父亲呢，见不着长子就是不咽最后一口气，昏迷之中老是念叨着我的名字和格尔木。家里连发数封电报也未把我催回去。父亲在昏迷了两天多以后，实在等不到我了，那日他突然变得惊人的清醒，把我的两个弟弟叫到身边，摆说了一通我为这个家所付出的心血和对老人所尽的孝心，以及数十年来走南闯北的艰辛。他再三叮嘱两个弟弟说，你哥辛苦几十年，靠自己的志气支撑着一片天地。这个家里的一切包括你们两个的命都是他给的。说毕，他便咽下了最后一口气。但是他没有咽下我的名字。就在他咽气的那一瞬间，还呼唤一声他的长子……

他是睁着眼睛远走的。

父亲过世后三个月适逢清明节，我这才回了一趟家，给他老人家扫墓。

……

她听了我讲的这些后，沉默许久，忽然说："忠孝不能两全，这话你真的就那么坚信不疑？"

我如实回答："我也说不上来，反正我很后悔父亲去世时我不在他身边！"

她说："我真想去一趟你的老家，看看老人家的坟墓。"

这当然是不可能的事了。我心里滚过一股热浪。人世间，肯定有比至亲更深沉更宝贵的感情。一个素昧平生的姑娘要去看望一个老人的坟，为他扫墓，我不知道怎么接受这份沉重的厚礼。我想，九泉之下的父亲如果有知，他会把没咽下去的儿子的名字，这时咽下去的。

人间真正的"爱"是一个很干净的字。

我们通电话的次数绝对多于见面。每次在她忙完工作后的那个有限的钟点里，我会拨通电话，和她聊几句。也许就是为了听到她的声音，否则，心中的牵挂就难以放下。

我就是在这时候才知道打电话也能引出这么深长的情绪来。总是孤独、寂寞的我，对面前的这部电话机产生了一种割不断的寄托。写作之暇，我常常望着静静地卧在桌头的电话机，想，那里面有她的声音。听到她的声音我就会想象出她的形象，也等于看到了她。总会出现这样的巧事：我正呆望电话机想着，电话铃声响了，拿起听筒一听，果然是她。我便说："我一想就是你的电话。"她并不顺着我的话说下去，却说："借给我一本书读读吧！"我忙问："什么书？""《昆仑山的爱情》。"我马上明白了，前些天《解放军报》上介绍了我的这本书，她一定看过报纸了。

一天清晨五时，她值班的空闲时间里，我们又通电话了。她给我推荐了一本书：

"这些天我一直在读这本书，快读完了，我拿起它就放不下。这本书你一定要读，它写了一个女人一生的漫长而孤独的爱。她的经历太坎坷了，人世间的苦难好像全让她碰上了。你一定要读这本书！"

这本书就是诗人刘立云创作的长篇纪实文学《瞳仁》。不久前我们在昆仑书店里买书时，她随手拿起它，就买下了。当时给我的感觉是，她仿佛是找了好久才找到了它。

她推荐了《瞳仁》后，我就抽空细细地读了一遍。我深深为书中的主人公陈羽新的不幸命运所震动，好几天心情都无法平静下来。我好像在一个尔虞我诈的世界里走了一回，心灵留下了痛苦的创伤。于是，我很自然地想到了一个问题：她真会买书。一次，我便问她："有人给你推荐过《瞳仁》吗？"她说："没有。"我又问："那么你那天怎么一眼就看准了这本书？"她说："凭感觉。""什么感觉？""首先是书名很新奇，瞳仁。书名的旁边是一只可以洞穿一切的很大的眼睛。书的副标题是‘一个女人的百年沉浮’。我拿起来一看，封面上还有这样一首小诗：她说，你呀你呀/你不要害怕毁灭/你害怕的应该是衰老/时间温柔地躺在你身边/时间它惨无人道。”她停了停，说:“我本能地感到，我需要读这本书，需要了解这个女人，便买下它了。”

她说，人一生不能不吃苦，因为苦可以壮人筋骨。但是，当一个人被泡在苦水里时，就成灾难了！

她说，女人，再苦的时候都要挺起来，无论如何都应该活着。你可以偷偷地痛哭一场，也不能对那些太馋的男人下跪。说一千道一万，女人的苦楚都是男人给你的。活着真好！不为那些所谓美貌的男人活着，而是为自己活着，为你的孩子活着！

她说，这就是她读了《瞳仁》后的感想。

这番本来很激情的话，她表述得却那么平静。我想到了昆仑山巅的冷冷的积雪。雪在时间里，成为一种永恒不变的颜色。

后来,她又几次给我讲过《瞳仁》这本书。她说她还会读它的。现在《瞳仁》就放在我的书橱里，我相信有一天她会拿走的。

我们每次的交流几乎都离不开书。

突然有一天，我见到她时觉得其实她就是一本书。我在慢慢地有滋味地读着她。这本书里的许多东西，对我很陌生，但我需要它的营养。

一个哲人的话：爬到山的顶峰你才能看得见上山最好的路。

我不敢说我就上山了，但我确实踩着一本书在攀高。好路已经看得见了。

应该说那个温柔的阳光洒在阿尔顿曲克草原的中午，我们度过了非常美好的一天。草滩上铺着厚厚的冻雪，没有风，阳光射在雪上折射起晃眼的白线。昆仑山动也不动地站在远处，世界很静。空空的静。我俩相隔一臂的距离走着，踏雪声很脆且有节奏，总是响到很远的地方才渐渐消失。

我们一直缄默着，如月夜的桃花，守着一树的秘密。其实，我们心里都想着该说些什么，在这个难得的时机里都想把心里最想倾吐的话倒出来。哪个人的心里没有沉闷了多少年的话，因为找不到倾吐的对象才憋得慌？倾吐肯定是一种痛快的发泄，倾吐之后留下来的却是心灵的灼痛和无限的惆怅，特别是对倾听者，他在听了你发自内心的话之后，也许会永远地为你分担起了本该由你承受的忧郁。

我们终于在一段沉默后说话了。她首先开言。她说，今天我们换换话题，不要再提与书有关的事了。什么事不能谈，为什么总是说书呢？我不同意她的话，马上作了纠正，说，不，我还是要讲一个与书相关的事。因为这个事我永生难忘。没有那本书，也许今天就不可能有这么一个人和你在阿尔顿曲克草原漫步，聊天。

她显然已经预感到我的话题不会很轻松，不吭声了。

那天，我给她讲了我在西藏当汽车兵时发生的一个故事。我说：“那次我险些把命丢在了雪山上！”她闪动着长长的、美丽的睫毛望着我，等待着我讲下去……

生活中所有的不幸其实都在预料之中。

当时我已经连续开了一天一夜的车，这期间，实在乏困得难以支撑下去时，就把车靠边停片刻，用冷水擦擦脸，再走。你不必奇怪我们为什么要这么拼死拼活地赶路，因为车上运载的是一批限期送到西藏某边防的战备物资。执行这样的任务首先必须有强壮的身体，然后才谈得上驾驶技术。说句不太恰当的话，吃块石头也能消化，就需要这样的身体。可是严格说，这两条我一样也不具备。那么，我为什么还担负了这次运输任务？成连长说了，我是连队的笔杆子，到前线闯一闯，也算是作家深入生活嘛。掏句心里话，我本是很不情愿却硬被拉上了火线的。惹下祸殃的是杨朔的那本散文集《雪浪花》。

中午两点来钟，车子驶入了藏北草原的谷露附近，相对而言，这里的地势比较平坦，山路不多了。我便对助手昝义成说："你来开上一会儿，让我歇口气。"小昝和我是同年入伍的兵，他没有经过汽车教导营专门训练，才给我当了助手。这时他嘴里不知嘟嘟了几句什么，很不悦地接过了方向盘。我寻思：让你开车学技术争取早点当上驾驶员，这有什么不好，你还牛什么呢牛？其实我心里却装着另一个小九九，想腾出手来看一会儿书。那本《雪浪花》揣在怀里暖得都快孵出小鸡了，还没好好读里面的一篇文章呢！小昝你又不是不知道你这个师傅爱书如命，老噘着个嘴干叼！

小昝开着车在藏北大地疾驰，我坐在一旁很入神地读《雪浪花》。我的思绪完全进入了杨朔创作的"滚滚滔滔，一浪高似一浪的"海涛里。我喜欢这篇散文，尤其喜欢杨朔写到那些奇形怪状的礁石时，说这是被浪花"咬"的，这个咬字用得多精妙，真可谓是神来之笔！此刻，我的心儿也被浪花"咬"得痒痒的、酥酥的，好不舒服！就在我的神情完全走进迷宫似的美好无比的雪浪花中时，只觉得汽车像波涛中的船一样，摇摇晃晃地颠悠起来。还没等我弄明白发生了什么事，汽车就躺在了沟里，我和昝义成都头朝下颠倒着睡在被挤压得变了形的驾驶室里，身边淌着鲜血……

翻车了！

小昝负了重伤，颅脑损伤。我是轻伤，一条腿被挤得鲜血直流。我心里憋满气恼。在医院里小昝的病床前，我六亲不认地呵斥他：

"你小子真有本事，睁着眼睛能把车开进沟里去，哪一个高明的师傅教得你这一手绝技，让我这个老司机也望尘莫及！”

他自然听出了我话里的讥讽，反驳道：

“你想推卸责任？没门！你的本事还不算大吗？人在曹营心在汉，既想当作家又想当司机。没错，车是我开翻的，可是你坐在我身边名义上给我当保险，实际在读小说的人，难道就不应负点责任吗？”

我无话可说了，望着头上裹着绷带的小昝，突然鼻子一酸，涌出热泪，说：

“小昝，别说了，都是我的错，我为了看杨朔的散文，没有尽到当驾驶员的责任，出了事故……”

小昝也流泪了，他打断我的话：“再不要说了，是我的不对，车明明是我开翻的，把责任推在哪一个人身上都是我在强词夺理！”

眼泪是透明的水。掉在地上也会破碎。

不破的是映在泪里的灵魂。

我给她讲了我在藏北的这次车险以后，她没有说任何话。我相信我在给她回忆这件往事时，已经没有了置身于现场中的那种恐慌和无奈，完全是以一种“大难不死必有后福”的口吻讲话的。人就是这样，经历的任何险事、错事乃至坏事一旦变成回忆时，都是轻松的甚至美好的。可她呢，听了我的讲述后为什么不表态？我实在捉摸不透。

我俩继续在昆仑山下覆盖着积雪的草原上漫步，没有目的。她说她想走远点，远到天涯。还想走高点，高到山巅。我说，我与你同行。

这天我们一直走到黄昏，不在乎山那边还有另外一座山，河那边还有另外一条河。我们都把自己交给了远方。

她始终不提藏北翻车的事。

使我没有想到的是，这事过了好久，在另一次见面时，她突然问我：

“藏北的事情你讲完了，我也听过了，我想问你，你有什么感想？翻车总不能白翻吧！”

“你想听什么样的感想？”

“当然是真正发自内心的了。”

“我只有一个感想，这就是我恨死了当初发明汽车的那个人！”

她的眼睛睁得大大的，直逼视我，然后问：“那么后来你是如何用行动来证实你诅咒的这句话？”

“我开了近四年车，1963 年调到营部工作时，我当着连队指导员的面撕碎了驾驶执照。我对他们说，从今天起我再也不会摸方向盘了。”

她的头动了一下，我看不出是摇头还是点头。她说：“你应该感谢这次在藏北发生的车险，正是它坚定了你从事文学创作的决心。”

“这话从何说起？”

“从一定意义上讲，藏北翻车是因为你的失职造成的。当时你是给助手当保险坐在旁边，可是你在读散文《雪浪花》，可以说读书分散了你的心，酿成了车祸。可你不恨书而去恨车，这是你与常人思考问题不一样的地方。”

“你在表扬我？”

“谈不上。我只是想说明，你爱文学的根在青藏高原这块冻土地上扎得很深，包括藏北翻车的那个地方，也有你文学的根须在蔓生。”

我思考着她的话。

藏北没有树。在黎明的天光中我却看见一截发芽的树枝悬在雪山。树上有一本书，雪很快覆盖在书本上，书本又把雪抖落……

拐过弯，前面就是谷露了。

车速慢了下来。司机按照她的指点行车。

她坐在司机旁边的位子上，我和宣传科的小曾坐在后面。我们三人同赴藏北，是去完成一次采访任务的。小曾陪我是领导安排的，她与我们同行却是她自己要求来的。事情的起源是我的那篇散文《女兵墓》。

这篇散文写了在50年代进藏的路上，一位女卫生员为护送一车新兵而献身的故事。在荒漠的藏北草原上没村没店的地方，她的身上嵌着叛匪从杈子枪里射出的罪恶的子弹，永远地躺下去了。没有留下姓名，没有留下籍贯，没有留下遗嘱，只有一个孤零零的小土堆被寒风无情地扑打着。散文中我写下了这样的一段文字：

> 我不相信你会这样离开我们，绝对不相信！我太激动了，抱起你，拼命地把你呼唤！可是，我不知道你的名字，车上没有一个人知道你的名字。我只能喊："同志！同志！"我第一次感到了"同志"二字的金贵。任我喊破喉咙，你并不睁开眼睛。我还是大声喊着。奇迹出现了，你到底被我唤醒了，睁开了美丽的眼睛，长长的睫毛闪动了几下，望着我，还有周围的同志，笑了！围着你的同志也都笑了。
>
> 我们太愚蠢了，也太老实了！没有抓紧时间就在你睁开眼睛时，和你说上几句话。结果你很快又闭上了双眼，再也没有睁开。我把你紧紧地抱着，我恨自己作为一个司机，未能把你送到那起死回生的地方，我巴不得让自己跳动的心律传导于你身上，让自己的呼吸将你唤醒……

散文《女兵墓》最初在1985年第7期《解放军文艺》发表，后来收进了《中华人民共和国五十年文学名作文库·散文杂文卷》。她却是从另一个选本上读到的。她说她读了好几遍，每次读的时候都要流泪。我告诉她，我也是含着眼泪写它的。眼泪是我们共同的心语。让我们纵情地流泪，将眼泪渗入青藏大地的种子里面，参与种子的爆破。种子醒了，那远去了的女卫生员就会回来的！她执意要利用休假的机会跟着我走一趟藏北，要去接那位睡了近五十年的女兵回家。她说，她该睡醒了，一觉睡了五十年还不醒来？我不得不失望地告诉她，掩埋女兵的小土堆早已被岁月荡平了，难以找到她在何处了。她很果断地说："我知道，就在藏北的谷露！"我惊异地问："你怎么会肯定她在谷露？"她回答："因为你在谷露翻过车！"我听了真的一时不知该怎么回答她……

车停在了谷露。

军衣军帽领章帽徽整齐的她，直奔草滩腹地。我和小曾随后。当她站定后，从衣袋里掏出一个白皮小本子，打开，面对着草坡念起了她为女卫生员作的一首诗《阿妹的藏北》：

我悄悄地告诉你
灵芝、雪莲、格桑花
还有喜马拉雅山
都是你的亲姐妹
阿妹的藏北
你永远不会孤独

我深情地告诉你
雪山、冰河、青海湖

还有雅鲁藏布江
都是你的亲兄弟
阿妹的藏北
你绝对不会迷路

阿妹的藏北
藏北的阿妹
你永世都是十八岁
我永远做你的阿姐
看那飘在蓝天上的白云
就是藏家人送给你的哈达

天空飘起了雪花。

她挖了个小坑，把本子放在里面，雪花很快覆盖住了本子。

她说：“雪呀，快快地下，天变凉了，阿妹需要加一件被子。”

她对我和小曾说：“走，咱们陪阿妹散散步。”

我们三人继续向草原腹地走去。

停在公路上我们的汽车渐渐看不见了。

我问她还要走多远？

雪越下越大。大雪封了山，才是我们最好的途径。

雪，雪原，雪峰，无边无际的雪。

雪里潜伏着阿妹的呼吸。

路从雪中穿过，我们不断地靠近缥缈的目的……

女兵墓

深秋的黄叶，在寂寥的天空凄凄飘落。我走进这覆盖着碎石、荒草的枯原，寻找昔日的梦。

是找她吗？——一个长眠在世界屋脊上的女兵。

是。又不全是。

军营生活二十七载，我从南到北走过不少地方。每到一地，我都有个习惯：瞻仰烈士陵园。站在那圣洁的纪念碑前。望着那一座座坟茔，我常常对那些遗骸天涯、埋骨他乡，以山河为归宿的前辈、同辈烈士们，产生一种深切的敬意。

这里便安睡着一位我尊敬的女性。我捧着从那曲镇上藏胞家里买到的一束雪莲花，踏着铺满野花的小径，终于找到了她：广袤的草原上，一堆小土丘……

你还记得吗？在你离开你倾心热爱着的这个世界时，是我抱着你啊！我敢这样肯定：你那时是第一次被一个大男人抱着。我也是第一次抱起了一位姑娘的躯体！

你是会记得的。你当时的眼睛曾向我透露出那样强烈的神色！

那时，我是一个入伍不到一年的、跑车的司机。你呢，团卫生队一个普普通通的卫生员。你头顶上有一颗闪亮的五角星，军装外总系着一条棕色的宽皮带，在军人的世界里，你是一个普通的士兵，只有那个左肩右斜的红十字药包，显示着你有与众不同的妙手回春的本领。当时——50 年代初期，在这条进藏的风雪路上，你是为数不多的汉族女人之一。以前我并不认识你，只是那天我从兰州新兵营拉了一车进藏的战友时，才看到了你。你作为护送战士的医生（领导确实是这样告诉我的），同车前往。至今，你留在我脑海里的一幅清晰的图像是：你太忙了，简直可以说世界上再没有第二个人比你忙。车上 35 个新兵，出发后每天你都要给他们量两三次血压。车子过了日月山，几乎每小时你都要拿上测压器，像过筛子似的，给每个战士量一量，连我这个在青藏线上已经跑了三趟的“老兵”，你也不放过。同志们有些不好意思了，觉得自己这牦牛似的身体用不着这样多事。你不依，板起脸很严肃地说：“‘牦牛’也不行！高山症对谁都不客气。”一车人全老实了，包括我这个“老兵”，都乖乖地把胳膊伸到你面前，任你测量、记录。

唐古拉山巅出奇地冷。我停车小憩，加油加水。你照例跑上跑下地为战士们检查身体。冷风吹不干你脸上的热汗……

就是在这时候——我终生都会记得它——1955 年 10 月 25 日中午 1 点 15 分，不知从哪里飞来一颗流弹，车上站着的一个新兵应声倒下了。

山腰的崖洞里伸出了一支杈子枪……

大家马上明白了是怎么回事。土匪用罪恶的枪口瞄准了我们这辆军车。流弹还在继续飞来……

你是第一个发现敌情的哨兵。你冲了上去，毫不犹豫地冲了上去！抱住了那支杈子枪，死死地抱住了！那枪口离汽车不过几十米。当时，你如果不这样办，别的任何办法都不能保证车上的战友不会再倒下去。

剩下的34名新兵全冲上去了！他们手无寸铁（还没有给他们授枪哩），硬是用34双拳头捣毁了敌人的老窝，活捉了三个土匪。当大家把你从杈子枪上抱起来时，你已经奄奄一息了……

我开着车快速地向拉萨驶去。你需要住院抢救，时间就是你的生命！我把浑身的劲都用在了右脚尖上，狠狠地踏着油门，巴不得让汽车轮子离开地面飞起来！

那曲镇，飞车而过；

二档山，乘着风去……

你的伤情毕竟太重了！当我开车行驶到藏北高原上时，不得不停下了车。你在这里走完了自己一生的路程。你留下了你的未来，留下了你的幸福，留下了你的幻想，也留下了你那颗永不停息的搏动的心！

我不相信你会这样离开我们，绝对不相信！我太激动了，抱起你，拼命地把你呼唤！可是，我不知道你的名字，车上没有一个人知道你的名字。我只能喊："同志！同志！"我第一次感到了"同志"二字的金贵。任我喊破喉咙，你并不睁开眼睛。我还是大声喊着，奇迹出现了，你到底被我唤醒了，睁开了美丽的眼睛，长长的睫毛闪动了几下，望着我，还有周围的同志，笑了！围着你的同志也都笑了。

我们太愚蠢了，也太老实了！就在你睁开眼睛时，没有抓紧时间和你说上几句话。结果你很快又闭上了双眼，再也没有睁开。我把你紧紧地抱着，我恨自己作为一个司机，未能把你送到那起死回生的地方，我巴不得让自己跳动的心律传导于你身上，让自己的呼吸将你唤醒……

可是，一切都是枉然！你还是远去了。在被你掩护的一车战士中，你几乎什么都没有留下。没有姓名，没有籍贯，没有遗嘱！

我拿出随车带的十字镐，同志们轮流掘土，给你在草滩上找了安身之地。我取下了你至死仍紧握着的测压器，本想把它捎给你的家乡，送给你的亲人。可是，怎么捎去呢？思来想去，还是让它伴着你去远行吧！女战士，瞧你睡得多么安详：躺在草原露营，枕着寒风长眠。身盖六月雪被，脚蹬无名小溪。我知道，你只有躺在这里，只有这样躺着，才能心安理得地合上双眼。

时隔一月，我完成了任务，返回到藏北高原。我特地将车停在路边，步行去看望你。你的坟包还是那么一堆普普通通的黄土。所不同的是，坟前立了一块无字碑。一瞬间，我的感情，我的心涛，像海潮一样澎湃起来。无字碑？谁立的？是不会写汉字，或者连藏文也不会？还是不知道女战士伟绩的人？……我忽然明白了，全不是。只因为你是一位无名的兵，人们只能给你立块无字碑。

我给你的身上盖了一把新土，又深深地给你鞠了个躬，和你用心告别。

不知为什么，就在我转身返回的时候，我忽然想起了黄继光。你和他一样，都是迎着敌人的火力点冲上去，用胸膛堵住了那喷吐着罪恶烈焰的枪口。他，成了全国上下妇孺皆知的英雄。可你呢？默默无声地长眠于世界屋脊。又有谁知道你在生命的最后一刻所闪耀出来的火花？

委屈你了！我们的女战友！

作为一个目睹你伟大壮举的人，一种内疚深深地折磨着我。我甚至恨自己，为什么不是一个记者，或是一个作家？这样，我会为你大书特书。这一夜，我没有赶路，投宿在你坟包附近的黑河兵站，一夜未寝。

次日，天一放亮，我又返回你的墓前，掏出钢笔，在那块无字碑上连描带画地写下了五个字：

高尚的女兵

二十多年来，在我心中的天平上，你的名字始终像黄继光一样光荣、伟大。不论是三年困难时期还是十年动乱期间想到你，也不论给同辈人还是给我的孩子们讲起你，你的行动所产生的激奋人心的力量，总是会强烈地震撼着我的心！

只是，有一件事常使我挂记，使我不安：那块无字碑还在吗？我写的那五个字呢？……我担心岁月会磨去那碑及碑上的字，更担心你的形象会被人们淡忘。

女战友，我现在回到了你的身边。我是去西藏边防执行任务时专门拐进来看望你的！使我兴奋的是：一个无名的战士，终究被更多的人记住了。你的坟包变大了，而且用洁白的灰浆墁了顶。墓前的一棵青松长得有两层楼高了。松树下，依旧立着那块无字碑，碑上的五个大字已经被人镂刻在上面了。字迹一点也没变形，还是我写的字。

我深深地向你鞠了一躬，在你身边站了足足有半个小时。

昨晚，藏北高原落了今年的第一场新雪。好同志，雪花一定又打湿了你的衣服、被褥，你冷了吧！让我给你的坟上培层新土……

沉默的巴颜喀拉山

那一刻，在我的家乡八百里秦川，田野在阳光下闪闪发亮，麦穗上的颗粒像水晶一样透明。村庄上空温暖的炊烟，正多情而缠绵地给蓝天描绘着一幅和平、宁静、丰收的彩图。

那一刻，在青藏高原腹地巴颜喀拉山中，随着一声罪恶的枪声，眩晕和战栗像孪生兄弟同时卧在了洁白的雪峰下。来自我故乡的一个 18 岁的与我很要好的新兵倒在了血泊中。他在交出体内余温之前依然驾驶一辆军车向响着枪声的前线飞奔。

一个人死了，死者家乡的街道上突然变得冷冷清清。那些炊烟飘上屋脊之后打了个寒噤。

我刻骨铭心地记住了那一刻。

雪下得很大，绵绵起伏的峰峦和大山下所有的藏族村落，都模糊得只剩下了个轮廓。这样浑浊的日子是不是注定会有乌云烧黑了雪山？

有人用狞笑盖过了冰冻的莽原。但是雪山不会老，它依旧指示车队驶向无边的远方。

战士最明白，当和平、幸福、爱情这些词蒙上了硝烟，我们只能用刺刀把它们擦亮。

我讲的是一段旧事。四十七年前。

至今许多人并不知道，那时候在遥远的西藏发生过那样一场战争，现在可以说了。

那场战争的名称叫：平息西藏叛乱。

有乱才平。这场叛乱波及青海、甘肃的局部地区。

当时，我是一个入伍不到一年的新兵，汽车兵。所有的惧怕和担心都挤在车厢里，谁知道我开的车能不能到达最终卸货的地方，即使到了还能不能活着回来？

所有参加战争的人，每时每刻无不把脑袋掂在手中在枪林弹雨里穿行。

这是我从汽车教导营毕业后第一次单独开车执行运输任务，要给平叛前线运送一批弹药。所有的小心翼翼和拘谨都在情理之中。苏营长在战前动员会上讲的那句话，我这一辈子都刻在心上。他说："你们太幸福了，一当兵就碰上了打仗！"你千万不要认为苏营长在说风凉话，他是打心底里在羡慕我们。当然是不是所有的人都能理解他的这颗心那是另外一回事。

打仗是幸福吗？也许会死亡，何谈幸福？当然，随着兵龄的增长，不断地强化军人的职责，我们慢慢地理解了营长讲话的深层含意。军人的存在，就是为了迎接战争。不死那是你命大，死了虽死犹荣。祖国的和平、人民的安宁高于一切。我们发誓不希望人间有战争，可是当强盗燃起狼烟时，共和国的军人真的敢于真刀真枪去拼命。

幸福的含义太宽泛了，在和平的春风里接受阳光的抚摸是幸福；为享受阳光的人去献身同样是幸福。

我们的车队是披着夜幕行驶的，必须这样；不能开车灯，不许有任何光亮。也必须这样。

我们在日月山下的倒淌河兵站猫了整整一天，除了睡觉就是修车。心焦而烦躁地等待着深井似的夜幕降临。

太阳压山许久了，山野没有了人影，路也像断了魂。

我们出发上路。

车轮碾碎了夜的宁静，不时有狼嚎狗叫声从山谷传出。寂静的夜透着一种阴森。哗啦哗啦的流水声仿佛响在天畔。夜晚的河流最深。

路边一盏灯，很犯困的灯。

一位藏族老阿妈拦住了我们的车队。她控诉了刚刚发生的一场匪劫。几个饿鬼似的叛匪洗劫了这位孤寡老人的帐篷，连一块糌粑、一碗酥油茶都没留下。老人向他们苦苦哀求，这点吃的是她的救命粮。叛匪用杈子枪戳翻了帐篷里的所有陈设，帐篷也落架了，把老人暴露在露天里。唯那盏酥油灯还亮着，怪，野风呼呼，它就是不灭。

扬长而去，匪徒早不知溜到了哪里！

我们匆匆地为老阿妈整收好帐篷，留下一些行军干粮。我们还要赶路！还要上前线。

我忘不了老阿妈那双眼睛，她一直泪汪汪地望着我们，站在帐篷前一动也不动。她并不知道我们是什么样的军队，语言不通，给她解释了几次，她只是摇头。车子驶出好远了，我似乎还能看见她那双泪汪汪的眼睛……

高原上所有的灯都熄了，睡了。

死一般寂静。

车队继续摸黑向前滚动。

我的心无法平静。老阿妈那被捣毁了的家，是这场战争创造的一个伤口。从看见她那刻起，我的全身就溃烂了，我无法忍受，心情怎能平静！

巴颜喀拉山不知什么时候挤上了汽车的风挡玻璃。黑沉沉的山影使山中的公路变得更狭窄，险要。

我和远处看不见的冰河的涛声互换一下眼色，减慢了车速。

一声浑浊的枪响穿透了沉沉夜幕。我有一种感觉，公路似乎要断裂了。

我的同乡战友于得江，就是在这时候倒在了巴颜喀拉山冰冷的怀抱里，永远地走了。至今我眼前还浮现着他的胸部被叛匪击中后那个咕咕咕冒着鲜血的枪眼：月色很暗，我看得却很真切。

叛匪是什么时候出现在公路边的洼地里，我们都不知道。也许他们早就埋伏下了。只有在一梭子飞弹带着刺心的呼啸飞向车队时，我们才意识到：糟啦，出事了！

这时，我的汽车正在拐弯。那是一个没有任何标志的连续转弯。

带队的成连长立即从头车的驾驶室里跳下来，站在风天野地里指挥车队快速通过危险地段。

叛匪在放了几枪之后，见势头不妙，就迅速地溜进了深沟里。他们是哄抢食物的，这伙整天在山里乱窜野跑的叛匪，早就粮尽弹绝，一个个饿得像掉了膘的地鼠，抢吃抢喝成了他们每天活动必不可少的内容。这回他们算扒拉错了算盘，我们是近百台车的大队伍，不会给他们便宜占的。老鼠只有溜掉。

我们车队中间的一台车被叛匪击中，歪在了公路边的沟里。于得江就是那辆车上的驾驶员，他负了重伤。连长当时没有立即顾及他，等整个车队开到安全地带后，他才组织了几个驾驶员返回到出事的地方。

我也是这些返回人员中的一个。我的内心仿佛布满细小的针孔，悲伤和血一起浸渗出来。

这是黎明时分，也许应该说是巴颜喀拉山一天二十四小时中最宁静的时候。很可能因为我们在暗夜里摸索得久了，眼睛适应了黑夜，此刻感到天地间微亮起来，依稀可见一些地形地物。

于得江流了好多血，那些血都凝固了，泛着黑黑的冷光。他已经死了，留下的是一个挣扎着奔跑的姿势。两只胳膊前后拉开着，一条腿也跨出来了。当然这姿势是躺在地上的。谁都可以想象得出，他是不可能跑出敌人子弹的速度。他就这样倒下去了，永远地躺在了巴颜喀拉山中，离他的家乡很遥远的这个地方。

远处，什么鸟在悲戚地啼叫。

比这鸟啼更深远的是巴颜喀拉山中的夜色；比这夜色更沉重的是于得江留在地上的这摊血。

我们实在无法想象他走时的那种悲惨凄凉。没有一个亲人在身边，娘的双手没有抚摸他，妹的甜奶似的声音没有呼唤他，就连他那新婚才三天的爱妻也没有为他送行。如果这一切都是因为路途遥远亲人们无法看着他远行，这自然是可以理解的。那么为什么连一个战友也不能在他身边停留？他在生命的最后时刻一定会有话要说，说了什么呢？

连队领导有交代，车队一旦有一台车遭到叛匪的偷袭，其他车不得停下，要快速闪电般越过这台车。一切只能等待车队返回时再说。战争就是这样残酷。完成战勤运输任务是第一位，死一个人没有车上运载的战斗物资重要，更何况车上有时运的就是参战部队。

在战场上，怜悯往往招致来的是更惨重的伤亡。

连长带头。我们锹铲手刨，匆匆忙忙地挖坑掩埋于得江。车轮还等着向前线飞驶，时间不允许我们细嚼慢咽地为他料理后事。

下葬前，我多看了得江几眼，他的眼睛似乎还没有完全合闭。我心里涌上一股酸楚。不由得想起了我俩离开乡里时手拉手走向新兵集中点的情形。俩人默默地走了好一段路，好像谁都有话要说，可谁也不张口。

当兵离家时我们是以哑剧的形式告别故乡的。

就是这样，我俩默默走了近十里路，始终没有谁开口打破这种可怕的沉寂。到了新兵集中点，他先伸出手，我马上也把手伸出，两只手紧紧地相握，摇了又摇。这就算是我们的话语、我们的心声。我被分到了新兵连一排，他到了三排……

此刻，我多么想和我的战友、我的乡党于得江，好好地聊聊天。我有许多话要嘱咐他，他也一定有不少话要留给我。可是，我们没有机会了，永远没有了！

旧故事死亡，新的为什么还没诞生?

得江，这个世界再也看不到你了！

我给他的坟上添着土。我哭了，咬破了嘴唇才使自己没有哭出声。我怕老兵和那些不是我乡党的新兵笑我没出息，战场上还流鼻涕抹眼泪的，像什么话！打仗！明白吗，这是你死我活的打仗！

我只能在心里默默地告慰得江：你安息吧，你的躯体将化为高原上的冻土。你一定还会有无法实现的愿望，放心地走吧，首先是我们这些活着的乡党会替你实现的！

得江好像听不懂或者根本不愿听我的话，那双眼睛依然半睁着。我再也不敢看他了……

得江，我深深地爱着你。但我像你一样，一言不发。打完这一仗，在没有人在身边的时候，我会把内心的火焰释放出来。

至今我记忆犹新的是，我们是用得江留在驾驶室的那件皮大衣裹住了他的身体。挖的坑不太深，镐铁碰到冻土地上就趺倒，刨个深坑实在不容易，墓堆也很小，站在稍远一点的地方，几乎瞅不见。这是连长的主意。他说残忍的叛匪一旦发现了墓堆，会把尸体掏挖出来，搜寻值钱的东西，然后碎尸。其实，他们哪里知道，这些兵都是一贫如洗的“穷人”。他们最贵重的东西，就是军帽上的红五星，再就是装在胸膛里的党证、团证。可这些，哪个叛匪敢要?

有人提出，在死者的墓头立个标志，连长也没同意。这样不是招惹叛匪来挖墓吗？大家实在不忍心得江的墓变成无名坟，最后还是从汽车的帮槽上劈下一块木板，写上了于得江三个字，插在了一个很隐秘的地方。

当时，不知什么原因突然从山坡上滑滚下来一块石头，我真想用它踢伤山下的果洛草原！

于得江就这样献身在巴颜喀拉山，死在了平息叛乱的路上。

我们连里的车队在天亮之前，把物资送到了一个叫竹节寺的平叛前线，那里到处战火狼藉，空气中弥漫着浓烈的硝烟味，应该说我们此次的战勤运输任务完成得并不十分圆满，因为少了一车物资。于得江的车被敌人重创后一直歪在沟里，难以抢救。但是没有人责怪我们，因为于得江的噩耗已经传到了前线：没有人称他是英雄，一个没有完成任务的士兵，是不会被他的上级赞扬的，这只是一个平平常常的死亡。像村庄里死了一个老乡一样。战场上有多少人就是这样无声无息地走向了死亡。

那天，我们离开竹节寺时，我方的参战部队正准备进入下一场战斗。据说附近的山沟里发现了一股妄图反扑的叛匪。我看到在一个战壕边有一个年轻战士，他失去了一条腿，用另一条腿跪在地上，正在擦拭枪膛，吃力地反复地擦拭着……

我突然生出一个联想：他很像一个应试前的学生，紧张又平静地准备着一切。他会交出一份什么样的答卷呢？也许他不知道，他的上级知道；也许他和他的上级都不知道……

巴颜喀拉山的早晨很静，绝静。

静得像要爆炸。

那个失去一条腿的战士，仍然平静地擦拭着枪膛……

传说噶尔木[1]

任何一个渴盼生存并企望生活过得美好、舒心的人，都不会把到繁华都市居住的机会拒之门外；恰恰相反，物资匮乏、气候恶劣、连吃氧气都定量供应的高原小城噶尔木，却让我如痴如醉地苦恋了几十年。

噶尔木如一片黄叶，飘在昆仑山下冷冷的荒漠上。它给我留下了刻骨铭心的印象；那是一个让我恨之不起爱之不够的地方，恨与爱交织在一起，噶尔木便成了我人生风雪旅途上最初的一个驿站。

说起我对噶尔木的情有独钟，总会想起一位朋友在那里写下的诗句：

高原的美丽属于缺氧

---

① “噶尔木”三个字系蒙古语译音。1958 年我初到青藏高原时地图和报刊上都是这三个字，到了 20 世纪 70 年代初改成了“格尔木”。我仍然对这个“噶”字深怀感情，时常在作品中出现。本文是写我初到噶尔木遇到的一件难忘的事，便用“噶”寄托对那个逝去岁月的怀念。

万物在严重缺氧的日子里
展示着苍凉宏大的妩媚……

用“缺氧”这两个可恶的字眼来透视高原的美丽，这绝对是独到发现。我敢肯定，只有被高山反应折腾得死去活来却又忠贞不渝地爱着这块高地的人，才会吐出如此有气派的诗句；也只有在缺氧地区踩踏过的人才能理解这位诗人的胸襟与感情。

所谓恨到极处便是爱。果真如此！

噶尔木的位置在柴达木盆地的南沿，南行 40 公里便是昆仑山，北走两百余公里就到祁连山，与它毗邻的是察尔汗盐湖，是中国乃至在全世界上都算得上最大的盐湖了，其盐的储量在 600 亿吨以上，可供全世界人口食用两百多年。噶尔木这三个字系蒙古语，意为“河流密集的地方”。噶尔木河从小城的边沿缓缓淌过，它是由昆仑河与舒尔干河汇流而成的，河之源是昆仑山的雪，积雪封冻的季节正是小河亮肚皮的日子。昆仑山因为雪，白到一无所有。自然缺水是无疑了。但是，如果没有它的雪，就不会有山下的河了。在我的印象里，噶尔木并没有因了这条雪水河而变得湿润、温柔起来，它的干燥、苦涩贯串春夏秋冬四季。

一场罕见的大雪偏偏叫我遇上。我讲的故事就与那场雪有关……

噶尔木的那个飘着大雪、一切都被雪雾笼罩着的早晨，对 18 岁的我来说，是这辈子都无法忘记的触目惊心的时刻。我是第一次眼睁睁地看着一个如花的生命在无可奈何地挣扎了一阵子后枯萎而去。“我再也不看人是怎样把最后一口气咽下去的了！”三十多年后的我仍然心有余悸地这样感叹那个早晨那件事对我情感的恶性刺激。

我记忆的银幕上清清楚楚地显示着：那是春节放假的第三天，

正月初三，满世界都旋转着雪花。飞雪使昆仑山失去顶点，使噶尔木河断了喘息。我晨练散步来到噶尔木转盘路口。雪雾混沌，寒风哭号，路口的所有景物都被雪抹平了、掩埋了。只有一块路牌滴雪不沾地裸露于皑皑雪原，上面标明："西至茫崖三百五十八公里，东至西宁八百零六公里，北至敦煌、安西六百六十公里，南至拉萨一千二百三十七公里"。每次一到这个转盘路口，我就觉得自己的目光一下子投向了祖国的四面八方，有一种从谷底跃上峰巅的感觉。可是，那天早晨，我在噶尔木转盘路口除了看到弥漫的风雪，还是弥漫的风雪。四方的路上断了行车，路牌寂寞而冰冷地面我而立。我断定，鸟儿在黎明前已飞去，野狼还赖在窝里。我正要走开时，突然看到从路边的一顶帐篷里闪出来一个人影，疯了似的朝盐湖方向跑去。接着就听见帐篷里杂乱无章的吵声，我便走了进去。就这样，我看到了那个生命在最后挣扎时的凄惨情景。

死者是个年轻的女军人，往大处想也就是二十岁刚出头。看不出她是战士还是军官，也无法辨认她服役于哪个部队。当然，事后我得到了有关她的情况的只言片语。她是随一支去边防某地执勤小分队进藏行至唐古拉山下的雁石坪时，实在难以忍受高山反应的猛烈折磨，只好留在那里了。部队临走前把她交给一位藏族老阿爸照料。当天，女军人的病情就急剧加重，老阿爸慌手慌脚不知如何处理，他只得背着女军人站在公路中央拦了一辆车，将她送到噶尔木。当时噶尔木还没有一家成形的医院，她被老阿爸和几个路人抬到转盘路口的一顶军用帐篷里，由兵站的一个卫生员给她做最后的抢救治疗……我在散步时碰巧遇上了她。直到今天我在写她时还没有足够的勇气回忆当时我看到的她的那张脸。那是一张犹如我们常见的紫菜一样的脸膛。她的嘴唇像一片干渴的沙漠，唇边裂了许多血色细缝，却无血流出来。她已经没有多少力气说话了，只是每隔一会儿用近乎哀求的、微弱的声音喊道：“我的头要爆炸了，救救我吧！”涉世尚浅的我当时并不理解她的话，心想，怎么会有人炸她的脑壳呢！在以后我生活于高原穷山恶水间的漫长日子里，当高山反应袭击到我身上时，我才真的体会到了“爆炸”的滋味。那种剧痛使你的一切信念在顷刻间泯灭，脑海里就留下了一个字：死！死比什么都幸福。死可以摆脱一切痛苦。

女军人始终喊着那句话，声音一阵比一阵微弱，直至最后停止了呼吸，嘴仍在微微地张着。我读出了那已经凝固在唇上的声音：救救我吧！

她走了！从昆仑山下的噶尔木路口起步踏上了她远行的路。那一刻，她衣领上的领章格外艳红、耀眼！

我已经完全没有散步的雅兴了，正要转身回军营时，听到一个司机模样穿戴的人说了一句话：“哪怕有一口氧气，也许会救下她的命！”这是我第一次听说因为缺氧使一个人被置于了死地，实在可怕。我在原地站了许久，思忖着今后该怎样在这个地方生活。

高原空气里的含氧量只有内地的一半。缺氧时刻威胁着人们的生命。

这就是我初到噶尔木所见的一件事，算不上辉煌，却很悲壮。噶尔木就这样用一个独特的见面礼把它那本来就非同寻常的风韵烙入了我的脑际。

我相信，那一刻女军人家乡山坡上的映山红含满了泪珠；其实，我并不知道女军人的姓名，更不晓得她的家乡在哪里，但是，我相信她家村前或村后会有一片映山红。

现在回想起来，我对了解女军人的死留下了许多的遗憾。最不该出现的憾事是我没有打听她的遗体是如何处理的。当时，她的部队没有人在噶尔木，她的亲人也不可能在身边，噶尔木没有她一个熟人、战友，她是孤身一人踏上了远行之路的。她将走向哪里？不知道……

我的粗疏，或者说我的幼稚，在我的高原生活中留下了很大的空白。有空白才能产生想象，才有驰骋的空间。这使这个故事后来一次又一次地延续了下去。

那年正月里的那场雪不歇气地下了半个多月。整个青藏高原都被白雪覆盖了。

没有一条路是通的。

雪停了的那天早晨，我又外出晨练，散步。我仍然从噶尔木转盘路口起步，向郊外走去。

无边无际的雪原很亮，很空，深远而寂静。我走出去不久，就不辨东南西北了。但是，我知道我的脚下就是察尔汗盐湖。我也知道我不会迷路，留在雪地上那一行歪歪扭扭的脚印的顶头，就是我们的营房。

我可以断言，在这个偌大的雪原上只有我一个人在这个寂静的早晨踏雪而行。我不知道我会到什么地方去，但是我坚持朝前走着。低着头，闭着眼睛，我也不会走出昆仑山的怀抱。踏雪散步绝对是一件非常惬意的事情，我觉得自己腹腔内的器官被整个地掏空了，纯白而圣洁的雪将我的胸脯与雪原十分妥帖地交融在一起，整个雪原犹如一片白衣襟似的挂在我胸前，潇洒、爽心！我的脚步由开始的急促赶路逐渐变成了缓慢地欣赏雪景。我专心致志地倾听着那绵长、清脆的踏雪声，分明是从我的脚下发出的，我却感到它来自遥远的天畔。这种听觉上的错觉，使我的踏雪声荡满了整个宇宙。我的心随着这独特且美妙的声音荡悠，一会儿升空一会儿落地，一会儿飘到很远的地方一会儿又牵回脚下。我真的被我自己陶醉了！

不知走了多久，在我的“白衣襟”里突然出现了几个黑点？黑影？极小，极小。最初，我还以为是有人也像我一样踏雪寻乐——在那样一个广袤而坦荡的雪原上，人影与小黑点确实是难以分辨的——后来，我顿脚细瞧，才看清原来是一片一片的脚印。其实，说成足迹更确切，因为那只不过是留在地上的一个个圆坑，弄不清是人或别的什么动物踩踏出来的。不可思议的是，它为什么猛乍乍的好像从天而降地出现在雪原上？当然，我不排除这种可能：那踏雪者留在前面的足迹被狂风暴雪扫平了，后来雪停风止，其继续行走，足迹便留住了。

总之，这足迹奇特、好玄妙，我无法弄清它的来龙去脉。索性不管那么多了，权当它是我散步路上遇到的一道风景。

这时候，茫茫雪原更空寂、阔远，连刚才极目可望的昆仑山的皑皑雪峰也与雪原融为一体，消失得无影无踪了。只有那一行足迹显露在我面前，一直延伸到望不到边际的雪平线上。我散步的悠闲全无，心被一个愿望牵着。

什么愿望？

我莫名其妙地相信这行足迹的顶端会有一个什么故事。

诱惑也是一种力量。我迈着快捷的步子走着，像彩云追月，追的是投入到记忆中的一道影子。不久，额头就冒汗了，身上也黏糊糊地渗出了一层汗泥，我把皮帽掀掉，拿在手中，这样走起路来轻松了许多。这会儿，如果旁边有人看到我，一定会发现我的头上像刚揭锅的蒸笼冒着热气。我走得酣畅、开心。

时间被我有节奏的踏雪声踩碎，又被悠悠多情的晨风衔接在一起。约摸一个小时过去了，我回头一看，火球似的太阳从身后的东边天畔已经升起了一竿高。阳光的碎片给雪山镀上了一层美丽的金粉，昆仑山罩上了一件橘红色的彩衣，原先那洁白的雪也变成了似金似银的颜色。我真无法用文字形容出那一刻我是在多么壮丽、温暖的氛围里行走，只想骄傲地告诉我的读者：昆仑山的美丽超过我所见过的每一座名山。

美丽的时刻总是不会持久的。在我行走了不到千米的时候，随着太阳的逐渐升高，大地的彩衣流星般消失。雪原又恢复了一望无际的白亮、辽远。一切都变得如前一样的单调、寂寞。

我听见了阳光碰在雪地上的声音，微弱、细碎，如蜜蜂在花蕊上忙碌时一般。

这之后，我走了最多不到半里地，遇到的一件事就成了我这一生也很难解开的一个谜。一直被我追随的那行足迹突然断线了，是在一水池前消失的。

我茫然地止步在水池前。我确实觉得这水里储存着复杂的故事，说不上是风雨、暴雪还是涛声，也弄不清是雪原的故事、冰川的故事还是战友的故事。我一时手足无措，思绪恍惚。在我的脑子稍有清醒后，才仔细地打量起了这池仿佛从天而降的水——

水池如澡盆般大，周围是参差不齐的冰碴儿、冻雪，水面上浮游着许多大小不一的冰块。给人的感觉水池下似乎深埋着什么活物，鱼？水贼？或别的什么？我站在原地静静地观察了五六分钟，才猛地发现它并不是水池，而是从冰河上砸开的一个冰窟窿，河下未冻冰的水便从这窟窿里冒了上来。从冰碴上可以推知，河冰相当厚，一寸到两寸。能想象得出砸冰人费了相当大的力气。

昆仑山很大，噶尔木河太小。我有预感，冰窟窿里翻卷着的冰块绝不是笑，也不会是歌。我满脑子的疑团。

是谁砸开的冰洞？雪原上那行足迹来自何处？足迹与冰洞之间有什么必然的联系？

大西北荒漠上的每一块坚硬的戈壁石也许很温暖，却是读不懂的故事！

一只苍鹰飞过了昆仑山。天地变小了。那天，我回到军营给战友们讲了我的这次奇遇，他们没有一个人相信我的鬼话，都说我中了邪，看花了眼。我一遍又一遍地申辩也无济于事。战友们一口咬定我是被类似白蛇精的什么魔精缠了身。其中一位还说，自古昆仑山就是出魔魂的地方，你看那吃尸的鹰鹫天天在山顶盘旋，食人肉是它的嗜好，还能不算鬼魔吗？

我无话可说。

两天后，噶尔木大街上疯传着一个消息：昆仑河畔发现了一位藏族老人的尸首，死者身上没有任何痕迹，唯有杈子枪的枪托是破碎的。

又过了些日子，地上的积雪消融，人们在那位老人尸体的旁边看到一只死狼，狼的身上千疮百孔，显然老人死前与这恶狼有过一场生死搏斗。按一般推理，狼很可能丧命于老人手下。可是老人是怎么死的，却是个谜。

藏族老人和野狼倒下去的地方，正是在我看到的那个冰窟窿附近。

我的心头一颤，却不知该说些什么……

冰窟窿、藏族老人、野狼，这三者之间似乎应该有什么联系，有一个故事。但是，我无法琢磨透。

夕阳落下山，阳光依然灿烂。世界上就是有这样让你不能理解的事情。其实，并非不能理解，而是你未找到钥匙，有了钥匙，只需轻轻一撞，就会轻而易举地看清它。

我在以后的几十年间，总是努力地回忆着那个雪后的早晨，想着是否当时有个什么人或者什么事被我的粗心漏掉了或淡忘了，才让我的心里留下了一个难解的谜。

心中没有底，我却牢牢记着。

我一次又一次追寻，一次又一次失望。

完全是个偶然的机会，一个意外的线索给了我一个惊喜，令我豁然开朗。也正是这个惊喜加重了我的心事，因为它把我心里的另一桩昏昏欲睡的往事撞醒，那个因为缺氧而死去的女军人……

1996 年，我重返昆仑山。

噶尔木路口的变化是与这座城市日新月异的发展同步进行的。我再不敢小视它为荒漠小镇了，当然这种飞跃性变化也体现在了转盘路口周围。昔日坑坑洼洼的路面以及通往西宁、拉萨、敦煌、茫崖的沙土路，早在十多年前就被锃亮闪光的柏油马路所代替。转盘路的中间是一个很大、很壮观的、蓬勃着几乎在内地都可以看到的各种花卉的大花坛。四周的楼房高高低低地绵延到远方，一直与昆仑雪峰相衔。

我是个抱着过去岁月不肯松手的固守者，越是看到眼前的这些现代化情景，就越是想追寻噶尔木当初的简陋与质朴。于是，在我被安排住在一个很讲究的军人招待所的第一个清晨，我便拉上与我同行的一位小青年，坚持我的每日散步之旅。当然是从噶尔木路口开步的。

没有落雪，满眼都是冰。

当时，我确实没有怀旧之外的别的想法。仅仅是散步——怀旧，如此而已。但是，如果说我把当年从这里起步晨练时的奇遇遗忘了，那也绝不真实。往事是在脑海里一闪而过地浮现了一下。也许正因为没有意追求什么，只是闲淡地散步，才使我又有了一次奇遇。这次奇遇和上次的奇遇相隔三十余年，可以说完全是两码事，但是，我把它们牵在了一起。

是的，一脉相承……

我俩沿着噶尔木河走，向南，对面就是昆仑山。说是对面，可是走了好久也没有走进它跟前，反而有一种越走越远的感觉。望山跑死马。在戈壁滩跋涉的人对此体会尤深。

风是在荒原上少见的和风，但因为是逆我们而吹，它的力度无形中增大了。我们踩起的沙土被风扬起，在空寂的山野飘成一条条烟尘，很是美丽。走着走着，噶尔木河拐了个九十度的死弯，我们也跟着拐一弯，继续沿河而行。方向变了，向北走。就在这时候，我发现前面天地衔接的地方，腾飞着一缕一缕的尘土，最初我还以为是有人也像我们一样在戈壁滩上赶路。后来，走近了，才看清是一个人铲着沙土。他的面前是一个土堆。

我止步。面前站着一个藏族老人，他拿着一把木锨，望着我们却不说话。老人的那双眼睛很有穿透力，我觉得他的目光渗入了我的体内。

空间骤然变小了，我感到胸闷。

为消除他的疑虑，我赶紧说明我俩是游转戈壁滩的闲人，就住在噶尔木。他信了，点头。他也告诉我们，他是来扫墓的，家住在乌图美仁乡。他的汉语说得这么流利，这是我没有想到的。

我这才想起清明节快到了，同时也明白了他身边的那个土堆是个坟包。

我问："这里埋的是你什么人？"他说："不是我的什么人，也不知道是谁的什么人。"我惊讶地望着他。他不语，又举起木锨给墓堆上铲了一锨土。

我们都静静地站着，不知该说些什么。戈壁风的呜呜声在耳旁疯狂地叫着。我留意起了他手中的那锨，为什么是木锨呢？这东西在内地早就绝迹了。

藏族老人的警惕令人折服，他显然也注意起了我在注意他手中那家什，便说：“这是特意找来的一把木锨，怕伤着了他！”

可见这个不知道是何人的死者在他心目中的分量是很重的。我期待着，相信他还会有话对我说。

戈壁风连身都不转地旋转着。

后来，他果然拔出嘴里的烟斗，讲了下面这个故事。

他说:“这是噶尔木的一个新传说,却也有几十年了。”我问:“几十年还算新传说吗？”他说:“从几十年前传到现在，常传常新嘛！”我说：“也是。那一定是个很有内容的故事了。”

他接着讲了下去。据说，埋在戈壁滩这个坟里的人是在一次与野狼搏斗时丧命的。当然野狼也被他捶死了。狼的遗骸早已被岁月风化，变成了戈壁滩上空挤不出水滴的干云。这个人不是无缘无故地斗狼,为的是保护一具尸体。尸体倒是保护住了,他也变成了尸体。

那个年代，噶尔木其实就是一片荒滩，狼很多，且凶。人烟稀少的地方，任何一种野兽都有可能占山为王。那天夜里，当噶尔木河畔猛乍乍地躺着一具尸体时，一双绿电灯泡似的狼眼穿过沉沉夜幕，从昆仑山的方向射了出来。狼是被尸体的腥味引诱出来的，它很灵敏。但是，它做梦都没有想到，眼看到嘴的一顿美餐因为遇到了一个难以对付的敌手而告吹。这个敌手并不是它的同类，而是一位藏族老人。后来，人们相传，那老人是守尸人。至于他与死者是何关系以及他从何处而来，一概不知。另一种说法是，那晚老人夜行路过噶尔木河畔时，碰巧遇上了吃尸的野狼。总之，老人在发现野狼要碎尸饱餐时，便勇敢地迎上去与狼厮拼起来。当时野狼已经叼起尸体拖拉了一段路，老人追赶上去从狼嘴里夺过了尸体。野狼自然不会甘心，便反扑，再去夺抢。俗称：狼是铜头铁背豆腐腰，外加四条麻秆腿。老者深谙此道，只见他一个狼拳砸在狼腰上，狼趔趄了一下，几乎倒地。老人乘胜又给了那狼一个黑虎掏心，狼就蒙了，后退几步，蹲在地上，与老人对峙起来。狼在寻找或者说在等待机会。老人的机智聪慧就在于他总是先发治狼，绝不给狼喘息的间隙。他又主动扑上去与狼搏斗起来。狼已经发现自己今天遇上了难缠的敌手，还不等老人上来它就退了。退至一二米外，狼又蹲卧在地，继续对峙。

不给狼喘息，老人便赢得了时间。这当儿，藏族老人很麻利地背起地上的尸体，坠入噶尔木河中，顺水漂流而下。藏族人自古就有天葬、水葬，天葬为上。那夜老人只能给死者实行水葬了。令人生疑的是，当时噶尔木河结着厚厚的冰，滴水不流，不知老人是怎么把尸体放入水中漂走的？

就在老人将尸体投放河中时，野狼怒冲冲地冲上来与他争尸。那凶残的样子分明是要拿活人作替代，以报他放走它一顿美餐之仇。那个夜晚的那个时刻，人与狼拼搏得很激烈，狼虽然被老人的铁拳砸得遍体是伤，但是它并未被降伏，始终顶着野劲与敌手厮斗。老人进一步，它死守不退。老人给它一拳，它还来一扑。僵持许久，难分胜败……

“那么，最后的结局怎么样？”我按捺不住急切的心情，问了一句手拿木锨的藏族阿爸。

他摇摇头，说：“不知道。”

过了片刻，他将木锨插在沙地上，才讲了如下一番话：

老人死了！但是，人们看到他时他身上没有伤痕，这起码说明这样一个事实：狼在他之前已死去了。据大家分析，他是挣死的。我忙问一句，何为挣死？他说：你不知道，这地方空气稀薄，氧气很少，老人纯粹是用超人的意志斗恶狼的。力气耗尽了，他的生命也就走到了头。如果有氧气，他不会死的！

这话，我听过……

数十年间，我多少次闯荡青藏高原，见到过因缺氧而丧命的人可以说难以计数。可是，土生土长的藏家人因为缺氧而丢了生命的事，我确实是第一次听说。可见高原缺氧对人们的摧残乃至残杀是六亲不认的。藏族老人死了，野狼也死了。然而，缺氧的土地孕育出来的故事却是鲜活活的嫩。高原人要生存，要有所爱或有所恨，就必须在这种缺氧环境中顽强地表现自己的智慧，同时，还要不断创造智慧。

戈壁里的胡杨才最像真正的树。藏族老人手中的木锨如果插在戈壁滩，定会长成一棵胡杨大树。我这么想。

噶尔木的传说引起我的极大兴趣，是因为我把它引申到早年间我看到的那具女兵的尸体和冰窟窿周围的现场，我莫名其妙地觉得它们之间应该有一个穿针引线的内在故事。可是，我无法找到这个故事。

缺氧的日子很苦涩。

缺氧的土地能长树。

我并不茫然。

气喘喘的我仍然要寻找不死的故事，编写我的著作。因为我的战友包括我自己还要生生不息地在这里创造新的生活，繁衍子孙。

我从藏族老人手中接过木锨，给那墓堆上添了一锨土——没有新土，戈壁滩上所有的土都缺乏水分。

愿这个墓包不死、不老。

我继续前行。

骆驼草茂盛，高过我的睫毛。

我回头望去，那墓堆变成了一座山峰屹立于地平线上。

这时，一个赶着羊群的藏族少女经过我的面前。羊蹄很干枯，少女的脸蜡黄。我的心也干了。忽然，我听见了水波声——噶尔木河！

一看见河，我心里就咕咚咕咚泛起了涛声。

我和牧羊女一路同行。

昆仑山还是那么遥远，戈壁滩依然热气晃眼。

比山远的是路，比水绵长的是我们的生活。

戈壁滩有了牧羊女，还愁这缺氧的土地不会再长出新的传说！

高原的美丽在于它缺氧。

缺氧的日子也能滋润美丽的故事。这样的故事也许不开花，但是它有果实。

墓堆比山高。

从昆仑山巅的白云处飞来一只鸟。

我看清了，它不是鹰。比鹰大。

英雄藏牦牛

我至今清楚地记得那头牦牛在眼里消失了一道淡淡的蓝光之后，便永远地倒了下去。可以肯定地说，要不是它用生命慷慨地满足了我们急切渴盼的那种需要，包括营长在内的我们是无论如何也走不出藏北沼泽地的。

英雄藏牦牛的躯体悄然无声地化入了冻土层。如今长在泥潭上的小草是不是它的化身？无人知道。

四十多年间，我越来越产生着要为那头献身的牦牛写一篇祭文的强烈愿望，直到2000年盛夏，京城的气温创下历史最高纪录的时候，我才大汗淋漓地提起了笔。我之所以选在这个灼热的酷暑写有关那头牦牛的故事，是因为我知道它长眠的青藏高原在这时候仍然寒风呼啸，狂雪乱舞。而此刻，我要与它共享阳光和热量。

我常常这样想：我们可以原谅别人的无知，但是我们很难容忍麻木不仁的愚昧。就在那头牦牛倒下去后，我们营长说了一句话：“不就是死了一头牦牛嘛，给他赔钱！”

牵牦牛的藏族老阿爸并没有收我们一分钱。他跪在断了气的牦牛旁，双手合十，双眼微闭，对着苍天祈祷。

这时候，我心头的怨大于爱……

下面我在叙述这个故事的过程中写下的有关介绍藏牦牛常识的文字，都是后来我从实践中和书本上积累而来的，事发时我是一无所知，只知道牦牛是西藏的牛。

故事发生在遥远的1959年春寒料峭的春天，当时我才19岁。

那是一个暴风雪缀满蒙蒙天空的凌晨。我们这台走得异常疲惫的收容车由于开车的我打了个盹，栽进了路边的沼泽地里，幸好人未伤着。三天前，我们小车队在甘肃峡东（今柳园）装了一批运往藏北纳木错湖边某军营的战备物资，昼夜赶路来到念青唐古拉山下，在这片无人区里颠簸着。1100多公里的路程被我们的轮胎啃吃得只剩下百十里路了，眼看我们就要到达目的地了。

汽车是在一瞬间蹿下公路的，我当时的感觉是我的身体与汽车一起整个离开地面，飞了起来。等我睁开眼睛时，车子已经窝在烂泥里熄了火。坐在我身旁的营长冲着我大吼了一声：你找死呀！可是我知道在出事的刹那间他也刚从酣睡中醒过来。我们确实太累了！助手昝义成绕着汽车在泥沼地里转了一圈，裤腿上溅满了浊黑的泥浆点点，他不说一句话，只是默默地站着。能统率数百人的营长，到了这会儿却显得身单力薄，他一会儿望望无边无际的沼泽，一会儿又踢踢汽车的某个部位，他很烦躁，却没办法弄起这辆瘫在泥沼里的汽车。我当然不会有给营长排忧解愁的办法，但是作为驾驶员在这时候安慰安慰他是绝对需要的。于是，我给他讲了如下的话：

"我们现在可以做一件事，把车上的物资卸下一部分，或全部卸下来，挂好拖车绳，等着来一辆汽车拖我们的车。"

我说了这番话后，就做好了挨剋的思想准备。等着车来救我们？哪有车？我们是压阵的收容车，前面的车早颠得没影儿了；在藏北这片无人区里难得见到个人影，谁会把车开来救我们？使我没有想到的是，营长听了我的话后，并没有像我想象的那样骂我说了一通“废话”，而是长叹一声，迎合了我的想法：“看来，只有如此了！”

鹰在高远的地方飞翔着，天空显得更加空空荡荡。

我们三个人像埋在地里的木桩桩一样，站在原地。虽然谁也不说话，但是谁都知道对方想的是与自己一样的难题：谁来救我们走出无人区？

就在这时候，我在本文开头所提及的那头牦牛走进了我们的视线。

赶着五头牦牛的藏族老阿爸根本不需要我们拦挡就站在了栽进泥沼中的汽车旁看起来。他用藏袍的袖口掩着嘴，很仔细地看了汽车窝倒在那里的情形后，将袖口从嘴上拿开，摊开双手很激动地对我们说起来，老人的焦急、无奈以及对我们的抱怨，我都可以从他的表情和动作上看得出来，但是就是听不懂他到底讲了些什么。我不会藏语。好在进藏前每台车上都有一个同志参加了三天短训班，学会了几句常用的藏语。我当时忙于保养车和准备出发的东西，让昝义成去出这个公差。此刻他只能用半藏半汉的语言与老阿爸交谈，磕磕绊绊地说了半天，总算把老人的意思明白了个大概。老人是说：“你们笨得连牦牛都不如，怎么会把车开进那个地方去，这是死亡地带，进去一百台车也能被那些烂泥吃掉。”营长到底比我们这些娃娃兵见多识广，他一听老阿爸讲到了“牦牛”二字，马上眼睛一亮，一击大腿，兴奋地说：“好，有啦，让牦牛拖车！”

老阿爸二话没讲就同意了用他的五头牦牛把我们的车拖出沼泽地。

接下来就该我和助手忙碌了。取拖车绳，挂拖车绳，铲除轮胎下的泥浆……

乘这个空当儿，我要给读者介绍一下牦牛的情况。是的，我必须在那头牦牛献身之前把它和它的伙伴们牵到更多的人面前，让大家更多地了解一下这些一直被我称作“无言的战友”的情况。需要说明的是，我在陈述牦牛的事情时心总是沉浸在幸福和歉疚两种情绪中。

藏语里称牦牛为“亚克”，意思是宝贵的财富。有句谚语：西藏的一切都驮在牦牛背上。这反映了牦牛在西藏牧区无法替代的地位。一头负载一百公斤的牦牛，每日可以走二三十公里路，能连续跋涉一个月。有这样两个历史数字：1962 年中印边境发生战事时，汽车和人力难以把大批的弹药运到边境哨所战士的手中，正是牦牛出色地完成了这一任务；1975 年中国登山队第二次攀登珠穆朗玛峰时，曾有几头牦牛把登山队的装备和生活日用品，一直驮到海拔 6500 米的冰山营地。以上是牦牛“善”的一面，牦牛还有“恶”的一面。它对付凶残野兽有特别的本领，因而是牧民们保护牲畜的勇敢卫士。牧民在山野放牧时，如果狼群来袭击，牦牛不需要主人发号施令，就会主动地迅速围成一圈，牛角朝外。向狼发起进攻，猛烈地扑击过去。这迅雷不及掩耳之势往往使狼群难以招架，只得惶惶而逃。逃？没那么便宜。这时牦牛群又兵分两路，一路穷追不舍，另一路突然夺路而上，切断狼群的后路，进行两面夹攻。狼们根本没法防住牦牛这一招，绝大部分惨死在了牦牛的飞蹄下。牦牛保卫牲畜的每一场激战，几乎都是以狼群的惨败而告终。

西藏是名副其实的牦牛的故乡。据资料记载：世界上的牦牛种类的百分之八十在西藏。

……

营长一直双手叉腰看着我和昝义成手脚不闲地忙碌着。说句心里话，有营长在身边站着，而且还时不时地指点着我们的动作，我工作起来格外有劲头，也忙乎得很有秩序。想想吧，一营之长，大尉军衔，要不是这次执勤他在我车上压阵，就那么容易能见到他吗？后来，老阿爸也成了我们的帮手。多亏了他，不然我们绝对不会把这五根拖车绳套在牦牛脖子上——收容车上有的是各种汽车材料，光拖车绳、拖车杠之类就准备了十根。可见我们对在无人区行车之艰难是有思想准备的。老阿爸肯定够得上一位“牦牛将军”了，只见他将右手的食指弯曲放在嘴边，唇间立即发出一声接一声响亮而悠长的哨音，五头牦牛像士兵听到集合号声一样一字排开，站在了他面前。之后，老阿爸让我和昝义成在每根拖车绳上挽了个圆扣，他自己动手将圆扣套在了牦牛脖子上。牦牛是要拖拽着汽车的屁股出险境的。营长让我钻进驾驶室启动了马达，挂上倒挡，他配合老阿爸指挥我倒车。一切都是那么顺利，也那么简单，随着老阿爸的口哨声和营长“一、二、三”的口令，我狠踏油门，汽车在泥沼地里前后活动了三下就被拖出了沼泽地。

这时，太阳刚刚爬出雪峰，鲜红的金粉洒遍了藏北大地。

我万万没有想到，不幸的事情就在我们以为一切都没问题时发生了。

汽车被拖上公路后，我将车开出十多米停在了路边。我下了车，准备好好感谢一下老阿爸，要不是他的五头牦牛，我们这车还不知要在泥沼之中窝多久呢！就在这当儿，我发现有一头牦牛躺在了公路中央，四条腿绷得直直的，浑身像筛糠一样颤抖着。老阿爸扳着牦牛的两条后腿像划桨一样摇晃着。刚才拖车时我从后窗看得很清楚，这头牦牛使劲拽车，其间它摔倒了两次，爬起了又拽。想必是它用劲太狠，伤了内脏什么的，要不它不会抽搐得这么厉害。老阿爸摇晃它的腿，显然是一种抢救它的措施。然而，这不会有什么作用的，很快那头牦牛就停止了抽搐，死了。它的四条腿仍然绷得直直的。就在它咽气的那一刻，我看见它那蓝色的瞳仁一闪，便永远地从这个世界上消失了。

老阿爸尖厉地哀叫了一声，便跪倒在牦牛面前，干枯的眼眶里涌出了亮晶晶的泪花。他用手在胸前画着什么，嘴里默诵着我们听不懂的话语。我能想象得出，牦牛在老人生活中的重要地位。他终年在这藏北无人区游牧，即使有自己的妻室儿女，因为过着游牧生活不得不各走一方，一年也难得有几次举家团圆的机会。牦牛是他的有生命的车，又是他无言的朋友，给他驮载东西，为他生养小牦牛，还保卫他和牧畜的安全。现在牦牛永远地离他而去了，老人心中的悲凉和惋惜是可想而知的。

老阿爸那扯得长长的哭声划破了寂寞而空旷的藏北天空。我的心里酸酸的，暗想：不管冻土层有多厚，太阳终究会笑起来的。一头牦牛死了，另有一头母牦牛会生出一头小牦牛弥补上老人心中的空缺。

我这么想着想着，便在营长的督促下登上了驾驶室。因为他提醒我该赶路了。我上了车，并不立刻去踩动马达，老阿爸的哭声牵动着我的心。

也许是我的犹豫使营长感到自己还应该做些什么，他又喊我下了车，说："老人哭得太伤心，这头牦牛也死得太惨了！"稍停，他接着说："给他赔些钱吧！"说着他就从衣兜里掏出一沓一角钱(我真不明白他怎么有这么多的毛票)，给拇指上吐了点唾沫，开始数票子，数到 50 张时，打住，把钱给我，让我交给老阿爸。

老阿爸自然是不懂汉语了，但是在营长数钱的时候，他一直盯着营长的手。

我手里捏着五元钱走到老阿爸跟前，却张不开口，不知说什么好。我总觉得用五元钱去理直气壮地换一头为救我们而死了的牦牛，实在是太轻看牦牛的主人了，对我们也是一种漠视——钱多钱少当然应该另当别论了。但是在这里似乎有一种千金难买的东西在我们和老阿爸之间闪光。我指的不仅是牦牛，还有老阿爸。他和我们素不相识，陌路人而已。然而在我们需要别人伸手援助时他义无反顾地站出来，用自己的“亚克”救出了我们的汽车。牦牛的死既可以认为是意料之外的事又可以看成意料之中的事，但是他在行动之前和我们都没有讲过任何价钱。五元钱换不回死去的牦牛，五元钱也买不到老阿爸对牦牛的那腔深沉的真情。

营长好像没有发觉此刻我复杂的心情，一个劲地催我快把钱交给老阿爸。最终我还是鼓起勇气把钱递到老阿爸的面前，他又是摇头，又是推开我的手，就是不肯接受这笔钱。我从老人家脸上的表情和说话的语气中看得出，他根本不是嫌钱少，而是打心眼儿里就觉得这钱不该归他。藏北大地上那时候没有一棵树，我突然觉得老阿爸却是一片鲜嫩的树叶，所有秋天的果实都抵不上这片没有长在树上的叶子的重量。

我的想法和行动竟然截然相反。

我不能不完成营长交给的任务，便一个劲地往老阿爸手里塞钱。老人展开着手掌，当我硬把那 50 张毛票放到他手心里时，突然刮来的一阵风将钱吹得漫天飘起来。

老阿爸看看没去追。

我也看看没去追。

营长和昝义成都站着没动。

奇怪的是，那飞飘的钱总也不肯落地，一直飘在沼泽地的上空，我们望着它，渐远渐小……

四十一年了，如今老阿爸很可能已经不在人世了。但是那些飞飘在藏北沼泽地上空的纸币还清晰地浮在我眼前。

英雄藏牦牛英魂长在！

谁的藏靴晾在草滩

不管是走路或干活，她不说也不笑。好像这个世界就她一个人。

我说的是阿德。

我到她家已经三天了，看到她总是手脚不停地忙着，寡言少语。有时甚至一天中也听不到她讲几句话。她很安静，有点孤单。看上去略显疲倦，但丝毫不减她的美丽。

阿德最初留给我的印象就是这样。

我并不认为她是个藏族姑娘才这样不善言谈；恰恰相反，我所接触的许多藏家女孩那种唇枪舌剑般的尖刻，是汉族女娃也望尘莫及的。阿德的性格中绝对缺少快言快语的基因。阿妈曾经用爱怜的口吻数落她："傻女子，难道你是河边那棵墩墩柳，没长嘴巴？"她听了，只是抿着嘴笑眯眯地在阿妈的脸上亲了一口，还是没有说话。

藏族人说喜鹊有三种叫法，他们最喜欢的还是它沉默时的声音。

其实，不爱张扬的阿德有另外一种声音，那就是她那双藏靴摩擦地面的声音。她更多的时候是不紧不慢地走路，地面被靴子蹭出轻柔而悠长的微音，很像鹰在它的高度飞翔。当然，她也有急促地赶路时，那就化作了小溪从草坡上淌过的节奏。我留意阿德就是从她的一双藏靴开始的。那双半高筒的黑色绒料藏靴几乎把她膝盖以下的腿都装了进去，使本来就苗条的这位藏族姑娘越发透露出一种不俗的气质。靴子的边口和靴筒上都有能工巧匠绣下的美丽而简洁的抽象图案，看得出那是藏族人心中的吉祥物。特别撩拨人心的是那靴子尖，微微翘起，如同小船一般，她走起路来，很像在水面上流畅地划动着。藏家姑娘的韵味全都在这一双穿着漂亮藏靴的脚上。

“不少女孩都希望自己能有阿德这样一双别致的藏靴！”多吉这样对我说。能看得出他在讲这句话时一点也不掩饰那种超拔的自豪，在他的眼里，妻子和妻子的藏靴都是至美至善的。

我抬头望多吉时，他正甜蜜地看着我。显然他要我和他一起分享他们爱情的幸福。

原来，阿德和多吉的爱情故事都凝聚在这双藏靴上。那是一个不会远去的故事，想起来心头就发热的故事，回味之后是绵绵幸福的故事。

这是 2004 年夏日一个飞扬着棉絮般雪花的中午。在青藏高原那个叫五道梁的地方，我有心无意地欣赏着高原六月雪的特别景色。帐篷的门敞开着，我可以瞭见草滩上残留的斑斑积雪，白绿相间，是哪位巧手姑娘把草滩刺绣得如此美丽？阿德此时肯定忘情了，她完全像个天真的孩童仰着脸让雪花抚摸着她。她在享受一种潜心的幸福。有一只很懂事的藏羚羊绕着阿德轻轻地走动，它不惊动阿德，只是不时地用嘴舔舔她的藏靴。我能感觉得出它要给正在享受雪花抚摸的阿德，再增添一种生动的爱意。小藏羚羊也懂得爱！

阿德陶醉了！融化般地陶醉了！

静坐在我身旁美滋滋地看着阿德的多吉也陶醉了！

他们精心养护的藏羚羊就要返回大自然了。在这惜别的日子里，这只小动物甚至表现得比它的主人们还要恋恋不舍。平静如水面的阿德，其实是表面平静，内心复杂。人与动物的感情也有融会贯通的时候。

我就是在这时候结识了这对藏族夫妻，可可西里的普普通通的牧民。完全是赴藏路上一次意外的相遇。草滩上这两个藏族男女，还有围着他们亲热的小藏羚羊，以极大的诱惑力引着我走进了他们的帐篷。

阿德光着脚丫走进帐篷时，我已经和多吉坐在卡垫上聊起了他俩的爱情故事。阿德望了一眼家里的这个陌生人，好像听到了我们谈话的内容,便很不好意思地转身又出去了。多吉悄声地告诉我:“她就是这样,男男女女的事总会把她的脸羞得像红布一样。直到现在，她做我的媳妇快半年了，每晚入睡时还要穿着出嫁时阿妈给她做的红肚兜。”

我笑了。阿德身上美丽的地方太辽阔了。真的！

“她为什么光着脚丫，靴子呢？”我问多吉。我当然很心疼她那洁嫩得如同刚出土的人参豆似的脚趾蛋，但是更多的还是觉得她穿上那双藏靴会更漂亮。

多吉并不回答我的问话，只是抬起头从帐篷门里望着外面。我也本能地将目光投去，只见草滩上，阿德一只手抱着那只藏羚羊，另一只手里拎着藏靴，向远处走去……

那年，阿德和多吉几乎是前后脚来到长江源头的乌丽煤矿。这里驻扎着军队的挖煤队，阿德当了队里的炊事员，多吉在一线挖煤。他俩虽然都是藏族，家乡却相隔数千里。阿德是西藏安多县人，多吉家在青海大通县。进了军营却不穿军装，人们通常称他们为军工。

不管怎么说与军队沾了边，总是一件值得自豪的事，阿德从小就有一个神圣的愿望，当一名解放军战士。对多吉而言，还有比穿上一身军装更让他不仅自豪而且得意的事，这就是他在军营里看到了阿德这位才貌出众的姑娘。他多吉长这么大什么时候遇见过这般鲜活的美人，每次望上阿德一眼，他的整个身子都要甜得酥透了！伙房和挖煤现场隔着一座小山，可美丽的姑娘把多吉的魂勾去了。他翻山去找阿德，阿德不理他，他就在每次开饭时无话找话地和阿德搭腔。阿德只是埋头打饭舀汤，她不喜欢贫嘴男人。多吉的耐心是惊人的，他竟然对沉默的阿德连着发出三四个问话，仍然换不来回应，下次他会表现得更热情。多吉的逻辑并不新奇，他认为你这个阿德哪怕是块石头，我也要用我的胸膛把你暖得孵出鸡崽来。阿德终于忍无可忍了，她把一勺菜狠劲地扣在多吉的碟里："行了吧，多给你一勺菜占个小便宜，总可以把你的臭嘴堵住吧！"

多吉在考虑新的对策。抄小路抵达不了，掩身于林中远眺人家又不转过脸来，那索性就破门而入吧。女人大概喜欢最坦诚的男人呢！多吉自作聪明地这样想。

他专门托人从拉萨买回一双崭新的藏靴，准备送给阿德。他明白最会打扮自己的女人往往是从脚开始，一双合适而美观的鞋会给她平添好多姿色。为什么男人看女人总是先要瞅瞅她的脚，就是这个道理。当多吉找到阿德的朋友挖煤队的医生郭德去完成这个使命时，郭德犹豫了，碰钉子他倒不怕，最主要的是他担心多吉要难堪的。多吉说："我看到了，阿德脚上的靴子已经旧了，想来时间不短了，这真的会影响她很漂亮的本色。让她换上这双新靴子。"作为朋友，郭德比谁都清楚倔强的阿德不会轻易接收别人的礼物，尤其是陌生男人的送礼。但他又一想，多吉如此多情，完全是一片真心，不妨试一试。

阿德拒绝收下藏靴，郭德预料得到。但是他确实没有想到她会大动肝火，她完全没有了平时那个腼腆少话的样子，接过靴子就摔给郭德，说："请你转告那个讨厌的多吉，叫他把藏靴送给他老阿妈穿去吧！"

如果多吉就此罢休的话，那他就不是多吉了。这个藏家小伙子同样很倔强，他一旦瞅准了目标，就一定要竭力达到。甚至在碰得一鼻子灰时，他的倔劲会陡增三分。

多吉总是要进食堂吃饭的，这样他与阿德的聊天就不会没有。我不能不说话，只要唾沫星子溅不到你脸上，我的话再多也不犯法。听不听那是你的事。要不，我憋得慌。多吉这样想。

爱情的力量就是这么执着而又神奇。也许旁观者无法理解，但追求爱情的人仍然要一意孤行。海上有风浪，又没有船，他照样出海。

转送藏靴的医生灰心了，说："多吉，我绝不认为你就是癞蛤蟆，可阿德是美丽的天鹅，这是大家公认的事实。你就死了这份心吧，和你般配的姑娘有的是，聪明人的做法是转移大方向另找目标！"多吉的态度很坚决："既然目标已定，我就追到底。"郭德问："看来你是死心塌地地爱上阿德了。阿德为什么会让你这样痴心去爱？"多吉答："第一，她做的饭菜可口，我喜欢吃。第二，她长得出众，很漂亮。第三，她很厉害，只有这样的女人才能管住我这个不守规矩的调皮男人。"郭德笑了，说："就算你说得有道理，可是你知道阿德爱你吗？你这样追下去，你想没想过会有什么结果？"多吉说："什么样的结果我都可以接受。"

多吉疯了，因为爱情。

唐古拉山的岩石上，静静地伏卧着一只鸟，它不是伤心，也没有冻僵，而是俯视着落地的极好角度。

机缘是那次英模会。

年终，挖煤队开庆功会，阿德和多吉都戴上了大红花。那天下起了大雪，英模们胸前的红花被映衬得格外鲜红。很巧，这些体面的先进人物登台和大家见面时，阿德和多吉肩靠肩地站在了一起——自然是多吉有意把肩膀倾斜了一下。出人意料的是阿德没有了往日的讨厌情绪，只是白了他一眼。

寒夜一场雪，天气却不冷。

多吉显然闻到了他早就很想得到的一种美滋滋的气息。他对阿德的“进攻”加强了火力。庆功会的当天午后，他又一次找到阿德的好朋友郭德，恳求他帮忙。他拿出一张字条，要郭德转送给阿德。上次吃了败仗的郭德已经没有了继续冲锋的锐气，但他不愿意给多吉泼冷水，便迂回着说:“这是一封情书吧？你还是找别人传送好了，我这手太臭，肯定又会大败而归。”多吉给他鼓劲打气：“上回没经验，咱这事做得太露了。这一次你不必看这字条上的内容，也不要告诉阿德什么，只是把这张字条交给她就算你完成任务。”郭德还在找推托的理由：“也许人家阿德早就花开有主了，你去挖别人的墙根会烂舌头烂眼窝的。”多吉说：“你管这么多事干啥！把字条送给她就是了，别的不属于你职责范围内的事。”

多吉早就“调研”过了，阿德没有男朋友。

那张字条比那双藏靴还要“恶毒”，上面写着：“阿德，我向你求爱，晚上八点钟在食堂后面山顶上的电杆下见面。”

多吉就这么坦率。这不奇怪。可是令许多人难以理解的是，阿德这回容忍了多吉的“无理取闹”。她不但收下了字条，还很痛快地应承下来了。

当晚两人如约相会在山顶的电杆下。

任何人一旦进入爱情这个磁场，就会不分男女了，何况这两个人还是一路绊绊磕磕地才走到了一起。

情况完全像追逐者多吉一直企盼的那样，阿德变成主动进攻的一方了，锋芒毕露的多吉反而显得有点拙嘴笨舌了。这就是真真实实的藏家姑娘的性格。当她的眼里没有这个男人时，你就是拿去金砖银锭她也懒得看一眼；一旦她认准了你，把你放在了心上，哪怕你躺在被窝里睡大觉，她也要揪着你的耳朵叫醒你来爱她。俩人来到电杆下后，阿德开口就问多吉：

“为什么要和我相约在山顶上？”

多吉笑答：“一览无余，眼宽！”

“还有，你是想让挖煤队的人都看见，你终于把骄傲的阿德‘捉拿归案’了。是不是？”

“算你聪明，说到点子上了。”

稍停，阿德又问：

“太阳从西边出来了，今天你来见我怎么两手攥空拳？”

机灵的多吉马上明白过来了，说：“你太小看我多吉了，我约你出来绝不是不怀好意，这次是二进贡。当然，我也做好了挨骂的准备。”

说着，他回转身从地上掂起一包东西，递到阿德面前。还是那双藏靴。

阿德郑重其事地接过靴子，感慨道：“谁开口都不容易，那天回绝了你，过后我挺后悔的。你托朋友送来藏靴，我可以不收，但实在不该出口伤人。”

多吉忙圆场：“你还不了解我这个人，别人要是骂我，我是绝对不会饶过的。如果是心爱的姑娘骂我，我会很幸福地听着。”

“贫嘴！改不了。”

“这就叫爱情。爱情！”

月光中，山顶上一对藏家男女紧紧相拥，他们的嘴唇触摸着蓝天。

……

生活的哲学就是这样：爱你的人和不爱你的人，总会像格桑花和狗尾巴草一样混杂着长在一起。分辨需要时间，有时伤害对方也是为了分辨。即使这样，有些人已经结婚了，还没有分得太清楚。这大概就是在举行罢婚礼的当晚，阿德为什么要讲下面这番话的缘由吧：

"多吉，你抱怨我也罢，甚至恨我也好，今天已经成了你媳妇的我可以向你检讨，但我绝不会后悔自己当初冷淡过你的行为。因为阿妈说过，她不会干涉我的婚姻大事，我选择什么样的人，那完全由我自己做主。但是她有话在先，如果我把一只狼领进家，她肯定会把这只狼和我一起赶出去。"

多吉说得也很动情："过去的事，该忘掉的就让它留在昨天，不该忘掉的就让它像山巅的千年积雪一样永久地冻结在我们的生活中。说到底，我还要感谢这双藏靴，它是我俩成为夫妻的最早的也是最终的见证。"

阿德拎起藏靴紧紧抱在怀里，眼里不由得飘出泪花。这是多吉从拉萨买来的藏靴，是阿德曾经摔掉过的藏靴，是在婚礼上多吉亲手穿在她脚上的藏靴，是新婚夜摆放在新房最显眼的地方看着他们亲热、听着他们窃窃细语的藏靴。藏靴，幸福的藏靴！眼泪的藏靴！爱情的藏靴！

日子给藏靴续写着故事新篇。

婚后不久，阿德和多吉就辞别挖煤队的工作，到可可西里安家落户。他们要过真正的牧民生活。自由，自在，幸福。帐篷就撑在小河边的草滩上，日出出牧，日落归来。

阿德一直舍不得穿那双藏靴。可是，把它放在什么地方却着实叫她作了难。压在箱底看不见她太心慌，摆在帐篷里光线暗显不着她太郁闷。抱在怀里当然最理想了，但不可能，她每天都要放牧。

多吉说，就把它晾在草滩上吧，让它泡在阳光里，太阳给它温暖，给它色彩，给它光明。还有，天长日久人们知道了咱这藏靴的故事，藏靴也就成了一道风景。这也没什么不好。

阿德有些害羞，为啥非要把两人的事张扬得天下人都知道呢？不过，她喜欢阳光，草原上那暖融融、甜滋滋的阳光太诱惑人了！她提出只有在阳光明媚的日子，才可以把藏靴晾在草滩上。

多吉说，藏靴在阳光下伸个懒腰，咱俩也跟着舒坦。

帐篷前，草滩上，最数藏靴鲜亮。青草复青草，藏靴在其间又不在其间。

夏日的六月雪，靴子盖上薄雪，太阳把雪化掉，洗净靴子，靴子显得更嫩更美。有时，飞来一只无名小鸟落在藏靴上，喳喳叫着。阿德故意不去惊动它，让小鸟把沉睡的靴子叫醒。

每月的初一、十五，是这户草原牧民晾靴子的日子，约定俗成，这一天成了阿德和多吉回忆甜蜜生活的幸福时刻。

草滩上的藏靴，镀着太阳的灿烂。

羊儿低头吃草，藏靴吃着阳光。阿德和多吉坐在草坡上眺望，望什么？望更远的地方。

这天傍晚，阿德照例掂起藏靴准备回家。先一步进了帐篷的多吉挤眉弄眼地要她动作快点，他已经等不及了。

就在这时候，阿德觉得这藏靴今天有些异样，沉甸甸的，好像有人在下面拽着。她以为是自己的错觉，并没在意，不对，不但沉还有动感。她犯蒙了，弯腰一看，靴筒里有一只活物，似猫？又像狐狸？全不是。她惊呼多吉，快来看有怪物！

多吉出来辨认，笑她太傻，什么怪物，是一只出生不久的可爱的藏羚羊，国家珍稀保护动物！

这只小崽子没伤没病，活蹦乱跳。它不可能是从猎人的枪口下逃脱的，十有八九是跟着妈妈跋涉时掉了队。丢了孩子，妈妈着急；找不到妈妈，孩子心焦。阿德和多吉商量好：先把小藏羚羊带回帐篷，让它安全度过这一夜。明天，说不定妈妈与太阳一起床，就来领走它的孩子。

小藏羚羊太奇怪，它不卧在卡垫上，也不挨专门为它做的“软床”，硬是躲在藏靴筒里不出来，好不容易弄出来，它又会钻进去。

也许是吓蒙了，也许是它已经认定这藏靴就是它的家。好吧，就让它住在“藏靴房”里。

这一夜，阿德和多吉没睡安稳。小藏羚羊也闹腾了个通宵，那藏靴里的响动声一直没歇止。

次日，两口之家的早餐桌上破例地多了一袋伊利奶，那是阿德为小藏羚羊准备的。它肯定饿极了，毫不客气地喝了个精光。之后，它又钻进了藏靴，只将毛茸茸的小脑袋露在外面。用怯生生的眼光打量着这个陌生的世界。

出牧前，阿德把藏靴晾在了草滩上。这时，刚刚从东海喷出的霞光把草原涂染得殷红殷红。阿德对留家守帐篷的多吉说：“我把小藏羚羊带出去放牧，说不定还会碰上它的妈妈呢！”谁知，还没等她把话说完，小藏羚羊就挣脱开她蹦跳着钻进了藏靴。还是那个毛茸茸的小脑袋，还是那双怯生生的眼睛……

这一天，除了多吉给它喂奶，小藏羚羊整整一天都在“藏靴房”里……

第二天，还是这样；第三天仍然如此……

帐篷窗沿漫上宁静的白色，又是一个六月雪飞飘的日子。这应该是小藏羚羊来到阿德家的第八天了，八,一个吉祥的数字。清晨起来，阿德和丈夫还不知道会有什么好事发生，他们照样出牧，今天该多吉去放羊。这个没出息的家伙，这两天不知哪条腿抽筋了，变得黏黏糊糊甩都甩不掉，离不开阿德了，夜里死磨硬缠地还乐不够，白天也要阿德陪着他去牧场。阿德心烦却别无办法，只好带着小藏羚羊和他一同出牧——它自然还是离不开它的“藏靴房”。他俩刚要翻过一道草坡时，忽然听到了一种撕肝裂肺的叫声。声音来自不远的地方。对可可西里的动物了如指掌的多吉，马上就辨出是藏羚羊的叫声。果然在左前方四五百米的梁上站着一只藏羚羊。多吉判断，很可能就是这只小藏羚羊的妈妈来寻找它的孩子了。阿德很高兴地说：“没错，准是这孩子的妈妈！”她立即放下抱在怀里的藏靴，想让小家伙跑去找妈妈。没想到它出来望了望远处，又回到了它的房里。使他们更没有想到的是，前方梁上那只藏羚羊也尥开蹄子撒野了。可可西里至今仍然不间断地响着偷猎者的枪声，藏羚羊怕人，见了人就逃窜。说不定那只藏羚羊还以为今天遇到的这一对男女，故意带着它的孩子在引诱它，想捉拿它。可可西里的枪声哪年哪月才能永远消失，使这块多灾多难的土地变成和平宁静的乐园，这是包括藏羚羊在内的动物们的企盼。像阿德和多吉这样善良的人都在祈祷。

心被心事压着，沉甸甸地像挂了锁。风中的夕阳有点凉，他们与小藏羚羊又踏上了归途。近处、远处，淡淡的炊烟在牧民的帐篷上空飘散，一直消散在天空之上。一路无语，只有小藏羚羊“吱吱”地叫着，藏靴在颤动。它确实饿了，一天没吃东西，伊利奶很让它开胃。

一只野狼披着夕阳从眼前慌张逃过。

一连几天，阿德和多吉都能听到藏羚羊妈妈那撕肝裂肺的叫声，有时在傍晚，有时在清晨，有时甚至在深夜。这悲凄的声音穿过了整个可可西里。他们越来越肯定这是妈妈呼唤孩子的声音，这声音里含着眼泪、含着焦虑、含着乞求。人都有父母，人都有孩子，人都有柔情。将心比心，人和动物都是一个理。

这种折磨心灵的痛苦的嘶叫声，阿德和多吉再也不愿听了。热爱动物也是这世界最美的一部分，要让可可西里成为开遍野花无人采摘的净土，每个人都得从自己做起。这天夜里，他俩谁也不说话，当星星落净黎明悄悄降临在帐篷的天窗时，他们毅然做出一个决定：

放生！

我不换眼地望着阿德的身影越走越远。

远处的土坡上，杂草缀满了残雪。一只贪婪的野狼慢慢地从坡上走过，也许它已经嗅到了什么气味。

藏羚羊妈妈的嘶叫声仍在时长时短、时近时远地传来，我无法辨清它来自何方。只是在这个本来轻松的时刻，那悲伤的叫声将我的心叫得支离破碎。

我很担心地问多吉："阿德准备把小藏羚羊放回到哪里去？"

多吉说："在哪里遇到藏羚羊群就让它回到哪里去，整个可可西里都会是它的家。"

"那么，藏靴呢？小藏羚羊会离开它的这间温暖而美好的房子吗？"

"会的，妈妈的怀抱比任何房子都暖心。"

"我猜想，你做梦也盼着这双藏靴重新穿在阿德脚上。"

"不瞒你说，在阿德一只手把藏羚羊揽抱在怀里，另一只手掂着藏靴时，我觉得这时候她最漂亮，最动人！"

我不由得又把目光投向走向远方的阿德。穿着彩绣藏袍的藏女，像高处的花，越远竟然越是鲜丽——那是阿德手中的藏靴。

放生的路也许很长，很长。

美景在远方。

这时，我巴不得将我脑海里所有记忆都删掉，只留下这双藏靴……

春天，红柳也别开花

没有去过青藏高原的人一定很多，但是不知道那里有个柴达木盆地的人肯定很少。初中的地理课本已经非常详细地把祖国的这块聚宝盆介绍给了娃娃们。

我珍藏着五本专门介绍柴达木盆地的书，这些书出版的年代不同，作者各异，它们展示给读者的柴达木盆地也就阶段性地显示了这块宝地的特色。

20 世纪 50 年代末，柴达木工委编写的《可爱的柴达木》是这样介绍的：

在青海省的西北部，有一片矿藏丰富、沃草遍野的盆地，地区非常广阔，它是著名的祁连山和昆仑山环抱的宠儿，这就是柴达木。柴达木盆地东西长八百多公里，南北宽约三百二十公里，总面积在三十四万平方公里以上。它的面积有三个江苏省大，比英国本土的面积还要大十多万平方公里。

1991 年青海省社会科学院张嘉选撰写的《柴达木开发史》，用饱蘸激情的笔勾勒出柴达木的概貌：

> 位于中国西北部的柴达木盆地，以其“聚宝盆”之美称而闻名遐迩，又以她的荒凉、悲壮而举世皆知。这一富饶与荒凉的矛盾的集合，组成一块神奇的土地——
>
> 它高寒冷漠，却能喷发出无穷无尽的热能力源；
>
> 它峭拔、严峻，却饱和着全国数一数二的阳光照；
>
> 它戈壁连野，却极富矿藏，在已探明的五十七种矿产中，有近十种藏量位居全国的榜首；
>
> 它荒凉、高寒，却又有片片绿洲，在“绿洲农业”中诞生了春小麦单产一千零一十三点零五公斤的全国高产纪录；
>
> 它沙漠茫茫，却又有飞流直下的天然瀑布。
>
> ……

有意思的是，我真正地认识柴达木并不是从手头这几本书上开始——自然它们也是我走进柴达木的向导之一，但绝对不属于迷途中那类向导。我比较内涵地、立体地把柴达木这块聚宝盆刻骨铭心地留在记忆里，则是认识了那些生长在盆地戈壁滩上的一簇簇红柳。正是在经过了从偶然到必然这样一个过程，红柳的价值在我的意识里大大升华，我才比较自觉地、理智地知道了作为一个柴达木人该怎样生活，并竭尽全力地去捍卫这块神秘的土地。

我至今仍然悔恨自己当初滥伐红柳的行为。那块土地在风沙中呻吟的时候，是我和一些战友踩踏了她的血脉。

是的，人一生中常常会自觉或不自觉地犯不少错误。把疽痈当成鲜花的人固然罕见，对自己所犯错误认识迟钝的人却屡见不鲜。我不是仅仅指的我自己，还有一位令我肃然起敬的将军。

红柳堡，将军领我走近了你怀抱的那年我才 18 岁……

红柳滩何以叫红柳堡

在格尔木市压根儿还没有在高原的版图上出现的时候，红柳滩不知从什么年代起就悄没声儿地蓬勃在后来格尔木市周围的戈壁滩上了。只是在青藏公路通车后人们聚集在格尔木，格尔木渐渐地成为昆仑山下一个新兴的城市，高原人才逐渐地发现了它的存在。红柳滩是这个戈壁新城的卫士，可是人们认识它，掂量出它的价值，却经过了一个十分艰难的过程。

其实，准确地说不应该叫红柳滩，而叫它红柳堡。堡，词典上对它的解释有两种含义，一是军事上的堡垒，二是小城。严格讲红柳堡都不属于这两种意义上的物体，但是它又和其沾边。因为红柳堡住着藏族牧民，它不是村庄的村庄，不是堡垒的堡垒。这样吧，我还是从我第一次接触到红柳堡讲起，你就更容易理解这个“堡”字的含义了。

那是 60 年代初的一年春夏之交，也是我入伍来到世界屋脊的第三年。我所在的汽车团奉命从西宁出发踏上青藏公路，去西藏边防某地执行运输任务。我作为新司机初次驾车上路。汽车沿着黄河支流湟水盘旋西去，大约走了四个小时，穿过一条狭长的山谷，一座座直陡陡的峰峦拥上风挡玻璃，车速渐慢下来。这是一条古道，相传 1300 多年前唐朝文成公主远嫁吐蕃松赞干布，便是从这条路进藏的。当然那时候的路是马道，绝对不会有今天这样的平坦公路。不久，我们就开始爬日月山了。

日月山，海拔3520米，山上土石似火如朱，所以古代有人称它“赤岭”。文成公主当年西行来到赤岭之顶，看到一片荒山秃原，与繁华的长安相比，景色有如天上地下，不免触景生情，引起万缕乡思。她便拿出太宗在阔别时赠送给她的一面日月宝镜，她本是照自己的愁容，没想到家乡的一草一木都出现在眼前了。这使公主想起诸多往事，想着想着，发呆了，失手把宝镜掉落地上。宝镜打成两半，化作两座山，挡住了返回长安的路，她只得继续西行。后来人们为纪念文成公主的功绩，便把赤岭改称“日月山”。

我们的车队驶过了日月山后，就逐渐地看不到青山绿水了，满眼是无尽的沙丘和在冷风中索索的衰草，偶尔会看到几个被高原紫外线照射得脸色黝黑发紫的藏族牧民，站在路旁好奇地张望我们。不远处还会有几只藏羚羊仰起高高的头，不知是眺望我们的汽车还是在远瞧那些牧民。我想如果文成公主的马车能突然出现，与我们结伴同行，该多好！我暗自笑了，嘲笑自己。其实，人在荒野遥远的地方，满腹寂寞时想起一个漂亮女人，不足为怪。

中午时分，我们的车队翻过拖托山，在一个叫诺木洪的地方小憩。天气酷热，地上的沙土像蒸熟了一样烫脚，空气也干燥得能发出响声了。我们先给汽车喝饱水，又给自己的肚里尽量灌进更多的水，便继续赶路。天气的沸热沉闷并没有因为我们的肚内储存了充足的水而减弱。汽车的轮子轧在地上嗞嗞的声音，在我的感觉里仿佛是空气被暴晒得发出了抗议声。

车窗外面那无边无际的戈壁滩像煮沸了一样冒着热气。

就在这时候，我忽然看见汽车前面不远不近的地平线上冒出一片水域，好大好深的水面，分明连水上的波纹乃至不知是鱼儿还是风儿拍打水面的声音都听得真真切切。我的心霎时湿润了。只是不知为什么，我加大油门希望快点驶近那水域，它却总是那么遥远。

开始，我以为是看花了眼，没大在意。后来那水域越来越清晰、真切，而且水面上出现了楼阁、凉亭、山峰、树丛、船只，还有一排排雄赳赳气昂昂的队伍正在挺胸甩臂地行进着……所有这一切景物都是在波光粼粼的水面上浮动着。我看得入神了，不由得一击大腿惊呼一声：

“快看，我们就要走进一个美丽的水上城市了！”

给我当保险的副班长，听了笑笑，看样子我看到这些景物对他来说是习以为常的事，并无多大兴趣。倒是坐在我和副班长中间的那位老高原说了话，他问我：

“你是头一回上线吧？”

我知道“上线”就是踏上青藏公路执勤，这是老兵的习惯叫法。我点了点头。青藏高原上的许多地方都留下了我的足迹，但是走进青藏公路横穿而过柴达木盆地却是头一次。

老高原继续说：“这就难怪了，什么水上城市？这叫海市蜃楼，是太阳的光折射到戈壁滩后形成的一种虚景。你问什么叫虚景？就是根本不存在的东西。尤其是中午，太阳直射的时候，在戈壁滩上随时都可以见到这种骗人的虚虚幻幻的景物。”

“海市蜃楼？我早就听说过，没有想到今天就这样轻而易举地看到了它，也没有想到它会那么以假乱真地骗人。世间的事真有意思！”

老高原顺着我的话说下去：“也真是的，在村里城里上当受骗的事就够人提防的了，谁知来到这人烟稀少的戈壁滩，阳光也变着法儿蒙人！”

我没搭腔，只是很有兴趣地看着窗外那一处又一处不断变换的景物。等我们的车驶到跟前，那些景物全部消失，只有一堆堆沙砾，一片片枯草，如此而已。

突然，我发现了一处新的很别致的景物：一座像教堂似的圆顶建筑物出现在我的眼前，它一浮现出来我就感到这不是幻景，而是实实在在的实体。我问老高原：

“你看，我们要进教堂了！”

“眼花缭乱，教堂太多，只是你不知该进哪一座才好。”

说话间，我们就走到“教堂群”跟前了，我扑哧一声刹住了车。我真真切切地看到了一片高低相当、宽窄无异的沙包耸立在面前。

老高原说：“不是什么教堂而是红柳包。你又一次受骗了！”

我苦笑着。我看到每座红柳包上开满了粉红色的碎花朵，密密，茸茸，好像铺展着一层绒毛，真撩拨人心！老高原说：

“这就是柴达木盆地有名的红柳滩，方圆三四百公里的地面上都长着这种红柳，一棵红柳固守着一个沙土包。每个沙土包内都盘根错节地长着红柳的根和枝。远远看去，这些沙土包好像一座座很规范的建筑物。所以人们又把红柳滩称为红柳堡。”

“红柳堡里有人家吗？”我问。

他并不回答我的话，却给我讲起了红柳沙土包的形成过程——

红柳不是柳树，只有在西北高原上能看到它，柴达木盆地为最多。它生长在海拔 2900 ~ 3000 米的地域，枝条丛生，根须发达，抗击风沙的能力特强。人们看到一簇簇红柳都高高地傲立在沙土包上，这正是它与狂风飞沙拼搏周旋的结果。这里沙暴的威力是生活在内地的人难以想象得到的，一阵狂风卷来一堆流沙，呼啦一下就把红柳埋进了沙丘。红柳那久经风沙吹打得像铁丝似的枝干并不甘拜下风，它不会在流沙中丧生的，不久就会钻出沙滩，继续生长；戈壁滩的流沙几乎天天都在飞旋，红柳便天天被掩埋，它也一次又一次钻出沙丘生长……就这样，沙丘不断地增高，不管它长到多高，红柳总是傲居沙丘之顶。一棵红柳，总能牢牢地咬住一个沙丘，固住一堆流沙。有时一棵红柳就能控制住几十立方米甚至上千立方米的流沙。人们称红柳堡为锁住流沙的沙龙。

“沙龙？有那么大的能耐吗？”我问。

“当然是这样了。年复一年，沙丘越堆越大，红柳的根深深地扎进沙土，有的根能深扎十几米。这些成群的大大小小的沙柳包，便筑成了风沙难以摧毁的防线。摧不垮的防沙林！”

老高原还告诉我，红柳一年开花三次，春夏秋各一次，因而又名“三春柳”，给荒原一年带来了三次“春天”。红柳的皮含鞣质，可以提制栲胶，枝条柔韧，可编织筐篓。其根可以入药，清热顺气，治急性扭伤。

我就是这样认识了红柳。

老高原正绘声绘色地给我介绍红柳堡的情况时，突然一阵旋风从天而降，霎时沙尘弥漫，天昏地暗，我们被淹没在其中了。

沙尘暴来得突然，去得也突然。当一切恢复了风平浪静，我们披着满身的沙尘又站在了红柳堡前时，老高原说：

“你看，红柳堡的主人来了。”

我顺着他手指的方向望去，看到从红柳堡间走来一个戴着礼帽、穿着藏袍的藏族姑娘，她边走边不换眼地望着我们，眼里有一种深深的渴盼，或者说是惊喜……

这时，我那干渴的心像被一只潮湿的大手刚刚抚摸过。

藏家母女难为副司令

我在红柳堡看到的那个藏族姑娘就是本文的主要人物德吉卓嘎，她的阿妈叫达娃。我看到她时，给我的感觉她是驾着那场转瞬即逝的沙尘暴降临的。可不是吗，沙尘暴落了，她出现了。这当然是我贫乏而固执的想象了。生活中许多人的偏执都是从不负责任的想象中脱胎的。老高原在纠正我的错判时态度是严肃的，他说："凭什么说她是驾着沙尘暴来的，照你这么说来她该是颗灾星了。笑话！她和她的阿妈都是勇士。"

正是从老高原的嘴里，我知道了德吉卓嘎的一些片段的事情。她们母女俩虽不是红柳堡的唯一人家，却是红柳堡的常住户，数十年间守护着红柳滩。德吉卓嘎的阿妈有句很响亮的话：死在沙梁上，埋在红柳旁。

如此视死如归为什么？

与一位将军有关。将军叫肖康声。

老故事越来越老。老故事长了胡子，它倒更年轻了。在有些人看来，肖康声就是这样。在柴达木，甚至在整个青藏公路沿线，肖康声这个名字很多人都知道。前些年，在边城西宁举办的那个根雕艺术作品展览就出自他之手。至于对这次根雕展览如何评价，另当别论。但就根雕作品本身而言，无人不承认其超拔的艺术。肖将军的根雕作品与众不同处表现在两点上：一是所有的作品全是红柳根；二是这些作品再现了青藏高原上的野生动物，比如：野驴、野马、野骆驼、野牦牛、盘羊、藏羚羊、黑颈鹤、雪鸡、斑头雁、高原鼠兔、白唇鹿、雪豹等，有三四百种。尤其令人叹服的是将军创作的动物全都处在动态中：野驴奔跑、白唇鹿交配、藏羚羊饮水、雪豹嬉闹、野马惊慌逃命、野牦牛仰天长啸……将这么多栩栩如生的动物牵来圈养在一起，足见将军耗费了多少心血！

根雕作品展室是个无声的地方，但是人们感到肖将军时时都在说话。

其实，肖康声是一个土得掉渣的布衣将军。东洋鬼子在冀中平原扫荡的那年，他腰里别了颗吓唬敌人的自制手榴弹走进了抗日队伍。他穿上了八路军的灰色制服，再配上一顶八角帽，咋看咋像个乡村小货郎，一点儿没有军人的派头。还有一点使人百思不得其解，在那个战事频繁的日子里，他竟然在腰带上串半拉日本鬼子的骷髅吊在屁股后面，行军打仗之外的时间里，几乎都能看到它。别人问他：伙计，这玩意儿太恶心了，既不能吃，也不当玩，还不趁早扔掉它！他听了在腰间一拍：啥，太恶心？当然可以说恶心了，可是你知道它里面的一段故事吗？这个东洋鬼子用大刀砍死了三个东北女孩。老百姓又打死他，留下了这个脑壳。现在我是把它当成艺术品，这叫报仇。

后来，抗战结束了，解放战争也胜利了，他成了军分区副司令员。那个从战争烟火中走过来的骷髅，就挂在了他办公室的墙上。光光地闪着亮色，很招惹人，谁见了谁都要打破砂锅问到底地请他讲讲其来历，他也就不厌其烦地从头道来。他讲得很来兴趣。慢慢地竟然讲起了这副骷髅的结构特色，鼻长眼深嘴浅什么的，把它艺术化了。

也许正是那半拉仇恨的骷髅化作了艺术的种子，植入他的心田使他萌发了对艺术的向往，长出了艺术的翅膀，后来才有他的根雕艺术作品和由此而产生的一串故事。

接下来，自然我该讲肖康声和藏家母女的故事了。

据我猜测达娃阿妈和肖康声第一次在红柳堡争争吵吵时，肖康声肯定不是第一次刨挖红柳根了，这从俩人当时的对话中略有所露。

一个是荒野放牧人，一个是军分区副司令员，俩人的身份差距如此之大，如果不是为红柳根的事今生是永远也走不到一起的。

"瞧你也是个老大不小的人了，按说是应该分出蓝天的白云比骚狐狸尾巴夹的那股臭气干净得多，可你不懂。这红柳好端端地长在这儿碍着你哪儿了，你劳神费力地刨掉它，那东西能吃还是能喝？"阿妈说话不拐弯，说完还呸了他一口。肖康声一身泛白的军装，裤腿也卷着，说不定阿妈还把他当成路盗之类的不走正道的人了。

“这位老阿妈讲话蛮带刺的，看来你是佛面僧面都不看了。我明白你的意思，这红柳堡像围墙一样把你的帐篷挡在里面，你是城里人了，当然不会舍掉自己的城墙。”肖康声说话入木三分，他一下子就揭开了阿妈心中的幕帘，让她言行的内核外露出来。

“我是僧面佛面都会看的，可首先要看人的心是不是善良。你说对了，对于‘折墙’的人我不会说他就是善人。这个红柳滩住的可不是我一家人，不信，你从这儿再往里面走走至少会有二十户人家挡住你，质问你为什么要刨挖红柳根。信不信？”

“信！信！信！怎么会不信呢？你就是为了保住包括你在内的你们这二十多户人家的‘院墙’，才扣下了我的红柳根。这么办吧，这些根值多少钱，你报个价，我掏腰包。”

“屁话！我们这二十来户牧民的牛羊和全部家财，值多少钱，你算过吗？”

“这个我管不了，也不想管。我只是想告诉你，这红柳滩不是你家的，我挖红柳根你不必如此认真去管。”

“我管不了你，我却能管红柳滩，这根你就是不能运走！”

“老人家你太愚昧了。但我不怪你，谁让你是个不懂得根雕艺术的人呢！”

“……”

老阿妈坐在那堆红柳根上，跷起了二郎腿，像个藏家女民兵。

将军服了，他不得不走，不能不走。

吉普车的屁股冒起一股烟，驶出红柳滩。

阿妈仍然坐在红柳根上。

将军的汽车已经开出去好远了，一直站在自家帐篷门前看着这一切的德吉卓嘎走到阿妈跟前，说：

“这个人是个大官，在他和你说话时旁边一直规规矩矩地站着一个兵，那是他的警卫员。”

阿妈从红柳根上下来了，她抬头望着已经远去的那辆汽车，无语。

许久，阿妈才转身向帐篷走去。

当时，德吉卓嘎只是远远地看着将军，没有记下他的模样，为此她后悔了几十年！

背影给人的感受很模糊……

将军楼里的谜

那天，我们的汽车驰过红柳堡不久，就到了戈壁新城格尔木。当晚我们投宿格尔木兵站。

格尔木与内地的时差大约一个小时。吃罢晚饭，太阳还老高老高地挂在西天上，天色似乎比白天更亮了。我便约了三个战友信步上街去转悠。我脑海里仍然装着在红柳堡遇到的那位老阿妈的形象，心想，如果能在街上碰到她就好了，这样会了解更多我想知道的事情。当然不可能有这么巧的事了。老阿妈住在红柳堡，怎么能在格尔木见到她？没有见到老阿妈是情理之中的事，将军楼撞到鼻尖下却出乎我的意料。

我是在一位老司机的指点下找到将军楼的。老司机很神秘地对我说：“来格尔木不看看这座将军楼你会后悔的，彭德怀在那楼里住过呢！”要搁在今天，这话也就那么回事了，中国大地上有多少这样那样的故居，见的多了。可那是 1960 年呀，“故居”这个名词还是很罕见的。当然更重要的是，当时彭德怀被打倒了，与这位大将军有关的任何人和事物都贬值了，唯其贬值也就本能地对人们有一种吸引力。我是怀着一种说不清是好奇还是怜悯的心情参观将军楼的。看着简陋得连内地殷实人家院里的房舍都不如的这座小小的楼，我心里有一种酸楚楚的滋味儿。开国大元帅如果不是体察民情出于工作需要，到哪儿不能去享受，来这荒凉偏远的地方干什么？

人去楼空，显得异常凄惶。守楼的白发老人见我像找魂似的在楼前走来踏去，便上前悄声问道："同志，从哪儿来的？这楼里原先的主人与你有什么挂连吗？"我告诉老人家，"楼里的主人姓甚名谁，我一概不知。我是在青藏线上跑车的汽车兵，不久，我就会长期住在格尔木。"老人说："那好，那好！格尔木是个好地方，老总都惦记着它，从北京大老远地到这儿来视察，还能错了！"我知道他说的老总就是彭德怀，西北人都这么称他，他曾经是西北野战军司令员。我故意装作什么都不知道，让老人讲讲这楼的故事。他的话匣果然打开：这些年来这儿的人稀少得几个月也见不到一个，我守的是一座真正的空楼。今天见到你来了，我一下子觉得这小院里也热闹起来了。

老人很健谈，我想大概他许久没有倾吐对象了。正是从他嘴里我知道了将军楼的一些原始情况。

1958 年，听说彭德怀要来格尔木视察，被称作"青藏公路之父"的慕生忠将军又高兴又不安。青藏公路是在彭老总的直接关怀和鼎力支持下修建而成的，从一定意义上讲，没有彭德怀就难以很快地修成青藏公路。让彭德怀亲眼来看看这条世界上海拔最高的公路，亲耳听听在这条公路上跑的汽车声音，这是慕生忠早就揣在心里的愿望。可是这个地方太艰苦，就连他这个青藏公路管理局局长住的也是窑洞式的半地下半地上的"干打垒"。彭总跋山涉水来格尔木总不能让他住这种房子吧！于是，他让房管部门在很短的时间内赶着盖起了一栋青砖白灰一砌到底的简易楼。这是格尔木历史上耸立起的第一栋楼房。二层楼，台阶从楼外拐弯而上。屋内没有任何比那些窑洞式房内更特殊的陈设。尤其突出的是门窗上刻着红五星。这是那个年代的产物，没有比它更能象征革命的含意了。

我有个疑问，便请教老人：为什么要把这楼叫将军楼？确切地说它是元帅楼。老人回答：最初人们都以为这座楼是为慕生忠将军修的，便叫起了将军楼。其实，彭老总到格尔木后，没有在这儿住。后来改为慕生忠的办公室，可他很少在这儿办公。所以从建起它那天起几乎就是一座空楼。我忙问："彭总为什么没住？"老人的话语里满是称赞：那年彭老总听说让他住楼房，脸一拉就不高兴了，说，你们都住窑洞房，为什么让我住楼房。这座小楼留着让慕生忠住吧，他是功臣。彭老总离开格尔木后，不久就出了问题。慕生忠也受到了牵连，被罢了官。这楼一度变成了堆积杂物的库房。

这时，我看到楼的西墙外，有几间平房，那就是将军当年的家。墙上有个土门，将军来往就是从这土门里穿行。

少顷，老人感叹道：将军楼里没留住彭老总，也没留住慕生忠，倒引来了另外一位首长。据说那天他带辆大卡车，运着一车红柳根卸在将军楼前。那位首长在楼里忙了整整三天，不知干什么。第四天又运载着红柳根悄没声儿地走了。他走后，将军院里满是红柳的根根枝枝。

听了老人最后这番不经意的话，我突然想到了一位将军，难道会是他吗？

戈壁滩没有花。红柳来了，给荒原带来绿色。即使春天，红柳也别开花！

吉祥物“赤狐”

作为连队打柴队的一员，我进驻了红柳滩。像每一个摊到这份公差的战友一样，我很骄傲有这次考验自己的机会。带队的副连长动员时说得很明白：“全连百十号人马，为什么偏偏挑你们十五个同志？一句话：信任！”

副连长还有话呢，虽很枯燥但不拐弯：

“包括本人在内，我们大家一定要不惜代价地把这次打柴任务完成得十分漂亮。明白吗，就是说这是一次战斗，我们要打一个十分漂亮的仗，九分不行，九分九也不行，必须是十分！你们知道我为什么要如此严肃地把这个问题提到这样的高度？告诉你们吧，从现在起我们这个部队的烧火要进行一次革命，改烧煤为烧红柳根。这是上级的决定。那么，一定会有人问：烧煤不是比烧红柳根更方便吗？怎么还需要改？首长说了，红柳根烧起来火力旺，有威力。最主要的是节约，格尔木周围遍地都是红柳堡，一天挖它个十车百车还不是手到擒来的事。烧火不掏钱，进入共产主义了！好啦！我只能这么简单地讲讲，不知同志们听明白了没有？”

这番车轱辘话把好些人听得都打瞌睡了。副连长讲完后只有几个人稀稀落落地拍着巴掌。他不悦了，提高嗓门吼了一声：“我白溅了半天唾沫星子？重来、鼓掌！”掌声四起。

动员会结束后，有人把在会上不便说的话悄声说给副连长听：“这么多人驻扎在红柳滩干这种原始式的体力劳动，要吃要住，还要汽车出出进进地运柴火，这些难道都不要钱吗？再有，我们是汽车部队，本身的进藏运输任务就很繁重，抽出人力明摆着会影响执行运输任务。这些你们想过没有？”

他立马驳了回去：“废话！你问我我问谁呀？我是照本宣科。”

看来，副连长也是没有掌握多少具体情况，别看他神秘兮兮的。

红柳滩上撑起了一排排绿色军用帐篷，壮观、威严。早中晚都是炊烟缭绕，再加上铁锹十字镐互碰发出的撞击声，还有出出进进的军车。不知道内幕的人会以为又一个军事基地诞生在红柳堡。实际情况是这里驻扎了打柴人，个个变得像土鬼泥猴。难道不是吗？这些兵们浑身除了牙齿是白生生的以外，其他地方都让沙尘浆抹成灰土色了。

说是打柴，其实就是刨沙子堆。每个小山包似的沙滩里都埋藏着一棵棵根枝庞大的红柳，我们的任务就是把沙包掘开，让红柳显露出来。说起来容易，可那是要一锹一锹地刨呀，挖呀，往往三四个人吭哧上半天甚至一天，才能消灭一个沙包。令人欣慰也是蛮受鼓舞的是，一旦将沙包掘开，当红扑扑、脆亮亮的弯曲成各种形态的红柳根露出来时，那真是让人干着称心、看着舒心、想着美心，简直是一种无与伦比的享受。没有身临其境于打柴现场的人，他永远也难以想象得到那些镶嵌在沙子里的一根根盘旋得奇妙而精美的红柳根，是多么的叫人心悦诚服地称它为人间最精巧的天然艺术品。沙子是虚软的，又是坚硬的——年代久远的雨淋风吹沙粒成了板结的硬壳。就在这热烘烘的沙粒板结中红柳根(也有枝)委屈地蜷缩着，自然地形成了各种各样的形状，逼真、活显，惟妙惟肖，仿佛有了生命一样。在它们面前你就张开想象的翅膀，任意地去遐想吧，天上飞的鸟儿，地上走的禽兽，山中的各种花草以及人的诸多的形状，都可以从这儿找到，那真是一个丰富多彩的艺术世界！现在，我只需将我第一次从沙包里挖出来那只“赤狐”后的无法形容的喜悦神情及心态说出来，你就什么都明白了。

用战友们的话说那个中午该我神气，逮住了一只金不换的“赤狐”。副连长已经吹了三次哨子了，催着开午饭。我把吃饭置于脑后了，仍然用铁镐刨挖着。当时那只“赤狐”只露出了条尾巴，因为我并不知道它是只“狐狸”，很好奇，想刨出来瞧瞧，到底是什么东西的尾巴？我一直小心翼翼地刨着，刨着。整个根系差不多出来了，最后只剩下了点牵系时，我一镐下去，它掉了下来，我惊呼一声：狐狸！

我有一种一镐刨出了金娃娃的既惊讶又得意的感觉。当我俯身去抓那“狐狸”，双手碰得生疼时，我这才醒过来了，那是红柳根呀！但是，它确实太像狐狸了，活生生的一只赤狐！逼真极了！“狐狸”嘴边的几根软软的茸毛在颤动着，一只前爪伸出来还在洗着脸，尤其是那双眼睛贼溜溜地望着人，分明对我这个突然闯进它的独立王国的“外星人”大为诧异，且有几分敌视。我故意逗它：你跑呀，赶快跑掉嘛。它并不理睬我，依旧是那副诧异加敌视的可爱模样。

噢，它是红柳根！用今天的话说，它是根雕艺术品。

我当天就把“赤狐”搬进了帐篷，放在我睡觉的地铺旁，我要叫它夜夜陪伴着我。在这荒山野漠，它是个难得的吉祥物，我喜欢它。等打柴任务完成回军营时，我也要带上它。

谁知，我的美梦很快就破灭了。当晚我从红柳滩回到帐篷一看，“赤狐”不翼而飞。我问遍帐篷里每一个战友，没人知道这个在我眼里为吉祥物的“赤狐”的下落。我又到邻近几个帐篷里打问，还是无人知道。

奇事！怪事！打柴队一共才十五个人！

毕竟我有比玩乐更重要的事，紧张而繁重的打柴劳动使我很快就淡忘了那只“赤狐”。

也正是在这时候，我又见到了德吉卓嘎。

我们刨挖红柳的地方离她们那个戈壁小村约有一里地。我们整日噼里啪啦地闹腾肯定吵得她们坐立不安。德吉卓嘎几乎每天放牧回来，都要来我们这里“参观”。她远远地站着，两眼怒视着，不说一句话。那两只眼睛真大，黑白分明，像要把我们这些打柴人夹死在她的视线里。

我似乎能理解她对我们的行动的敌视，又好像不完全理解。一天，我终于鼓足勇气上前主动与她搭话。

“小阿妹，家里缺柴火烧吗？”

“不缺，我和阿妈捡回的牛粪两个冬天都烧不了。”

“叫上阿妈，到我们打柴队的帐篷来做客。”

“不去，我看出来了，你们要把红柳滩的红柳挖完的。我和阿妈不会把你们当成客人，整个红柳堡的人都不会把你们当成客人。”

“怎么会把红柳挖完呢，我们很快就会回军营的，还有运输任务等着我们去完成。”

“你们最好现在就走。走了就再别回来。我们这里的牧民都不欢迎你们。”

“为什么这样对待我们？”

“因为你们要把我们的红柳堡变为戈壁滩，阿妈和邻居们天天念咒，要佛爷睁开眼惩罚给红柳堡带来灾难的人。”

我不愿再问下去了。说实在的，那个年代，我一点也没有意识到我们的行为会给人类带来灾难，甚至连想都没有想到挖点红柳根还能危及德吉卓嘎和她阿妈的生存。

德吉卓嘎依旧经常来我们这儿“参观”，依旧是那种敌视的眼光……

我们这些土鬼泥猴模样的打柴人，一直保持了一个月这种不识庐山真面目的状态，才回到了驻地。每个人都有一种打了胜仗凯旋的感觉，一种辛勤耕作后运载着满车粮食入仓的感觉。这个冬天做饭取暖不用发愁了，还不是一种快乐的事吗？

没想到连队的战友一碰面就问我：

“打的红柳呢？”

“不是都运回来了吗？”

“运回来了！你去找找看！”

副连长气火火地说：“拿多少钱管多少事，不该问的事就闭嘴。”

兵们在连队最怕的官不是连长而是副连长。一般而言，副连长要求最严。他一瞪眼，谁也不敢吭声了。

后来我才知道，我们刨挖的红柳根，都运到了格尔木一个空院里，经过副司令员过目后才分给连队。

不知为什么，我莫名其妙地想起了将军楼，也莫名其妙地想起了我的那只“赤狐”……

我们的劳动和忧伤被谁一起带走？

迁徙者的祈祷

我们第一批打柴队员正在休整的当儿，第二批队员又进红柳滩了；当他们完成任务呼哧带喘地走出红柳滩时，我们用汗水加心血换来的那一车车红柳才陆陆续续不知从什么地方运到了连队。谁都能看出来，那是经过“劫持”之后的残渣余孽，打个不很确切的比喻，很像宴席后扔在地上的一大堆剔去了肉的骨头。我不厌其烦地几次到柴火堆里去找那只“赤狐”，一无所获，连根狐狸毛也没有见到。越是找不到“赤狐”，我就越是想早点得到它。其实，在我最初拥有它时，并不怎么看重它。人，就是这么怪！

“赤狐”给我带来的喜悦和这种转瞬即逝的喜悦后的等待延续了许久都无法淡去。自然，我无论如何没有想到我和与我一起打柴的伙伴会成为历史的罪人。记得好像是“文革”刚开始的那年，红柳滩的红柳已经被我们用笨重的镐锹吃去了比当时格尔木城面积还要大的一片，那阵子我们很骄傲地想：多有能耐，我们终于从这个沙包连绵、荆丛不断的杂乱世界里创造出了一块平原。然而，我们却忽视了一个不容忽视的现实：正是被我们破坏掉的这块地上住着二十多户牧民，其中就有达娃阿妈和她的女儿德吉卓嘎。红柳堡变成了赤地，牧民的帐篷裸露在了光天化日之下。

很快沙尘暴威逼而来，没出半年就占据了我们腾出来的空地，沙丘堆积，波起浪涌。平地又变成了丘陵。

空地上的沙丘还在变高，变高。后来就长成了沙墙……

红柳滩严重沙化！

为什么这一切仿佛都是不知不觉的？

牧民的帐篷被沙堆包围了，帐篷内的灶具、衣物、地铺，就连帐壁上都浮粘着一层沙尘。每次吃罢手抓羊肉后，沉在盆底的沙粒使牧民们犯愁得不能不这样想：这日子还怎么过下去？

当他们确认这片居住了多少年的地方，再也不适合做自己家园而又无改变它的回天之力时，不得不做出放弃它的决定。于是，他们把简陋却很沉重的家当搁在骆驼背上，去寻找新的栖身之地。

何处是游牧人的家园？

离家的一切事情都做完，骆驼扯长声音凄然嘶叫着，它也恋家吗？德吉卓嘎背对骆驼站着，呆望着还冒着烟火的地灶出神。阿妈已经几次催她上路，她也不动。

“阿妈，我们还回来吗？”她终于说了话。

“回来。等我们找到新的地方安了家，那地方再次变成沙滩后，这里也许长起了新的红柳，那时你就回来住。”阿妈不动声色地说。

“阿妈你呢？你不回来了？”

“那时候，你就成了阿妈，阿妈到另一个世界去了！”

……

他们走了约摸二十五公里，在红柳滩的西沿、紧靠格尔木的地方，遇到一条季节河流入红柳滩——河水进入了红柳滩不久就断了水，水被干渴的土地吸收了——达娃和邻居们撑起了帐篷，挖坑埋锅，定居了。

在新的放牧点住下的头一天，数十名男女牧民齐刷刷地跪在地上，双手合十，祈祷。

风沙无情地吹打着这些善良的人。他们的眼睛被沙子迷了，仍然一动不动地跪着。

向天祈祷，向人祈祷。

有关沙尘暴的一个推断

那场铺天盖地的沙尘暴席卷格尔木距今已经过了二十多年。可是格尔木人想起来还历历在目，更多的是胆战心惊。

沙尘暴是那天夜里八时左右，出其不意地开始摇撼这个刚刚在昆仑山下站住脚、却经不住任何折腾的高原新城。后来，格尔木人在回忆这场沙尘暴时都提到，其实，在白天沙尘暴就已经发出了信号，只是麻痹的人们没有提防罢了。记得好像是中午一时的时候，陡然扬起了一股股龙卷风把格尔木所有的角落扫荡了一遍。不少人家的门口堆起了只有把脚高高抬起才能越过去的沙堆，许多人家糊在窗棂上的报纸（那年月格尔木的住家就兴用报纸糊窗户）被吹卷开透了风，主人不得不随手找了一块或几块木板把窗户死死地堵住。这说的是那天中午的事，龙卷风顶多折腾了有半小时就偃旗息鼓了。格尔木又恢复了惯有的那种透射着死寂的寥静。这死一样的空寂中是不是孕育着一种什么可怕的东西？格尔木人被龙卷风后的暂时宁静麻痹了，甚至可以说陶醉了，他们根本没有去想还有什么不幸会降临。

所有的灾祸几乎都是在人们没有任何思想准备的时候来到身边的。沙尘暴是那天傍晚疾风暴雨般袭击格尔木的。它来得十分突然，绝对的势不可挡。眨眼工夫，黄蒙蒙的沙土就罩暗了天地，格尔木在瞬间变成了坠入海底的巨轮，死船。路上的行人像在浑水中游着似的，大睁着两眼什么也看不见。正在行驶的汽车全都开着车灯，可是灯光根本射不透沙雾，只能在车前照出一个米黄色的小圆圈，浑浑黄黄，迷迷蒙蒙的，司机无法看清前方的路。行人被风沙撞打得迈不开脚步，眼睛一睁开马上就会迷进沙子。人们只能凭感觉走路，可是在这种眼睛失明、耳朵失灵的情况下，还能有什么感觉呢？只能到处乱撞……

事后，有人在总结那天夜里沙尘暴带来的损失时，饶有风趣地列举了这组数字：当天夜里滞留在格尔木路口的汽车有近百辆，直到次日清晨风平浪静后才驶出死胡同，各奔前程；当夜某汽车团的军官回家属院时，因无法辨认自己的家门，错进他人家的有二十多人。最有意思的是一位新婚妻子等丈夫归来，没想到撞进新房的是胡子拉碴的副团长……

在那次沙尘暴的袭击中，耸立于格尔木的那座近千米高的烟囱拦腰折断，变成一堆废墟。

沙尘暴过后，格尔木人清理公路上、家门口、屋顶上、菜地里的沙土，就耗去了一个礼拜的时间。那些天所有格尔木人吐的痰里都含着一半沙子，鼻孔里也塞满了沙尘。清沙工作完成后，不少人变成了聋子，原来耳朵眼里填实了沙土，于是人们都在进行一个共同的科目：掏耳朵。

还有一个事实我们不得不提：那天夜里沙尘暴卷开了格尔木河

畔达娃阿妈羊圈里的栅栏门，一圈羊顺风飘了 20 多公里。阿妈已经年迈得难挪步了,女儿德吉卓嘎一直追着失散了的羊群。30 只羊，一只也没追回。

德吉卓嘎呢？走丢了，无人知道她的下落。

这场灾难完全有资格载入格尔木的史册。世世代代的高原人都品尝不完它的酸痛。

许多人都没有在意的事就发生在沙尘暴来临的那天夜里：副司令员在驻军二十二医院病逝。

这本来是两件互不相干的事情。

可是,若干年后一些好事者硬把这两件事生拉硬拽地扯到一起。他们坚信不疑地认为，格尔木之所以在那场沙尘暴袭击中遭受那么惨重的摧残，教训之一与乱砍红柳根有关。

如果格尔木周围那道天然挡风沙的红柳堡完好无损，准能把沙尘暴阻挡一些，使其气势大为减弱。这个推断如果成立的话，那么当初下令刨红柳根的那个命令就值得怀疑了。而策划刨挖红柳并签发实施命令的正是副司令员。

这个推断?

仅仅是个推断而已。

佐证这个推断的唯一根据，是十年后人们从一位医生手中得到的“司令员遗嘱”。

藏族卫生员德吉卓嘎

救起德吉卓嘎的不是别人，正是副司令员肖康声。

当他确信无疑地认为远处沙滩上的那个慢慢蠕动的黑点是个人影时，便果断地让司机把车开进了沙滩。

当时德吉卓嘎已经在荒原上挣扎了两天两夜，饥寒交迫，气息奄奄了。

就在她住院治疗的过程中，被那场沙尘暴折腾得已经筋疲力尽的阿妈，与世长辞了。她没有最后看女儿一眼就远行而去了。

德吉卓嘎成了无家可归的孤儿。

经过副司令员的特批，她参军成为一名解放军卫生员。

她穿上军装的第五年，提升为护士。但她始终不知道救她一命的首长就是当年她和阿妈拦住的那位将军。直到她得到了将军的遗嘱，才恍然明白了一切……

遗嘱里的忏悔

我没有见到这份遗嘱，是一位战友转述给我的。其实，我的战友也没有见到它，是他的战友说给他听的。他的战友是个医生。

一次，他们在格尔木相聚时，话题扯到了保护高原生态环境的问题上。大家一致的认识是，格尔木的环保问题现在到了非抓不可的时候了。自然，他们会提及那场沙尘暴以及今后还会不会发生那样的沙尘暴的设想。这话触动了那位医生，他回忆起了十年前遇到的一件事。一位将军在临终前留下了遗嘱，在遗嘱里忏悔自己，也提醒大家。将军痛心地说：在现实生活中，几乎每个人都在有意或无意地干着不利于甚至破坏环境的事。

战友们都很关心地问：你说的那位将军是谁？他在遗嘱里还讲了些什么？医生回答：他是什么领导职务我已经记不得了，只知道他是个将军。当时我是从第四军医大学来高原驻军医院实习，医疗上的许多事并不亲手经历。但那份遗嘱是我抄记下来的。记得是将军去世的前几天，我因为值夜班在宿舍里休息，科主任突然打来电话让我立即到病房。我按主任的要求一字一句地记下了将军的遗嘱。遗嘱的全文现在已经记不得了，但主要的内容仍有印象。将军躺在床上，用生命的最后力气，一字一顿地告诫格尔木的军民，再也不要乱砍伐红柳了，格尔木周围的那些红柳是城市的防沙林，是保护高原人生存的功臣墙。他还说道，当初部队砍伐红柳当柴火烧的做法是错误的，他作为军队的一员，在离开这个世界之前，向大家认罪，道歉。

医生在追忆完这件事后，很感慨地说：一位功勋卓著的将军，在离世之前留下了这样的遗嘱实在感人。他不讲家长里短，不提儿女情长，想的是高原人的生存，是格尔木的未来，真值得我们尊敬。

停了停，医生又说：将军闭上双眼之前，示意身边的人拿来一支笔，他颤颤巍巍地写下一行字：我向阿妈和她的女儿认罪。

我们医务人员没人知道这句话的含意。家人也似乎不明白是怎么回事。但他身边的工作人员显然知道这里面的蹊跷，安慰他说：首长，请您放心，我们一定会设法找到这母女俩，转达您的心情。

……

德吉卓嘎手捧将军的遗书，热泪长流。

她的话含在泪声里：直到今天我才知道了一切。敬爱的将军，如果阿妈还活着，她会原谅您的，也会把您的高风亮节告诉每一个曾经抱怨过您的人！

人一生谁都有犯糊涂的时候，但是，只要善良的心永远醒着，就值得大家信赖，就是一个高尚的人。

将军去世十年后……

20世纪末的某年某日，我在边城西宁举办的一次红柳根雕艺术作品展览会上——也就是我在本文开头提到的那个根雕展览，反反复复地浏览了大半天，仍然没有要走开的意思。我已经完全陶醉在那些栩栩如生的根雕作品所创造的意境中了。为什么如此痴迷？因为我曾经有意无意地“创作”了一件根雕作品，还是因为这些红柳根雕源于我曾经战斗了多年的地方？我想两者皆有。

这是肖康声将军苦心经营的一个形象逼真、内容丰富的动物世界，我贪婪地一件一件地欣赏着：

藏羚羊——奔跑中的藏羚羊。它撒开四蹄，旋风般疾跑着。仿佛无一定目标，只是为了逃命。谁会怀疑这是一件艺术品呢？你瞧它的那只后蹄奔直奔直地向后甩去，像两只飞翔的翅膀。蹄下的草丛随着它流线型的身体倒下，水波一般。

藏羚羊，你为什么这样拼命地跑。是不是后面有猎枪随时会伤害你？

在可可西里的草原上，我见过藏羚羊倒在血泊中还在挣扎，这是死亡前的无奈的挣扎。它们失去了奔跑的权利。奔跑的藏羚羊才能生存，才有自由。善跑的藏羚羊啊，使整个可可西里有了活力，有了生命！

大自然的这位大手笔经过多少年的磨砺，才创造了这么一件杰作——没有生命的活蹦乱跳的藏羚羊。将军发现了它，发现也是一种“创造”。

牦牛——长途跋涉中小憩的牦牛。它双眼微闭，一只腿抬起弯曲着，放松。嘴里还在悠闲地咀嚼着也许在行进途中填进的当时未来得及捣碎的牧草。这一切丝毫不能掩盖它那一副随时准备踏上征途的不歇气的精神。难道不是吗？它背上的帐篷、糌粑桶、衣物等主人的家当还没有卸下呢！这是一头游牧的牦牛，积攒力量后继续前进的牦牛。

牦牛，你的终极地在哪里？

不，它的蹄下永远不会有终点。它是游牧人的“载重汽车”，游牧人祖祖辈辈的人生里程都浓缩在它的蹄上。每天它的前方都有更艰难的里程在等待它去丈量。

牦牛在黄沙堆中寂寞了多少年，将军才把它牵到了阳光下！

野马——饮水解渴的野马。它的脖子伸得那么长，低低地伸着，伸着，好像不伸到地层下绝不罢休似的。我反复地观察着，琢磨着，它的嘴到底伸到了哪里？

噢，我明白了！它的嘴下是一条河，楚玛尔河、沱沱河、年楚河……它喝水喝得那么专注，那么酣畅，仿佛要把大江大河都吸进肚里才解渴。

野马的祖先就是青藏高原上的长跑健将，它们从早到晚都在草滩上跑着，从来不知道什么是慢悠悠地溜达。天黑了，它才在草滩某个低处歇歇，站立着，不卧下。它知道一旦卧下，也许就病倒了。人都说它是个只站不卧的动物。

这时，我仿佛听见了野马饮水的声音，吱——吱——……

将军真行，把野马饮水的声音都刻得惟妙惟肖！

白鹭——向远方张望的白鹭。它显得有几分孤单，几分寂寞。长长的脖子仰起，瞭望天空，眺望远处。它十分焦急的样子，焦急中带着一种企盼。这些都在它长长的脖颈和眼神里表露出来了。我猜度，它一定在寻找失去的伴侣。白鹭是终身制夫妻，一对配偶的感情十分融洽，总是形影不离，相依为命。人们多会儿看到的都是它们双双在水草丰盛的水网中游荡或者觅食。夜里，一只白鹭睡了，另一只白鹭在旁边站岗。

展厅中的白鹭为什么孤身一只，它的伙伴去哪里了？我不得而知。我不由得自言自语地跟它对起话来：白鹭，如果你相信我，就站到我的肩头来，这儿比平地高，你可以望得更远，说不定会望见你的伙伴。白鹭，我的肩头就是你的眺望台，来吧！

将军，你也有疏忽，为什么不给这只白鹭做个眺望台？

高原熊——憨憨的“瞎熊”。瞧它那憨态，可爱极了，没有角，短短的尾巴，头面宽阔，好像老想笑，表露出来的却总是一副苦愁样儿。它的听觉与视觉很迟钝，它卧在地上，人走到它跟前，它也不会觉察到。但是，你切记要提防这憨虫，它一旦发怒起来，就用两只前脚拍打你的头部，重重的，拍不死你也得让你休克。

它的本名叫棕熊，“瞎熊”是人们送给它的绰号。因为它没有固定的巢穴和活动路线，在草原上到处乱跑乱窜，就落下了这么个绰号。这只“瞎熊”把舌头伸得那么长，一定是肚子饿了，想吃什么东西了吧？人千万可别碰上它的舌头，它的舌头像锉刀，如果在你脸上舔一下，准能剥下一层皮。这家伙，伸着舌头，吓人！

这是将军的一件得意之作，要不，底座上的标价能是五千元吗？

黑颈鹤——展翅飞翔的黑颈鹤。我怎么也没有想到会在这儿看到它。这是一种稀缺的野生动物，在中国也就一百二十多只，绝大部分生活在云贵高原和青藏高原。美国鹤类基金会提供了这样的资料：黑颈鹤是“世界鹤类收集库”中唯一缺少的一种。他们要求从我国青海提供有生命的蛋卵，以便进行引种试验与人工孵化。

对于黑颈鹤，许多人是只闻其名不见其鸟。我几十年间百次闯高原也只见过一次，还是远远的，未看仔细，没想到今天站在这么近的地方跟它“聊天”，真可谓三生有幸。

这稀罕之鸟，腿高、颈长，头顶赤红色，颈、翅、尾有一部分为黑色，背部褐色，其余灰白。头顶有一块“肉瘤”，不少人以为那就是它的冠顶了。错了，完全是视力错觉，那并非肉瘤，而是红色羽毛形成的顶冠，远瞧极像肉瘤。还有，人们通常看到的它那个黑色蓬起的尾巴，其实并不是它的尾巴，而是两翅三级飞羽。它真正的尾巴藏于两翅之间，又短又秃。

将军填补了许多人“观鸟册”上的空白，使他们看到了不易碰到的黑颈鹤。

……

天色渐暗，展览馆的工作人员下班时间到了，我还在蛮有兴致地品鉴着那一件又一件红柳根雕作品，身临其境地享受高原野生动物栩栩如生的众多相貌。可以毫不夸张地说：几十年间我在青藏山水间没有见到和根本无法见到的野生动物，此刻在这个不算宽敞更谈不上讲究的展厅里都浏览到了。这时候我已经完全忘记了这些红柳根雕是怎么创作出来的，是谁创作的。

讲解员小姐迈着轻盈的脚步走到我身边，很有礼貌地问：

“先生，你看得好上心，连时间都忘了！”

随着她这一声我认为是提醒我赶快结束参观的话，我的思绪从深沉的品鉴中拔出来，我很歉意地说：

“对不起，我马上就离开。”

“不，只要你愿意看就看下去，自从开馆到今日已经一个星期了，难得遇上你这么一位认真的观众。我很高兴陪你，真的。”

接着，她告诉我，这次展览的全部根雕艺术作品，是肖康声将军几十年来创作的反映青藏高原野生动物的遗作，是由将军的家人和一批热心根雕艺术的他的部下发起的。想想吧，一个将军热衷于根雕艺术这本身就是一个新闻，何况有这么多可以展示他才华的精湛的作品。

讲解员讲到这里，突然默不作声了。停了许久，她才接着说：事情并不像我们预想的那么顺利，甚至可以说完全出乎意料，开展一周来，门庭冰冷。第一天卖出了十张门票，第二天卖出了十五张门票，第三天情况最好，有二十张门票售出。以后这些天，每天参观的人没有超过十人。就是这些零零落落的参观者进馆来都是漫不经心地走一圈又出去了。你是第一个认真参观将军根雕艺术的观众，太难得了！

听了讲解员也许是褒奖我的话，我突然产生了一种无地自容的尴尬，脸在发烧，心也跳。为什么会这样呢？

我说不明白。

讲解员低头站在我身边，她为什么不说话了？我看出来了，她似乎有什么难言之苦。

我问她：你刚才赞扬的那些话是出于真心的吗？

她毫不含糊地回答：这难道还会有假吗？将军如果在九泉之下有知，我想他也会高兴的。

她又不再往下说了。我追问：我看出来了，你还有话要说，我要听下去。

她这才从旁边的桌子抽屉拿出一个小本本，慢慢地递给我说：你看吧，上面有参观者的留言。

我好像早就等待着什么似的，忙翻阅着，翻阅着……

一个格尔木军营来的名叫李志辉的团长写道：高原已经快变得赤地千里了，那些人们赖以生存的红柳根原来都成了艺术作品浓缩在这间展厅了。还我红柳！

另一个曾去青藏高原旅游过的孙先生写着：我的弟弟在可可西里草原上的养路段当过十年养路工，他告诉过我，在最缺少绿色的地方，一些人破坏绿色的行为最猖獗。当时我还不相信，现在看来果真如此！

还有一个叫李燕的初一学生的留言是：建议叔叔阿姨们，在举办这样的展览时要告诉我们这些幼稚的孩子们，提倡什么，反对什么。这位将军爷爷几十年来，创作了这么多的根雕艺术作品，那些红柳是不是都该砍伐？我不明白。

……

留言本上有十多位参观者写下的观后感，内容大同小异，如上所述。我看完后，望着讲解员小姐，我的心情是极其复杂的，三言两语实在说不清。

许久，许久，讲解员才对我说："现在看来，我们当初决定举办这个展览还是考虑不周 。同样是这件事，放在一二十年前也许是好事，甚至是大好事。眼下就不行了，人们的环保意识强了，会发出这样那样的质疑。这当然是好事了。不过，我仍然要感谢你这位认真参观将军每一件根雕艺术作品的人，我很高兴接待你，这是我这些天来最高兴的一天……"

她说着说着，竟然热泪盈眶，哽咽着说不下去了。我大惑不解，问：

"小姐，是我惹你想起了什么不愉快的事了？"

"不，我很高兴遇到你这样认真的观众，我的救命恩人这位将军如果活着，他也会感激你。还有我那受尽磨难的阿妈，直到她离开这个世界时也没有消除对将军的怨恨，这并没有错。不过我相信在她了解了将军的所有经历以后，她也许会修正自己对将军的认识。"

"小姐，你是……"

"我叫德吉卓嘎。我专门请假到这儿来当义务讲解员。"

啊！我望着她，好久都没有说话，不知道该说什么……